LA TRAGÉDIE DU CHAT

DU MÊME AUTEUR

Décompte
Albin Michel, 2006

Birgit Pécuchet n'est pas une sainte
Anne Carrière, 2008

Managers, relisez vos classiques !
Eyrolles, 2011

Le Principe de réalité
Plein Jour, 2015

La Griffe du chat
Seuil, « Cadre noir », 2017 et Points 2019

Le Blues du chat
Seuil, « Cadre noir », 2019 et Points 2020

Maraudes littéraires
Aube, 2020

L'Emprise du chat
Seuil, « Cadre noir », 2020 et Points 2021

SOPHIE CHABANEL

LA TRAGÉDIE DU CHAT

ROMAN

ÉDITIONS DU SEUIL
57, rue Gaston-Tessier, Paris XIXe

ISBN 978-2-02-150486-6

© Éditions du Seuil – avril 2022

Le Code de la propriété intellectuelle interdit les copies ou reproductions destinées à une utilisation collective. Toute représentation ou reproduction intégrale ou partielle faite par quelque procédé que ce soit, sans le consentement de l'auteur ou de ses ayants cause, est illicite et constitue une contrefaçon sanctionnée par les articles L. 335-2 et suivants du Code de la propriété intellectuelle.

www.seuil.com

À Gwenaëlle,
merci de ta confiance.

1

Les lumières s'éteignirent et le silence se fit. Comme si l'éclairagiste, en actionnant l'interrupteur, contrôlait aussi les bavardages. Ou comme si un enchanteur, d'un coup de baguette magique, avait figé l'assemblée, façon Belle au bois dormant. La commissaire Romano s'étonna que cette image lui soit venue. Les contes de fées n'avaient jamais été son truc, pour autant qu'elle s'en souvienne. Les souvenirs d'enfance n'étaient pas son truc non plus.

Même la ministre et sa cour, assises juste devant Romano, s'étaient tus. Y compris le pédant en costard qui pérorait depuis cinq minutes sur la différence entre Eschyle le génie et Euripide l'imitateur, et qui finissait toutes ses phrases par « du moins de mon point de vue ». L'archétype du courtisan.

– Prépare-toi à du lourd, chuchota Martel à l'oreille de Romano. Il est fort, le fiston !

Elle approuva d'un sourire, gênée que le légiste perturbe le silence – la gêne, elle n'avait pas l'habitude. Elle se fichait bien de la brochette de VIP qui occupait le rang de devant. Ce qui l'impressionnait, c'était l'éclairage puissant des projecteurs, la quinzaine de comédiennes qui faisaient leur entrée, toutes vêtues de noir, les respirations comme suspendues, la voix musicale qui s'élevait soudain, bref, le théâtre.

Depuis combien de temps n'avait-elle pas vécu ça ? Bien sûr, elle avait vu récemment *Mère lapine au pays des elfes dodus*, où sa nièce Madeleine avait excellé dans le rôle-titre. Mais le texte n'était pas d'Eschyle. À quand remontait sa dernière vraie pièce de théâtre ? Sans doute à ses années de lycée, traînée *manu militari* par son père ou peut-être un prof. D'ailleurs, était-elle jamais allée au théâtre de sa propre initiative ? De ce point de vue, cette soirée ne faisait pas exception. Jamais elle n'aurait posé ses fesses sur le velours rouge du Nouveau Théâtre de Lille sans la pression du légiste. Il était tellement fier de son fils comédien qu'elle n'avait pas pu refuser : le prix à payer pour continuer à faire passer ses cadavres devant tout le monde. N'empêche que ça l'emmerdait royalement, comme toutes les contraintes. Si bien qu'elle avait pesté toute seule pendant le trajet depuis le commissariat (dix minutes à pied, pas la mer à boire), et était arrivée d'une humeur de cochon. Elle avait commencé par tout trouver nul, par principe : décoration moche malgré la rénovation (ou plutôt, avait-elle ricané intérieurement, à cause de la rénovation), trop de queue, trop de vieux, trop de prétentieux. À l'arrivée du légiste, elle avait pris sur elle pour faire bonne figure, tout en ayant hâte d'en finir avec cette corvée.

Et voilà que, venue malgré elle et par pur intérêt, elle découvrait la magie du théâtre : mieux vaut tard que jamais. Dommage que Damien ait raté ça pour une réception à la con sur le jumelage avec Turin – il espérait la refiler à son adjointe mais avait finalement dû s'y coller. En même temps, son travail très prenant était une de ses grandes qualités. Sans cela, elle l'aurait vite largué, comme les autres.

La pièce commençait par un monologue assez envoûtant du *coryphée*, le porte-parole du chœur de femmes – Romano avait découvert le mot en lisant le programme. Suivi d'une longue tirade du chœur lui-même : étrange de voir toutes ces femmes proférer ensemble les mêmes mots.

Elle se félicita d'avoir lu le résumé de la pièce, sinon, elle aurait été perdue. *Les Suppliantes* racontait le destin de cinquante Danaïdes qui avaient fui l'Égypte avec leur père Danaos pour échapper à l'hymen avec leurs cousins – le programme soulignait le féminisme de la pièce, dont les héroïnes voulaient se soustraire à un mariage forcé. Les fugitives avaient trouvé refuge dans la bonne ville grecque d'Argos, où le roi, après moult hésitations et, surtout, après avoir consulté ses citoyens, acceptait finalement de les accueillir malgré le risque de déclencher une guerre avec l'Égypte.

Tous les comédiens étaient excellents – du moins de son point de vue, comme aurait dit le courtisan assis devant elle. Le chœur des femmes, leur porte-parole, le roi grec joué par le fils Martel, portrait craché de son père en plus jeune et donc plus beau. Et, surtout, le roi Danaos, exilé avec ses filles, qui éclipsait tous les autres. Mains nerveuses, regard hanté, timbre d'écorché vif, présence hypnotisante : Mathieu Véran, tête d'affiche et aussi metteur en scène, faisait vibrer chacune de ses phrases. Pas étonnant que le quinquagénaire ait été considéré comme un des comédiens de théâtre les plus brillants de sa génération. Toute la salle était suspendue à ses lèvres – beaucoup étaient pourtant là par obligation, comme elle, ou par goût des mondanités. Une sacrée revanche, sept mois après le blocus du théâtre qui avait empêché la représentation initiale.

Le texte lui-même était étrangement prenant. Des références à Zeus et sa famille dysfonctionnelle, dont un fils enfanté avec une génisse tournoyante quand le dieu en chef s'était métamorphosé en taureau. Mais aussi des phrases aux échos contemporains inattendus pour un texte vieux de deux mille cinq cents ans : l'essaim pressé des mâles insolents, la démesure humaine. Ou peut-être pas si inattendus : le propre des grandes œuvres était sans doute d'être intemporelles. Voilà qu'elle donnait dans le philosophique, sûrement la fréquentation de Damien.

« *Nous aurons la résidence en ce pays, libres et protégés contre toute reprise par un droit d'asile reconnu* », proclama le roi Danaos, avec sa diction parfaite et son ton solennel, qui flirtait avec le grandiloquent sans jamais y céder.

À la fin de sa tirade, le comédien se figea, laissa s'étirer un silence de quelques secondes et balaya la salle du regard. Romano eut l'impression que Mathieu Véran la regardait personnellement : idiot, la salle était dans l'obscurité complète.

« *Quand il s'agit d'un étranger, chacun tient prêts des mots méchants, et rien ne vient plus vite aux lèvres qu'un propos salissant.* »

En deux millénaires et demi, l'humanité n'avait pas changé des masses. Joliment dit, et assez ironique vu le contexte.

Ses réflexions furent interrompues par un grand fracas. Le roi Danaos venait de prendre sur la tête une barque tombée du ciel, avec les mots *Exodus 1947* et *Open Arms* peints en lettres rouges. Vu le bruit, l'embarcation n'était pas en carton-pâte mais en véritable bois. Sous le choc, le comédien s'effondra. Il gisait sur le sol, allongé sur le dos, la tête sous le bateau.

Était-ce dans le spectacle ou s'agissait-il d'un accident ? Un léger murmure dans la salle indiqua que Romano n'était pas la seule à se poser la question. Au rang devant, la ministre se pencha à l'oreille de son voisin.

– C'est dans la pièce ?

– Je n'ai plus tout à fait en tête les détails de l'intrigue, répondit le soi-disant spécialiste d'Eschyle, d'un ton légèrement péteux malgré tous ses efforts pour conserver son assurance. Dans les tragédies, il y a souvent des morts.

À l'évidence, ce type en connaissait un rayon. Mais déjà, les hurlements de plusieurs comédiens, sur la scène, levaient le doute.

— Appelez les secours ! crièrent plusieurs voix, tandis que certains se réfugiaient dans les bras de leurs voisins.

Romano bondit sur la scène en même temps que Martel, étonnamment agile malgré sa carrure de footballeur américain. Elle ne lui avait jamais vu ce teint livide – peut-être de penser que son fils n'était pas passé loin.

— Vas-y, appelle ! ordonna-t-il à son tour avant de se précipiter vers la victime de l'accident.

Romano s'exécuta sans broncher – étant donné le physique et la voix du légiste, on n'avait pas trop envie de discuter ses ordres. Le 15 répondit aussitôt. Ils envoyaient les pompiers.

Pendant ce temps, une jolie rousse dans la quarantaine s'était levée du rang des VIP pour escalader la scène, elle aussi. Elle portait une courte robe drapée violette avec des baskets dorées à talon compensé – plus pratiques, en l'occurrence, que des talons aiguilles.

— Vous êtes ? demanda-t-elle à Romano d'une voix plutôt posée vu les circonstances.

— Commissaire Romano, je suis là à titre privé.

— Angela Esposito, nouvelle directrice de ce théâtre.

Au moins, elle ne faisait pas partie de ces gens qui pensent être connus de la terre entière.

La directrice se tourna vers la salle et prit la parole, d'une voix forte et autoritaire.

— Mesdames et messieurs, suite à l'accident qui vient de se produire, la représentation est interrompue, veuillez évacuer dans le calme. Joël, tu éclaires la salle ?

Puis, levant les yeux vers le plafond :

— Vous pouvez baisser le rideau ?

Pendant ce temps-là, le légiste avait réquisitionné des comédiens pour l'aider à soulever le bateau, dont l'avant était tombé sur la tête de Véran. Romano les rejoignit pour leur prêter main-forte.

– À mon compte ! ordonna le légiste. Un, deux, trois !

Le bateau laissa apparaître le crâne fracassé de Mathieu Véran : pas beau à voir. Il y eut de nouveaux cris et les comédiens reculèrent avec effroi à l'autre bout de la scène. La directrice, livide à présent, suivit le mouvement.

Romano, de son côté, réprima un frisson. En général, les cadavres ne lui faisaient ni chaud ni froid : des planches anatomiques en 3D, rien de plus. Elle attribuait cette indifférence aux nombreuses discussions de ses parents chirurgiens sur les meilleures techniques d'amputation – mieux valait mettre cette singularité sur le compte d'une enfance perturbée que d'une personnalité pathologique. Mais ce cadavre-là, à la différence des autres, elle l'avait entendu déclamer deux minutes plus tôt.

Un rideau de velours rouge était descendu lentement jusqu'au sol. Romano écarta les deux pans pour repasser côté public et s'assurer que l'évacuation de la salle se déroulait normalement.

Le rang VIP était désert. La ministre avait dû être embarquée illico par son garde du corps, et sa cour avait suivi. Les autres rangées se vidaient peu à peu, avec une discipline inhabituelle : une chorégraphie réglée au millimètre. Romano se demanda si le personnel du théâtre supervisait l'opération. Mais non : les ouvreurs et ouvreuses en uniforme noir (est-ce que ce mot s'utilisait toujours ?) s'étaient rassemblés au fond de la salle et se contentaient d'observer. Visiblement, le public avait décidé de se montrer à la hauteur des circonstances en évacuant la salle dans un ordre impeccable et un silence presque parfait. On aurait cru une procession religieuse.

Romano écarta de nouveau le rideau pour retourner sur la scène. Les comédiens étaient toujours là, massés le plus loin possible du corps. La plupart s'étaient assis par terre – notamment Léo Martel, qui tremblait dans son manteau noir.
– Qu'est-ce qui s'est passé ? demanda le légiste, accroupi à côté de son fils.
Conscient que son ton autoritaire – le seul dont il était capable – n'était pas de circonstances, il posa la main sur l'épaule de son fils, avec maladresse. Les effusions ne devaient pas être dans les habitudes familiales.
– Le bateau, souffla le comédien d'une voix faible, il devait rester suspendu, il est tombé.
À ce moment-là, un jeune homme en salopette jaillit du côté droit de la scène en hurlant.
– Qu'est-ce qui se passe ? demanda-t-il, comme en écho à la question de Martel.
– Vous êtes le technicien ? intervint Romano.
– Je suis cintrier, c'est moi qui manœuvrais le bateau depuis là-haut.
Il montrait du doigt une passerelle métallique située une quinzaine de mètres au-dessus de la scène – invisible depuis la salle.
– Le fil était réglé pour s'arrêter à trois mètres cinquante au-dessus du plateau, reprit-il. Il est… ?
– Vu le poids du bateau, il n'avait aucune chance, confirma Martel.
La directrice, qui avait abandonné le groupe des comédiens, posa une main réconfortante sur l'épaule du jeune homme.

– Vous savez comment s'est produit l'accident ? demanda Romano.

– Un accident ? répéta le jeune technicien, incrédule. Quel accident ? Alors que toutes les installations ont été contrôlées de fond en comble pour la réouverture ?

– Ça paraît invraisemblable, renchérit la directrice. Le matériel est vérifié et l'équipe technique connaît parfaitement son travail.

Elle parlait de son collaborateur comme si elle le connaissait depuis toujours alors qu'elle s'était présentée comme nouvelle. Mais son premier réflexe, plutôt sympathique, était de couvrir ses troupes.

– Emmenez-nous là-haut, ordonna Martel.

– On ne va nulle part sans la PTS, protesta Romano. Si le mécanisme a bel et bien été saboté, la passerelle fait partie de la scène de crime.

Martel se tut, penaud. Il fallait qu'il soit sérieusement perturbé pour oublier les règles de base. Elle prévint Damien par SMS qu'elle rentrerait tard. Et merde. Pour une fois qu'elle s'accordait une soirée sans boulot.

2

— Un type aussi gentil ! Qui pouvait lui en vouloir ? se lamentait le cintrier, assis au premier rang entre Martel et Romano.

Il ne croyait décidément pas à l'accident – qui, d'ailleurs, aurait sans doute engagé sa responsabilité.

— Qui ? répétait-il. Qui ?

Il aimait dire les choses plusieurs fois ou peut-être était-il en état de choc. En tout cas, sa remarque manquait de clairvoyance. Gentil ou pas, Mathieu Véran avait réussi, grâce au camarade Eschyle, à se faire des ennemis. Au point que l'hypothèse du sabotage volontaire semblait, *a priori*, tout à fait plausible.

Sept mois plus tôt, juste avant la première représentation des *Suppliantes*, une association de lutte contre le racisme et un syndicat étudiant avaient bloqué l'accès au théâtre lillois où Mathieu Véran avait posé ses valises, en toute simplicité, comme de bons vieux militants *pro-life* devant une clinique d'avortement. Motif invoqué : le maquillage noir des Égyptiennes en exil aurait été une forme de *blackface*. Le terme désignait une ancienne pratique américaine odieuse, issue du Sud ségrégationniste, qui consistait à grimer des comédiens blancs pour ridiculiser les Noirs.

Très vite, tout le monde culturel avait dénoncé ce parallèle inique et pris la défense de l'homme de théâtre. La ministre elle-même était montée au créneau, rappelant que le spécialiste de la tragédie grecque avait noirci les visages des comédiennes dans le seul but de faire revivre la mise en scène à l'antique, sans aucune intention raciste. Et, accessoirement, qu'on ne rigolait pas avec la censure. Pour la première fois de sa vie, le metteur en scène helléniste en était ainsi venu à faire la une des journaux. Rien de tel que la célébrité pour vous attirer des emmerdes, Romano l'avait constaté plus d'une fois.

La directrice, qui avait tenu à accompagner les comédiens jusqu'aux coulisses, était de retour. Romano avait demandé que toute la troupe reste dans le théâtre jusqu'à nouvel ordre.

— Nous attendons nos collègues de la police scientifique pour examiner les lieux, expliqua-t-elle. Dans l'hypothèse où ce serait un homicide, nous devons sécuriser la scène et faire des relevés.

— Un meurtre ? J'ai du mal à l'imaginer, soupira la directrice, incrédule, en s'asseyant à côté de Romano.

Elle avait repris des couleurs : une femme solide, qui avait l'habitude de faire face.

— Vous n'avez pas l'air de croire à un accident, je ne vois pas de troisième hypothèse.

— Tout ça est tellement… brutal. J'ai du mal à réfléchir.

Elle faisait pourtant preuve d'un sang-froid impressionnant — peut-être craquerait-elle plus tard, comme cela arrivait souvent.

— Vous connaissiez bien Mathieu Véran ?

— Très peu. J'ai pris mes fonctions ici le mois dernier ; avant, je ne l'avais vu que sur scène. C'est aujourd'hui que nous avons vraiment passé du temps ensemble, pour la première fois.

Elle s'arrêta une seconde, comme si elle réalisait soudain que ce serait aussi la dernière.

— J'avais proposé à la troupe de partager un moment de préparation mentale et physique, juste avant la représentation, reprit-elle.

— Vous y étiez aussi ?

— Comme c'était le premier spectacle depuis mon arrivée – et depuis la réouverture, je leur ai demandé s'ils voulaient bien que je me joigne à eux, exceptionnellement. Mon métier, c'est d'être aux côtés des artistes, pas juste de remplir des dossiers de financement.

— Mathieu Véran faisait partie de la troupe de votre théâtre ?

— À part la Comédie-Française et le Théâtre du Soleil, les théâtres n'ont plus de troupe stable, en tout cas en France. Mais Mathieu Véran bénéficiait d'une résidence de deux ans ici, pour monter des spectacles. Il s'était entouré de comédiens de toute la France, avec qui il travaillait depuis des années.

La porte latérale du théâtre s'ouvrit et Romano reconnut deux flics de la PTS.

— On sécurise le périmètre avant de faire les relevés, annonça le chef. Il y a juste la scène ?

— Plus une passerelle, là-haut, qui sert à manipuler les éléments de décor, répondit Romano.

— On y accède par où ?

— Le mieux serait que monsieur nous accompagne.

Le jeune cintrier, enfin silencieux, regardait ses pieds, l'air sonné. Romano lui tapota le bras et lui demanda de les amener là-haut.

— Tu viens avec nous ? demanda Romano à Martel.

— Je préfère tenir compagnie au petit. Dès que tu les laisses sortir, je l'emmène boire un verre.

– Moi, je vous accompagne sur la passerelle, annonça la directrice – c'était une affirmation et non une proposition.

Le plus gradé des deux types de la PTS demanda à son collègue de sécuriser le plateau pendant que lui montait avec Romano, la directrice et le cintrier. Il sortit d'une mallette des tenues stériles jetables, sous emballage plastique. Une fois habillés, tous suivirent le cintrier du côté gauche de la scène, quand on regardait depuis la salle : côté *jardin*, donc, en termes de théâtre. Romano se demanda où elle avait appris ça. Sans doute un vieux souvenir de lycée. La directrice, qui était passée devant son employé, les guida derrière la scène, dans les entrailles du théâtre. Étonnamment, il n'y avait aucune séparation physique entre le public et les installations techniques.

– Comment se fait-il qu'on ne voie rien depuis la salle ? demanda Romano, surprise.

– D'abord, la disposition architecturale limite la vue des spectateurs sur les côtés et en profondeur, expliqua la directrice. Et puis, il y a le contraste entre les lumières de la scène et l'obscurité des installations techniques – pendant le spectacle, les employés utilisent de minuscules loupiotes. S'il reste malgré tout quelques « découvertes », autrement dit des parties visibles depuis la salle, on les masque avec des tissus.

Romano hocha la tête, impressionnée. Effectivement, quand on était assis dans son fauteuil, rien n'existait en dehors de la scène.

Ils dépassèrent un gigantesque tableau électrique, trois malles noires à roulettes aux ferrures impressionnantes et une étagère remplie de boîtes aux étiquettes mystérieuses : manilles lyres, estropes rondes, palonniers... Enfin, ils arrivèrent à un petit ascenseur dont l'usage, précisait une affichette, était strictement réservé au personnel autorisé. Sur un clavier situé à côté du bouton d'appel, le cintrier composa le code 1903, sans aucune discrétion – Romano avait lu dans le programme que c'était l'année d'ouverture du théâtre. La porte se referma et ils se retrouvèrent dans la pénombre.

– C'est toujours aussi sombre ? demanda Romano en serrant les bras contre ses cuisses.

À quatre, ils tenaient à peine dans la cabine. Elle remarqua que la directrice avait pris la main du cintrier, pour le réconforter.

– On utilise une lumière bleue, au cas où on serait obligé d'utiliser l'ascenseur pendant le spectacle, répondit le cintrier.

Maintenant qu'il était dans son élément, le jeune homme reprenait contenance.

L'ascenseur s'ouvrit devant une passerelle en caillebotis métallique, sur laquelle ils s'engagèrent. À travers les trous, on apercevait le vide, et, tout en bas, la scène.

– On est à quelle hauteur ? demanda Romano.

– Seize mètres, répondit la directrice.

– Les cintres sont la partie de la cage de scène invisible du public, compléta le cintrier. Ils servent à filtrer les lumières et à accrocher les décors et les draperies. On a quarante perches, qui peuvent porter jusqu'à cinq cents kilos chacune. Quand on installe le décor, on les contrebalance avec des pains de fonte, à partir de la passerelle de charge qui est au-dessus de nous. Ça permet de les manœuvrer facilement.

Le jeune homme leur montra du doigt une passerelle identique, au-dessus de leur tête.

– Pendant le spectacle, vous manœuvrez depuis la passerelle où nous sommes ? demanda Romano.

– Exact. On contrôle tous les mouvements verticaux depuis la passerelle de charge. Ce soir, j'étais seul, mais on peut être jusqu'à quatre pour certaines mises en scène.

Romano hocha la tête. Savoir expliquer son travail avec autant de clarté n'était pas si fréquent.

Le cintrier, tout à son rôle de guide, avait repris des forces. Il se tourna vers le mur, sur lequel des dizaines de câbles et de cordes couraient du sol au plafond, tout au long de la passerelle.

— Et voici la cheminée des contrepoids. Chaque élément de décor est fixé à une perche soutenue par un câble métallique et reliée à un fil, pour la manœuvrer. Mais avant de tirer le fil, il faut débloquer le robinet de frein correspondant, compléta-t-il en pointant du doigt des petits boutons noirs numérotés, fixés à une rampe métallique. Je vous montre ?

Il tourna le robinet numéro 32 et tira doucement la corde. Le soleil qui décorait le plateau descendit vers le sol.

— Pour faire descendre le bateau, vous avez tiré une corde comme celle-là ? demanda Romano.

Le jeune homme se tourna vers elle, l'air gêné, puis vers la directrice, qui vint à son secours.

— Le mot que vous venez de dire, on ne le prononce jamais au théâtre : comme sur les bateaux.

— Le mot...

Romano s'arrêta juste à temps.

— On dit quoi, alors ?

— Fil, chanvre, bout, énuméra la directrice.

Romano approuva de la tête, bonne élève.

— On ne pourrait pas automatiser tout ça ? intervint le technicien en chef de la PTS. Un peu archaïque, non, vos poulies et vos contrepoids ?

Le cintrier se raidit et Romano lança à son collègue un regard noir. Les explications de ce type étaient précieuses : inutile de se le mettre à dos.

— Beaucoup de théâtres ont tout automatisé : les cintriers manœuvrent depuis une console, comme un jeu vidéo. Mais la technique des perches contrebalancées est un savoir-faire traditionnel du théâtre, qu'il est important de préserver.

Le jeune homme qui faisait ce plaidoyer n'avait pas trente ans : la transmission fonctionnait bien. Romano ne put s'empêcher de penser que s'ils avaient été moins attachés à ces procédés anciens, le comédien ne serait peut-être pas mort.

— On s'est beaucoup battus pour sauvegarder ce métier, renchérit la directrice.

— Je croyais que vous veniez d'être recrutée ? interrogea Romano.

— Pas moi personnellement, mais mon prédécesseur, précisa-t-elle, semblant considérer que cela revenait au même.

De nouveau, Romano se tourna vers le spécialiste des perches.

— À votre avis, pourquoi le bateau est-il tombé ? Le fil a lâché ? Vous n'avez pas eu le temps de le retenir ?

Le cintrier hocha la tête de gauche à droite.

— Après avoir débloqué le frein, j'ai actionné le fil à toute vitesse, comme prévu. Mathieu voulait que le bateau apparaisse d'un coup — on appelle ça un *précipité*. On a fait une répétition générale lundi soir, tout fonctionnait parfaitement.

De nouveau, la directrice posa la main sur l'épaule de son employé, qui avait terminé sa phrase d'une voix altérée.

— Notre équipe technique est remarquable, intervint-elle avec ferveur.

La déclaration ne sonnait pas comme un compliment convenu mais comme une remarque venue du cœur. Le jeune cintrier défendait les traditions du théâtre comme s'il en était personnellement responsable. La directrice nouvellement arrivée protégeait son équipe comme une louve, avec une loyauté inconditionnelle. La grande famille du théâtre, tout compte fait, n'était peut-être pas un mythe. Une solidarité touchante, mais qui ne simplifierait pas les choses s'il devait y avoir une enquête. Le premier réflexe de tous les employés du théâtre, les mieux placés pour accéder aux installations techniques, serait de se serrer les coudes et de se taire.

— Je ne doute évidemment pas des compétences de vos collaborateurs, commença doucement Romano, consciente de marcher sur des œufs, mais une erreur humaine reste toujours possible. Malheureusement, personne n'est à l'abri d'un accident.

— Tout fonctionnait parfaitement, répéta le cintrier, qui ne semblait pas l'avoir entendue – preuve que l'émotion revenait. Mon repère était bien positionné.

— Quel repère ? demanda Romano.

— Pour savoir jusqu'à quel niveau tirer le fil, on colle un morceau de barnier, comme ça.

La directrice lui montrait un petit morceau de scotch bleu, sur le fil qui commandait le soleil. Visiblement, elle maîtrisait les aspects techniques sur le bout des doigts.

— Peut-être a-t-il bougé, sans que vous vous en rendiez compte ? tenta de nouveau Romano, s'adressant au jeune homme.

— C'est du matériel professionnel, protesta la directrice, sans le laisser répondre. Le barnier est forcément resté en place, là où il avait été posé. Pour le bouger, il faudrait ouvrir le robinet du frein, tirer le fil, en l'occurrence sur deux mètres au moins, et refermer le robinet de frein.

— Et si quelqu'un le faisait volontairement ? demanda Romano.

Le jeune homme leva les yeux en silence, pâle comme la mort. Puis se tourna vers la directrice, presque aussi livide. Cette fois, elle n'eut pas la force de venir à sa rescousse.

— Il suffirait de déplacer le morceau de scotch pour que l'élément de décor correspondant soit envoyé trop bas ? insista Romano.

— J'imagine, répondit enfin le cintrier, d'une voix sourde.

Romano retint de justesse un sifflement impressionné. Un morceau de scotch comme arme du crime : du jamais vu. Pour qui connaissait le mécanisme, la chose était extraordinairement facile.

— Comment faisiez-vous pour envoyer le bateau juste au-dessus de la tête du comédien ? reprit-elle.

— C'est lui qui devait se placer sur le repère convenu, expliqua la directrice. Le plateau est constitué d'un ensemble de trappes, on fait des marquages à la craie, c'est facile.

— À votre connaissance, qui a accès à la passerelle de commande ? demanda Romano.

— Nous deux, le directeur technique et les deux autres cintriers.

Décidément, la nouvelle cheffe connaissait déjà la maison parfaitement.

— OK, on peut redescendre, ordonna Romano.

En retrouvant le plancher des vaches, le cintrier avait perdu le peu de sérénité qui lui restait. Malgré l'aide de sa cheffe, il eut le plus grand mal à s'extirper de sa combinaison.

— Vous pouvez y aller, lui indiqua Romano. Et merci de vos explications, vous êtes très pédagogue.

— Je fais ça depuis cinq jours, forcément, répondit le jeune homme avec un pâle sourire.

— C'est-à-dire ? répliqua Romano, interdite.

Comme souvent, les informations importantes arrivaient une fois l'entretien officiel terminé.

— Depuis la réouverture du théâtre, samedi, on organise des visites pour le public, intervint la directrice.

— Vous emmenez des visiteurs sur une passerelle à seize mètres du sol ?

Romano repensa à l'affichette de l'ascenseur indiquant un accès restreint : elle aurait imaginé des règles de sécurité plus strictes.

— En général, on évite, répondit son interlocutrice, gênée. Mais nous avons fait une exception pour la réouverture – on s'est battus pour garder le système de perches traditionnel, on voulait le montrer.

Et merde ! Le nombre de personnes ayant pu se promener sur la passerelle de commande venait tout à coup d'exploser.

— Vous savez s'il fallait s'inscrire pour les visites ?

— C'était en accès libre mais la montée dans les cintres était réservée aux plus de douze ans, poursuivit la jeune femme.

— Combien de visiteurs, à peu près ?

— Euh, quatre visites par jour depuis samedi, avec cinq ou six personnes qui montaient à chaque fois, enchaîna le cintrier.

— Ce qui ferait à peu près cent vingt personnes, estima rapidement Romano.

Le meurtrier avait un sacré bol, ou alors, il avait bien calculé son coup.

— Comment faisiez-vous, avec cet ascenseur minuscule ?

— Entre les familles et ceux qui ont le vertige, certains restaient en bas. Au pire, je séparais en deux groupes, que j'emmenais l'un après l'autre.

— Vous faisiez des démonstrations du matériel ?

Le jeune homme la regarda d'un air paniqué. Il venait de comprendre où elle voulait en venir.

— Pour bien expliquer, on est obligé de montrer une manœuvre, se justifia-t-il d'une voix hésitante. En général, je manipulais la perche du bateau, la plus spectaculaire. Tout à l'heure, je n'y ai pas pensé.

— On ne peut pas penser à tout, tenta de le réconforter sa cheffe.

Le cintrier avala sa salive, comme écrasé par la responsabilité. Si ça se trouve, il avait montré au meurtrier son *modus operandi*.

— À quand remonte votre dernière démonstration ? demanda doucement Romano.
— Tout à l'heure. La dernière visite devait commencer à 17 h 30 mais on avait un peu de retard. On est montés dans les cintres vers 18 heures. Juste après, au moment on commençait la visite des coulisses, l'alarme incendie s'est déclenchée.
— Ça arrive souvent ? demanda Romano.
En bon flic, elle n'aimait pas les coïncidences.
— À une époque, c'était toutes les semaines : un stagiaire qui fumait dans les toilettes. Plus maintenant.
— Vous avez évacué ?
— Pas le choix. Le temps que tout le monde se retrouve au point de rassemblement et que le responsable sécurité nous compte, on a perdu un bon quart d'heure. Ensuite, on est retournés dans les coulisses pour finir la visite. Le groupe était très intéressé, je n'imaginais pas ce qui allait se passer.
— Merci, et ne vous en faites pas. Vous avez juste fait votre travail.

Elle regarda le jeune homme s'éloigner d'un pas lourd et salua les deux techniciens de la PTS qui arrivaient en renfort. Sous les ordres du chef, l'un des deux s'accroupit dans l'ascenseur menant à la passerelle de commande, et entreprit de le tapisser de bandes adhésives, pour relever des fibres. Sa collègue attendait qu'il ait terminé, une mallette de prélèvement d'odeurs à la main.

Romano ne put s'empêcher de penser qu'ils auraient été mieux chez eux, à regarder une série en famille. En temps normal, l'ascenseur et la passerelle, d'accès restreint, se seraient bien prêtés à ce genre d'analyses. Mais vu le nombre de touristes qui avaient tout salopé, ce fastidieux travail était sans doute en pure perte. Ce qui ne dispensait pas, pour autant, de le faire.

Maintenant qu'elle connaissait le créneau horaire pendant lequel avait eu lieu le sabotage, elle avait encore une question pour la directrice.

– Vous avez parlé d'un moment de préparation collective, avant la représentation. Qui était présent, exactement ?

– Tous ceux qui travaillaient sur le spectacle : comédiens et techniciens. L'idée est de rassembler tout le monde pour une séance de méditation suivie d'une collation. Je pratiquais ça dans mon poste précédent, à Milan. Cela donne une énergie incroyable.

Elle aussi reprenait du poil de la bête dès qu'elle parlait boulot : de vrais passionnés. Mais Romano s'intéressait plus à l'horaire de cette séance qu'à son contenu.

– Vous avez commencé à quelle heure ?

La directrice prit soudain un air effaré. Elle venait de comprendre qu'on parlait alibi.

– De 18 heures à 20 heures. Nous étions dans le salon d'un hôtel du vieux Lille, dont le patron est un ami. Cela nous donne un alibi, c'est bien ça ?

– *A priori* oui, approuva Romano. Vous pouvez rentrer chez vous, je vous rappellerai si nécessaire. Je libère les comédiens et je rentre aussi.

La directrice avait été sacrément inspirée d'organiser son petit rassemblement.

Dans le hall du théâtre, les comédiens s'étaient assis par terre en cercle, serrés les uns contre les autres comme une portée de chiots. La moitié avaient remis leurs jeans et baskets, les autres ne s'étaient pas changés. Certains sanglotaient sans retenue, d'autres s'embrassaient. Une explosion de chagrin exubérante mais qui sonnait juste – même si ces gens maîtrisaient mieux que quiconque l'art de feindre. Adossé au mur, Léo Martel buvait du rhum au goulot d'une bouteille, qu'il fit passer à son voisin. Le légiste n'était pas là : son fils avait dû le dissuader de rester.

Puisque tous ces éplorés avaient *a priori* un alibi, l'interrogatoire formel pouvait attendre le lendemain. Elle se contenta de demander à la cantonade si quelqu'un avait remarqué quoi que ce soit d'inhabituel. Personne n'avait rien vu.

Une fois sortie, elle chercha à repérer des caméras de surveillance. Deux des trois entrées du théâtre en étaient équipées mais pas la dernière. Admirablement pensé.

Elle vérifia son téléphone et y trouva un SMS de Damien, qui en avait fini avec son dîner de boulot et lui proposait de la rejoindre dans un bar voisin. À sa place, elle serait rentrée se coucher sans l'attendre – il était bientôt minuit. Elle accepta sans hésiter. Pour une fois, la perspective d'une nuit solitaire ne la tentait pas. Sûrement le fait d'avoir vu la victime vivante, juste avant.

3

En descendant les marches du théâtre, Romano reconnut sans peine la silhouette longiligne du fils Martel, même de dos. Le jeune homme était enveloppé d'un manteau de velours noir qui ressemblait à sa tenue de scène – en plus voyant. En entendant son pas, il se retourna.

– Dure soirée, fit-elle. Vous êtes à pied ?
– Il a été assassiné ? demanda-t-il d'une voix altérée, sans se donner la peine de répondre.
– C'est une possibilité.
– Je ne sais pas comment vous faites, mon père et vous, pour gagner votre vie avec le malheur des autres.
– Un verre, ça vous dit ? Vous connaissez un bar ouvert dans le coin ?

Elle avait parlé sans réfléchir, peut-être pour montrer qu'elle n'était pas indifférente. Et puis, elle n'avait aucune chance de fermer l'œil en rentrant d'une scène de crime – elle n'essayait plus depuis longtemps. Elle se souvint, trop tard, que Damien l'attendait. Tant pis.

– On peut tenter le Clair de lune. Plutôt lugubre, je vous préviens.
– Lugubre, c'est parfait.

Sans un mot, elle suivit le jeune homme dans la rue Jean-Jaurès, où s'engouffrait un vent glacial. La météo avait le tact de s'accorder à l'ambiance.

En détectant une subtile pointe d'amabilité dans le « bonsoir » fatigué du patron, Romano comprit qu'il connaissait son client. Au bar en zinc, à l'ancienne, trois types trônaient sur leurs tabourets, le nez plongé dans un verre à peu près vide. Un trentenaire grassouillet à boucle d'oreille et gigantesque tatouage d'ancre sur l'avant-bras, un commercial à cravate synthétique à peu près du même âge qu'elle et un rocker à clous qui frôlait les soixante-dix balais. Un bel échantillon des dégâts physiques de l'alcool, classés par ordre croissant – ses estimations d'âge étaient sans doute fausses. Le premier avait les yeux brillants et le regard vide, le deuxième un teint rouge brique et le dernier un nez en chou-fleur et un corps invisible sous sa veste en jean, à force de maigreur. Tous regardaient droit devant eux. Dommage. En pivotant la tête de quatre-vingt-dix degrés vers leur voisin, les deux plus jeunes auraient eu une image précise de leur avenir, enfin, s'ils tenaient jusque-là. Et ils auraient abandonné leur verre pour courir chez eux se préparer une camomille, enfin s'ils avaient été raisonnables. Mais les gens raisonnables étaient rares. Elle, par exemple : la vision de ces épaves ne lui ôtait nullement l'envie d'un réconfortant.

Elle commanda une margarita et le fils Martel un café. Elle aurait volontiers grignoté quelque chose, prise de la fringale qui suivait toujours une rencontre avec un cadavre : une façon simple de se sentir vivante. Mais il n'y avait sûrement rien à manger dans ce boui-boui. Ou peut-être des chips – pour écouter un type au bord des larmes, les chips faisaient désinvolte, trop bruyant. Ils s'installèrent au fond, à une petite table. À part les pochetrons du bar, l'établissement était désert.

Les boissons débarquèrent dans un délai trop court pour être honnête. Le café devait être instantané et le cocktail approximatif. Néanmoins, dans un sursaut de conscience professionnelle ou de culpabilité, le patron avait planté dans le verre une brochette de fruits, note festive notoirement déplacée. Quoique. À y regarder de plus près, la tranche d'ananas flétrie et le morceau de pomme noirci étaient en état de mort clinique depuis un bon moment. À 1 heure du mat, il ne fallait pas trop en demander. D'ailleurs, la margarita n'était pas si mauvaise. Peut-être que le café non plus. En tout cas, le fils Martel l'avala en trois gorgées et sembla y puiser des forces.

— Cette pièce, Mathieu ne voulait pas la jouer, attaqua-t-il d'une voix ferme, en la regardant droit dans les yeux. Si nous n'avions pas insisté, il serait encore là.

— Vous voulez dire, ce soir ?

— Il ne voulait pas la jouer du tout. Après les événements de septembre, quand ces malades ont barricadé les portes du théâtre et déversé leurs torrents de haine, il a voulu tout lâcher. Pour ne pas s'abaisser, ou peut-être parce qu'il était trop abattu. Il s'était lancé dans un projet de nouvelle traduction des *Perses*, sans même avoir un éditeur : sans doute un prétexte pour se retirer du monde.

Les yeux clairs du jeune homme étaient soulignés de khôl. Romano n'aurait pas pensé que le maquillage puisse aller aussi bien à un homme.

— Comme s'il avait pressenti quelque chose, vous comprenez ? reprit-il. Et nous tous, à lui asséner comme des imbéciles qu'il n'était pas question de nous avouer vaincus et de rendre les armes — tout ce vocabulaire guerrier pitoyable. J'ai été jusqu'à dire qu'il en allait de notre responsabilité morale, qu'on ne pouvait pas laisser accroire ces accusations ignobles de racisme, qu'Eschyle avait été sali.

Tout en hochant la tête, Romano s'efforçait de conserver la distance professionnelle nécessaire. Car elle avait beau être dans un bar, à 1 heure du matin, en compagnie du fils d'un collègue avec qui elle avait couché une fois ou deux, elle était bel et bien au boulot.

Père et fils se ressemblaient physiquement mais pas dans leur façon de parler. Autant le légiste en rajoutait dans la virilité tonitruante, un peu datée, autant le fiston donnait dans le soutenu, presque précieux. Elle se demanda si c'était une façon de se démarquer. Les deux aînés de Martel semblaient marcher dans les pas de leur père sans état d'âme. Ils étaient tous deux légistes – elle hésitait à trouver ça touchant ou monstrueux. Mais ils ne ressemblaient pas du tout à leur père physiquement. D'ailleurs, l'aîné avait un type asiatique – les trois fils étaient de mères différentes. Remarque idiote. Un Asiatique peut très bien ressembler à un Blanc. Bref, l'heure n'était pas à faire de la psychologie ou de la génétique à deux balles.

— Et alors, demanda-t-elle, ce n'était pas de bons arguments pour rejouer la pièce ?

— Si, bien sûr. Mais Mathieu avait besoin de silence, de paix. Nous aurions dû respecter son désir.

La voix du fils Martel se brisait dans les fins de phrase : un écorché vif. Comme Mathieu Véran, du moins lorsqu'il était sur scène. Elle hésita à lui demander s'ils avaient eu une relation amoureuse. Mais pour demander un truc pareil dans un moment pareil, il aurait fallu la délicatesse de Tellier – qui, côté sensibilité, n'avait rien à envier aux deux comédiens.

— Ces accusations de racisme l'ont détruit, vous comprenez ? reprit le jeune comédien. Quand il a lu le communiqué de la FNF, j'étais à côté de lui, dans les coulisses : il a frôlé le malaise. Mathieu était un homme ouvert et tolérant : je ne comprends pas comment Max a pu faire ça.

— Max Boyer, le délégué général de la Fédération des Noirs de France ? Vous le connaissez ?

— On ne s'est pas adressé la parole depuis cette histoire — et ce n'est pas près d'arriver. Mais je l'avais croisé l'an dernier en préparant la Gay Pride. Il a aussi créé une asso de gays noirs.

Léo Martel était une figure de la communauté homosexuelle militante de Lille. Malgré son personnage de machiste primaire, le légiste en était très fier.

— Il est comment, Max Boyer ?

— Son association fait un travail remarquable auprès des jeunes rejetés par les familles. Mais lui, personnellement ? Nous n'avons jamais eu beaucoup d'affinités.

Les trois types du bar étaient partis et le patron avait dégainé son balai. Il le heurtait contre chaque pied de chaque tabouret, pour bien se faire entendre. Romano comprit que leur temps était compté et préféra passer à autre chose.

— Le maquillage noir visait à faire revivre une pratique théâtrale antique, c'est bien ça ?

— Exactement. Mais Mathieu ne se contentait pas de reproduire à l'identique — d'ailleurs, on ne sait pas grand-chose de la mise en scène antique, à part justement ce maquillage. Comme tous les grands hommes de théâtre, il avait aussi des interprétations personnelles, des intuitions, des fulgurances. Comme l'idée de ce bateau de réfugiés descendant au-dessus de lui, au moment où il prononçait cette phrase sur le rejet de l'autre.

— L'idée lui est venue quand ?

— À la première répétition. De mon point de vue, c'était le plus beau moment de la pièce.

De nouveau, le fils Martel semblait près de craquer. Elle s'éclaircit la voix et posa la main sur son bras, reprenant un geste qu'elle avait souvent vu faire à Tellier.

— Dans la troupe ou dans le personnel du théâtre, vous avez remarqué des tensions, des personnes susceptibles d'en vouloir à Mathieu ?

Le jeune comédien déglutit bruyamment et parvint à se reprendre.

– Mathieu était un type en or, modeste, très à l'écoute. Dans nos métiers, la plupart ont un ego surdimensionné.

Romano se demanda s'il se comptait dans le lot.

– Vous connaissiez sa vie privée ?

– Il était très discret. J'ai cru comprendre qu'il avait vécu une rupture compliquée à peu près en même temps que l'affaire. J'imagine que ça a fait beaucoup.

Romano hocha la tête. L'hypothèse d'une relation amoureuse entre la victime et son interlocuteur s'éloignait.

– Je sais aussi que sa mère est en soins palliatifs depuis des mois, reprit le jeune homme. Il allait la voir régulièrement.

– Des amis ?

– L'affaire a soudé la troupe, on passe pas mal de soirées ensemble. Mais Mathieu ne venait pas souvent : envie de prendre de la distance, je pense. Au début, il était même réticent à cette séquence de méditation collective, avant la représentation – il a accepté pour ne pas contrarier la nouvelle directrice. Je l'admirais beaucoup mais nous n'étions pas très proches. Un jour, je l'ai croisé avec une spécialiste de la civilisation américaine qu'il m'a présentée comme une grande amie. Et je crois qu'il était très lié à un professeur de langues anciennes, à la fac. Vous devriez les contacter.

C'était une manière polie de prendre congé. De toute façon, le patron commençait à trépigner.

– Merci de votre temps, fit Romano en se levant. On gagne notre vie avec le malheur des autres, vous avez raison, mais on essaye de mériter notre salaire. J'espère mettre la main sur celui qui a fait ça.

Faute d'être originale, la déclaration était sincère. Il lui plaisait bien, ce Mathieu Véran à la présence envoûtante.

Le temps de discuter avec le fils Martel, Damien lui avait envoyé trois SMS. Les deux premiers pour dire qu'il l'attendait toujours : d'abord à l'Hôtel de France puis au McDo quand celui-ci avait fermé. Le dernier message était arrivé à minuit vingt, deux minutes plus tôt. *Le McDo ferme aussi, je rentre. Appelle quand tu veux.*

Ce type était une crème. Il n'était peut-être pas trop tard pour le retrouver.

4

— Bonne journée ! lança Damien avant de lui expédier un baiser très conjugal, sur le trottoir.

Ils partirent chacun de son côté, lui vers sa moto, elle vers le commissariat. Le lendemain des nuits passées ensemble, ils jouaient toujours cette même scène, devant chez elle : une véritable routine. Dans quoi était-elle en train de se fourrer ?

Tout en marchant, elle se repassa le film de leur rencontre ridicule aux urgences vétérinaires, à 23 heures, elle avec Ruru, lui avec Gégé. Bientôt, cette séance de flash-back ferait partie du rituel matinal, elle aussi.

Ils étaient arrivés à la clinique pile en même temps et il lui avait tenu la porte : au premier coup d'œil, elle l'avait trouvé pas mal du tout. Grand, mince, une belle tignasse poivre et sel, un nez aquilin. Plus jeune, elle aurait peut-être même pensé que c'était son genre – elle ne croyait plus à une telle chose. Il portait un jean bien coupé et une parka grise qui sentait la marque chère – un type qui faisait attention à son apparence. Pour décider qui était prioritaire, l'assistante leur avait demandé d'exposer leur cas.

— Mon chat a avalé mon insigne, avait soupiré Romano, il respire mal.

— Lui, il a avalé une chaussette, avait enchaîné Damien, c'est le chien de ma fille.

Impossible de savoir si cette précision visait à souligner la gravité de la situation ou à dégager sa responsabilité sur l'éducation du caniche. En tout cas, il était d'un calme olympien et avait les yeux verts. Pas fréquent, les yeux verts. Elle lui donnait le même âge qu'elle ou un peu moins, l'idéal.

– Un grand chien la vomirait tout seul mais c'est plus embêtant chez un petit, avait signalé l'assistante. Quelle taille, la chaussette ?

– Quarante-quatre, elle est à moi, avait reconnu Damien, de sa voix légèrement rauque.

Sans doute un fumeur, avait-elle pensé, à tort. Ce qui n'était pas un problème vu ses intentions du moment. En tout cas, elle adorait ce genre de voix légèrement cassée.

– Les deux chirurgiens sont en train d'opérer et ne devraient plus en avoir pour longtemps, ni l'un ni l'autre. Le chat est prioritaire.

– Désolée, avait déclaré Romano avec un sourire hypocrite.

Si Ruru passait l'arme à gauche, ses collaborateurs la tiendraient pour responsable, à coup sûr – au commissariat, son chat était un personnage public dont elle devait fournir régulièrement des bulletins de santé physique et psychique.

– L'insigne passe avant la chaussette, normal, avait reconnu Damien, grand seigneur. Un insigne de quoi, au fait ?

– Commissaire.

À ce moment-là, un chirurgien en grande tenue avait fait irruption dans la salle d'attente et embarqué Ruru. Trente secondes plus tard, Gégé partait à son tour, avec une jeune femme en tenue de bloc. Pendant que les bestioles passaient au bistouri, Romano avait offert à Damien un café à la machine.

– J'avais posé mon insigne sur une table où Ruru ne va jamais, je ne comprends pas, avait-elle avoué. Un jour, il a massacré mon uniforme : j'ai l'impression qu'il a un problème avec les forces de l'ordre.

— Un chat anarchiste, pas de chance, avait compati Damien en la regardant avec insistance. Gégé donne plutôt dans la jalousie compulsive que dans l'engagement politique. Ma fille et moi nous sommes beaucoup rapprochés, après une phase compliquée à l'adolescence. Ça lui déplaît.

Le caniche vengeur était revenu du bloc le premier, tout jappant. La vétérinaire avait jugé bon de restituer la chaussette à losanges dans un sachet transparent, toute glaireuse et monstrueusement disproportionnée par rapport au chien. Sans doute pour souligner le manque de surveillance qui avait été nécessaire pour en arriver là.

— Je vous aurais bien tenu compagnie mais il ne l'entend pas de cette oreille, s'était excusé Damien pendant que Gégé tirait sur sa laisse.

Petit mais teigneux, comme il se doit.

— Vous me donnerez des nouvelles de Ruru ? Voici mon numéro.

Le lendemain, elle lui annonçait que son chat se portait bien, et l'insigne aussi. Six mois plus tard, ils échangeaient des baisers conjugaux sur le trottoir.

Romano soupçonnait que Ruru, à l'origine de leur rencontre, était aussi pour quelque chose dans ces prolongations inhabituelles – en général, elle s'en tenait aux histoires courtes. Quelques jours avant la rencontre chez le vétérinaire, elle avait reçu pour son anniversaire un recueil de haikus sur les chats, un essai sur les cultures félines et un ouvrage de développement personnel intitulé *Vivre et penser comme un chat*. Depuis quand le chat passait-il pour son centre d'intérêt numéro 1 ? Allait-elle devenir une mémère à chats ? Une relation de couple était un bon moyen d'éviter cet écueil. Avec le risque évident que le remède soit pire que le mal.

Ne rien exagérer. Six mois, ce n'était pas si long, elle avait fait pire avec João. Mais João vivait à Porto, et Damien à Tourcoing. Non seulement elle le voyait souvent, mais elle le voyait chez elle : contraire à ses principes. Comment faire autrement puisqu'il habitait avec sa fille, la maîtresse de Gégé ?

Quand elle franchit la porte du commissariat, il était un peu plus de 9 heures – côté ponctualité, cette relation n'était pas terrible. Elle passa une tête dans le box de Tellier et fut impressionnée par sa tenue vestimentaire. Avec son sous-pull violet couvert d'un gilet torsadé dans un camaïeu de beiges, son adjoint battait tous ses records. Longtemps, elle avait espéré que l'adolescence de ses filles apporterait un mieux : en grandissant, elles auraient honte de leur père et le sermonneraient. Pas du tout. Aveuglées par leur amour filial, elles ne remarquaient rien. Pire, elles l'avaient convaincu de s'habiller en friperie, comme elles. Depuis, son adjoint ne cessait de repousser ses limites.

– Il y a du nouveau, annonça-t-elle. Récupérez Clément et Dubois et montez me voir.

En attendant que la machine crache son café, elle médita sur l'étrangeté du monde. Depuis sa sortie de l'école de commissaires, vingt-trois ans plus tôt, elle avait traîné ses galons dans pas mal de coins avant d'atterrir à Lille. Jamais, nulle part, elle n'avait vu l'administration prévoir la formation d'un nouveau collaborateur par son prédécesseur. Et voilà que pour le départ de Clément, qui n'était pas exactement une flèche, *ils* avaient prévu un « tuilage » d'un mois avec son remplaçant, sans doute pour que l'adjudant transmette ses admirables méthodes de travail. Était-ce un complot du divisionnaire Bertin pour l'emmerder ? Possible. Dans ce cas, c'était raté. Elle n'était pas si pressée de voir partir Clément, pas malin, certes, mais bon soldat. Curieusement, ses raisonnements simplets s'avéraient parfois utiles dans les enquêtes.

Quant à l'intéressé, le mot *tuilage* l'enchantait. Tout imbu de sa mission de formateur, il paradait dans les couloirs, aux anges – Clément paradait volontiers. Il ne lâchait pas Dubois d'une semelle, jamais. Un excès de zèle qui inquiétait Romano : supporter Clément huit heures par jour était une entrée en matière difficile.

Une fois ses collaborateurs assis en face d'elle, elle allongea les jambes et posa les pieds sur son bureau, sa position favorite.

— Hier soir, à 21 h 17, Mathieu Véran, comédien, metteur en scène et brillant helléniste, est mort au Nouveau Théâtre en pleine représentation, écrasé par un bateau en bois qui faisait partie du décor. *A priori*, une machinerie du théâtre a été sabotée – j'ai mandaté une expertise judiciaire pour confirmation officielle mais il n'y a guère de doute. Mort sur le coup. Martel était dans le public et moi aussi.

— Sacrée coïncidence ! s'exclama Clément.

Elle approuva d'un hochement de tête et poursuivit son résumé : le blocus du théâtre sept mois plus tôt, les réactions scandalisées, la reprogrammation de la pièce devant du beau linge.

— Si vous étiez dans le public, ça prouve que c'était bien fréquenté, renchérit Clément.

Venant d'un autre, cela aurait pu être de l'humour. Mais Clément était un homme du premier degré.

— N'empêche que les *blackfaces* sont un sujet important, intervint Tellier. Si vous voulez un exemple, allez voir *Naissance d'une nation*, un film américain de 1915 qui a eu un énorme succès. Les Noirs, joués par des Blancs grimés, sont tous des ivrognes débiles et violeurs de Blanches.

Le film a relancé le Ku Klux Kan, de quoi être vigilant sur le sujet !

Dubois regardait Tellier, l'air surpris. Comme il ne connaissait pas encore le capitaine, peut-être le soupçonnait-il de surjouer l'indignation en son honneur – il avait la peau noire.

— La mise en scène de Véran n'avait rien à voir avec tout ça, rappela Romano. Cette histoire démontre juste la dérive de certains militants antiracistes. Des militants un peu cons, ça s'est vu.

— Ça vaut toujours mieux que l'indifférence, remarqua Tellier d'un ton pincé.

En matière de militantisme, il avait un CV impressionnant : MRAP, Cimade, un tas d'associations écolos dont elle avait oublié le nom. Il finissait toujours par être en désaccord sur un point et se fendait d'une lettre d'adieu avant de claquer la porte. Une expérience mitigée, qui n'altérait pas son enthousiasme.

— Il y a peut-être certains excès aux États-Unis mais il ne faut pas se tromper d'ennemi, reprit-il en se tournant vers Dubois, qui ne réagit pas. Le problème, c'est le racisme, pas l'antiracisme.

Romano regarda son adjoint, surprise. Même si ses discours la fatiguaient, elle était généralement d'accord avec lui sur la marche du monde.

— Des excès, et même du délire pur et simple. Toujours sur les *blackfaces*, un universitaire américain a dénoncé le racisme de la scène des ramoneurs de Mary Poppins, alors que leur maquillage représente la suie !

— Il faudrait regarder la source, fit Tellier avec une moue. Je ne serais pas surpris que ce soit des *fake news*.

Pour le coup, Romano n'en revenait pas qu'il mette en doute ses propos. Elle faillit lui rétorquer qu'elle y avait passé la moitié de la nuit mais n'eut pas envie de le relancer. Cette histoire appuyait sur des points sensibles, et d'abord son réflexe de défendre tous les opprimés de la terre.

— J'ai l'habitude de vérifier mes informations, trancha-t-elle. Et maintenant, revenons à nos moutons.

Mais Tellier n'était pas prêt à lâcher l'affaire – Tellier ne lâchait jamais l'affaire. Il avait plongé le nez dans son téléphone pour faire des recherches complémentaires.

— Mathieu Véran s'acoquinait avec des gens pas très fréquentables, c'est le moins qu'on puisse dire ! triompha-t-il. J'ai trouvé un tweet du Rassemblement national : *Soutien à la mise en scène de Mathieu Véran. Halte aux délires anti-Blancs.* Et ça, d'un militant RN : *Solidarité avec Mathieu Véran, le théâtre grec est un fondement clé de notre culture.*

— Admirablement formulé, ironisa Romano pour détendre l'atmosphère.

Dans le palmarès des nombreux sujets qui mettaient Tellier dans tous ses états, l'extrême droite arrivait en tête. Pendant une nuit de planque, il lui avait confié, des trémolos dans la voix, que sa mère votait RN depuis son remariage. Elle n'avait pas osé lui demander si c'était la raison pour laquelle il avait coupé les ponts.

— Il a reçu plusieurs messages de soutien, y compris de gens haut placés dans le parti, reprit-il. Je ne dis pas que ses *blackfaces* étaient malintentionnées mais le personnage est un peu sulfureux.

Circonstances atténuantes ou pas, il commençait à la gaver.

— Putain Tellier, ce ne sont pas des *blackfaces* ! Et il n'y est pour rien, le pauvre gars ! Ce n'est pas parce que Hitler était végétarien que tous les végétariens sont des nazis ! Si vous publiez un post sur les complotistes fous dans lequel vous rappelez que la terre est ronde, et qu'un type d'extrême droite a l'idée de *liker*, vous faites quoi ? Un démenti pour annoncer que, tout bien réfléchi, la terre est peut-être un peu plate quand même ?

— L'extrême droite fait de la récupération, ce n'est pas nouveau, approuva Dubois.

— Et je peux vous assurer que Véran se serait bien passé de son soutien, enchaîna Romano. Il a écrit une tribune salée dans *La Voix du Nord*.

À son tour, elle dégaina son téléphone.

— *Subir des attaques abjectes est éprouvant, recevoir certains soutiens l'est tout autant. Des apprentis fachos bas du front, homophobes et racistes ont jugé bon de défendre ma mise en scène des* Suppliantes. *C'est dur d'être aimé par des cons ! Je ne résiste pas à ce modeste hommage à la formule de Cabu mais l'extrême droite ne m'aime pas – au moins une consolation. Comme toujours, elle fait feu de tout bois. Quand l'antiracisme se fourvoie dans les délires paranoïaques et la censure, il devient son terreau. Quel gâchis, alors même que le mépris, la haine et la peur à l'égard des Noirs, des femmes, des Arabes, des Juifs, des homosexuels ou des trans, existent bel et bien, ici et ailleurs. Alors ? Vous l'accusez toujours de* s'acoquiner *avec des* peu fréquentables *! Et moi, par capillarité, je suis aussi une sulfureuse qui s'acoquine ?*

— Son papier a le mérite d'être clair, reconnut Tellier, penaud.

— Ces types sont cons comme des boucs, conclut Dubois.

Avec tout ça, Romano ne savait plus trop de quels types il parlait mais l'expression lui plaisait bien.

— *Apprentis fachos bas du front* : ils auraient pu le poursuivre pour diffamation, reprit-elle. Sans doute ont-ils estimé qu'ils avaient plus à perdre qu'à gagner. C'est bon ? On se met au boulot ?

Tellier hocha la tête mollement, convaincu sur les accointances de Mathieu Véran, ou plutôt l'absence d'accointances, mais pas sur le reste : tant pis. Elle s'approcha du tableau blanc pour faire un croquis de la scène.

— Ici, le plateau du théâtre, au-dessus, la passerelle de commande et la passerelle de charge.

Elle présenta le mécanisme des perches contrebalancées puis la façon dont le morceau de scotch avait été déplacé : un *modus operandi* d'une simplicité diabolique.

— À ce stade, que peut-on dire du coupable ? demanda-t-elle en rouvrant son marqueur.

À force de voir ses collaborateurs se jalouser pour écrire au tableau comme des gamins devant la maîtresse, elle s'était résignée à noter elle-même, malgré son écriture de cochon.

— Il savait que le bateau arriverait au-dessus de la tête de Véran, ce qui veut dire qu'il a assisté aux répétitions, avança Dubois.

Sans le savoir, il venait de bafouer la règle non dite de laisser Clément parler le premier, pour le mettre en confiance.

— En temps normal, compléta Romano, cela pointerait vers un nombre restreint de personnes. Malheureusement, il y a eu trois répétitions publiques avant la représentation annulée de septembre. C'est sans doute comme ça qu'a démarré l'accusation de *blackfaces*.

— Le coupable connaissait la machinerie du théâtre, intervint Clément dans un rare accès de perspicacité.

— Excellente remarque !

L'adjudant demandait à être beaucoup félicité. Pour le coup, ça ne lui manquerait pas.

— Là aussi, ça fait du monde puisque le cintrier a fait des démos du système de perches à des groupes de visiteurs ces jours derniers. Le Nouveau Théâtre se vante sur toutes les affiches d'être un théâtre « ouvert sur le monde ! ». On peut le dire !

— Au moins, ils tiennent leurs engagements, remarqua Tellier.

— Un sacré manque de bol ! persifla Romano. Vous en connaissez beaucoup, des gens qui font ce qu'ils disent ? Le divisionnaire Bertin est référent national du management par la bienveillance, ça ne le rend pas plus aimable.

— Il aurait suffi d'assister à une visite de groupe pour mettre au point le sabotage ? demanda Dubois.

— Les explications du cintrier étaient claires et complètes. *A priori*, oui. En tout cas, on a une fourchette horaire pour le déplacement du scotch repère. Le cintrier a montré le mécanisme du bateau pour la dernière fois hier à 18 heures et il est revenu sur la passerelle de commande à 19 h 45. Le sabotage a eu lieu entre les deux.

— Il y a des caméras de surveillance ? fit Dubois.

— Devant l'entrée principale et celle de gauche mais pas devant la porte de droite. En gros, on entre dans ce théâtre comme dans un moulin. On regardera les vidéos mais mieux vaut recenser d'abord l'entourage de Véran : on saura au moins qui chercher. Pour le moment, les seules pistes sont les associations qui ont empêché la représentation de septembre : la Fédération des Noirs de France, et le Syndicat national des étudiants en colère. Et leurs chefs respectifs : Max Boyer et Alexandre Joly.

— Ils n'ont pas dû apprécier que le spectacle ait finalement lieu, et grâce à eux, en grande pompe, reconnut Tellier.

— Non seulement Véran a eu droit à un parterre de célébrités et à la presse nationale, mais la pièce a été nominée pour les Molières. De quoi avoir les boules, renchérit Romano.

— Il ne suffit pas d'avoir les boules pour préméditer un meurtre, remarqua Dubois.

— Exact, reconnut Romano. Il n'en reste pas moins que nos militants antiracistes et étudiants sont du genre excité.

Le communiqué cosigné en septembre était croquignolet, dans un style très Révolution culturelle. « Nous ne tolérerons pas ces provocations ignobles et nous exigeons que le Nouveau Théâtre et ses financeurs présentent leurs excuses pour leur soutien à un spectacle raciste. » Quasiment un appel à prendre les armes ! Le problème, quand on écrit des conneries, c'est qu'il y a toujours des abrutis pour les croire.

Tellier se raidit de nouveau. Cette affaire lui mettait les nerfs à vif.

— Un crime politique, ici ? demanda Dubois avec une moue sceptique.

— J'ai l'impression que les affaires reprennent, soupira Romano. Dix jours avant le vote du Brexit, une députée travailliste a été abattue par un type d'extrême droite. Aux États-Unis, des médecins pratiquant l'avortement se font tirer à la carabine de temps en temps. Ceci dit, il faut chercher aussi du côté de la vie privée de la victime. D'après le fils Martel, Véran avait vécu une rupture douloureuse à peu près au moment de l'affaire des *Suppliantes* – il y a peut-être un lien.

— Et les comédiens ? demanda Dubois. Ils étaient bien placés.

— *A priori*, ils ont un alibi car ils étaient tous ensemble – d'ailleurs, le fils Martel prétend que toute la troupe adorait Véran. Mais on les interrogera quand même : ils ont peut-être des choses à raconter. Autre chose ?

Avec un bel ensemble, les trois firent non de la tête.

— Alors au boulot. Tellier, convoquez les comédiens et planifiez les entretiens avec Dubois. Ils sont trente-cinq, ça va prendre un moment. Appelez aussi l'ex de Véran pour la prévenir qu'on passe la voir cet après-midi ; elle est maître de conférences en sociologie à Lille-II. Ensuite, ramassez tout ce que vous pouvez sur Max Boyer, le chef de la FNF – Romano espérait que cette petite recherche ouvrirait les yeux de son adjoint. D'après son compte Facebook, il participe à un colloque à Bruxelles pour la journée, on ira le voir à son retour. Clément et Dubois, venez avec moi interroger Alexandre Joly, le délégué général du SNEC. Il y a des chances pour qu'il soit chez lui à pioncer : les jeunes font la grasse matinée.

— Cela nous conférera un précieux avantage psychologique, commenta Clément, sentencieux.

— Tout à fait, approuva Romano en évitant le regard de Dubois – Clément étant ombrageux, un simple échange de sourires aurait pu avoir des conséquences incalculables.

5

Alexandre Joly habitait rue Esquermoise, à deux pas de chez Romano. Et donc à moins d'un kilomètre et demi du commissariat, seuil minimum fixé pour prendre une voiture, sauf en cas d'urgence. Romano avait établi cette règle, au motif environnemental, sous l'influence de Tellier, ou plutôt sous l'emprise psychologique de Tellier. Sous ses dehors gentils, son adjoint la menait par le bout du nez. Heureusement, elle était la seule à s'en rendre compte – sa grande gueule faisait illusion.

– Bon pour la planète, bon pour la forme, avait-elle expliqué d'un ton guilleret en annonçant la mesure.

Malgré ce slogan remarquablement cucul, l'équipe ne râlait pas trop – ou alors derrière son dos, et ça, elle s'en foutait. Seul Clément n'avait pas bien pris la chose. Évidemment, il s'était abstenu de critiquer la décision de sa supérieure mais il faisait la gueule chaque fois qu'il partait à pied. Les gyrophares, les crissements de pneus et, surtout, le privilège de se garer n'importe où, faisaient partie des attributs du pouvoir – pas si nombreux. Mieux valait encore piloter une Clio cabossée portant cent cinquante mille kilomètres au compteur que mettre un pied devant l'autre, comme le premier vagabond venu. En réalité, songea Romano en voyant l'air contrit de l'adjudant, il aurait dû travailler dans la police montée. Aux commandes d'un bel alezan, dominant les promeneurs d'un air gonflé de dignité, Clément aurait été au paradis.

De son côté, elle avait d'abord regretté les trajets en voiture, bien pratiques pour vider sa messagerie et faire des recherches sur Internet – elle laissait toujours le volant à ses collègues. Mais elle avait vite appris à consulter son téléphone en marchant, malgré la désapprobation de Tellier. Le capitaine devait considérer le déplacement pédestre comme un moyen de se libérer du fléau généralisé de l'addiction électronique, ou quelque chose dans le genre.

– Côté connerie, Alexandre Joly donne dans le haut niveau ! s'exclama-t-elle en évitant de peu une crotte de chien – le grand frisson de la consultation du téléphone sur les trottoirs. Vous savez ce qu'il a déclaré au *Parisien*, pour protester contre la mise en place d'une sélection pour certaines filières universitaires : « Je préfère un tirage au sort à des critères arbitraires ! » Le tirage au sort pour lutter contre l'arbitraire : il fallait y penser !

– Les syndicats étudiants ne volent pas toujours très haut, remarqua Dubois.

– Quoique, dans un sens, il a raison, le petit. On devrait imposer le tirage au sort pour remplacer toutes les décisions humaines imparfaites – désolée pour le pléonasme. Dans la justice, par exemple. Pourquoi se limiter à la constitution des jurys alors qu'on pourrait l'étendre au verdict ? Comme ça, la décision ne serait pas influencée par l'humeur du juge ou la personnalité des jurés. Approchez, choisissez un petit papier, voyons… Deux mois avec sursis ? Félicitations, bonne pioche ! Pour un quadruple meurtre, vous vous en sortez bien !

– Deux mois pour quatre meurtres, ce serait possible ? demanda Clément, qui en oubliait de faire la gueule.

— C'est ce qu'on veut éviter, expliqua Dubois avec gentillesse.

Une fois de plus, elle admira sa patience.

— Joly a fait scission avec son syndicat d'origine, si je me souviens bien ? reprit Dubois.

— J'ai l'impression qu'il a réussi à créer une dissidence encore plus naze que la branche historique, c'était pas gagné, approuva Romano. Quand Notre-Dame a brûlé, il s'est fait remarquer par un tweet dans lequel il se moquait de l'émotion provoquée par l'événement : *Drame national, une charpente de cathédrale brûle*, pas très sympathique.

Ils étaient arrivés. Tant mieux car elle avait les mains gelées — un autre inconvénient du téléphone en marchant. Le numéro 24, comme ses voisins, était un immeuble XVIIe, dont le rez-de-chaussée était occupé par un magasin de luminaires design.

Après l'interphone et deux codes, Alexandre Joly leur ouvrit une belle porte sculptée, tout mimi avec ses jolies boucles, sa barbe nickel et son odeur de mousse à raser.

— Nous enquêtons sur la mort de Mathieu Véran, annonça Romano d'un ton rogue.

— J'ai vu ça sur Twitter, fit le jeune homme avec une pointe de condescendance. Ce n'est pas un accident ?

— Non, ce n'est pas un accident. On peut entrer ?

Le jeune homme prit un air gêné, il avait vraiment l'air d'un gamin.

— Vous pourriez revenir plus tard ? Je ne suis pas seul.

— On ne peut pas, non.

Ils se retrouvèrent dans un salon au mobilier standard, mais dont la taille représentait, en soi, un sacré luxe dans ce quartier.

— Elle doit bientôt faire cette pièce, expliqua le jeune homme avec moins de superbe.

L'arrivée d'une trentenaire brune et rondelette, en blouse de nylon, vint éclairer cette remarque. La visiteuse n'était pas sa copine mais sa femme de ménage. Rigolo pour un type qui pérorait sur la précarité des jeunes et réclamait un salaire pour tous les étudiants – peut-être réclamait-il aussi une femme de ménage.

– Belina, vous pouvez y aller, vous rattraperez la semaine prochaine, fit-il aimablement, comme s'il lui accordait une faveur.

Pour un petit jeune, il avait déjà de bons réflexes.

– Je dois récupérer les enfants à 11 h 30, répondit la femme de ménage sans se laisser démonter. Comment je fais pour rester plus tard ?

– J'avais oublié. Allez-y, tant pis pour la fin de votre heure. Je vous paierai comme d'habitude.

La jeune femme, peut-être turque ou albanaise, entreprit de déboutonner sa blouse, puis de la plier avec soin. Ensuite, elle emballa ses sandales en plastique dans un sachet. Tout cela était interminable.

– Où étiez-vous hier entre 18 heures et 20 heures ? attaqua Romano dès que le prolétariat eut claqué la porte.

– À la fac, en cours.

Vu son air triomphal, ça ne devait pas arriver souvent.

– Vous connaissiez Mathieu Véran ? enchaîna-t-elle.

– Je ne l'ai jamais rencontré et je ne le regrette pas. Ce type était un raciste sournois, la pire espèce. Ne comptez pas sur moi pour me plier à cette convention hypocrite qui consiste à ne pas critiquer les morts.

Ses boucles lui donnaient un petit air de BHL jeune, il aurait dû tenter la chemise blanche.

– Je ne compte pas sur vous pour quoi que ce soit. Et pour votre convention, rassurez-vous : dire du mal des défunts, ça s'est vu.

Dommage que Tellier n'ait pas été là, avec sa gentillesse inaltérable. Elle avait plus de mal à contrôler ses antipathies.

— Résumons-nous, reprit-elle. Il y a sept mois, le SNEC et la FNF ont empêché la représentation des *Suppliantes* en bloquant l'accès au Nouveau Théâtre. Ce qui a mis d'accord contre vous tout le milieu culturel et à peu près toute la classe politique — sacrée prouesse. La pièce a été reprogrammée hier soir de façon très médiatisée. Et pour le coup, vous la bouclez. Vous ne pouviez pas commettre un petit tweet bien senti ?

— Toute la sphère intello-médiatique se serre les coudes dès qu'un de ses membres est mis en cause. Nous avons jugé que toute nouvelle action sur cette pièce serait contreproductive, du moins dans l'immédiat, et opté pour un repli stratégique.

— Cette stratégie n'a pas suscité de frustrations chez le militant de base ? J'imagine que tous n'ont pas votre hauteur de vue ?

Elle se payait sa tête d'autant plus ouvertement que le pauvre garçon ne s'en rendait pas compte. D'ailleurs, pourquoi le plaindre ? Vivre dans une telle bulle de certitudes devait être reposant.

— La commissaire demande si certains membres de votre syndicat auraient pu être tentés de se faire justice, reformula Dubois.

Pas de doute, elle gagnait au change par rapport à Clément.

— La gouvernance démocratique est dans l'ADN du SNEC. Nous avons créé une structure résolument différente des autres organisations étudiantes, gangrenées par les luttes de pouvoir pathétiques entre factions et entre dirigeants. Cette culture de la transparence nous garantit une complète loyauté, au sein de l'appareil de direction comme dans la communauté militante. Je me porte personnellement garant de tous les membres du SNEC.

Un général répondant de ses hommes n'aurait pas dit mieux. Romano bâilla ostensiblement. Pendant la nuit, elle avait passé une heure à éplucher les communiqués et tweets du syndicat étudiant : elle avait sa dose de langue de bois.

— Quel cours, quel professeur, quelle salle ?

— Pédagogie, didactiques et évaluation des apprentissages, professeur Molinet, amphithéâtre Pierre-Mauroy.

— Vous êtes dans quelle filière ? demanda Dubois.

— Science de l'éducation, L2.

Romano se demanda si le mot *science* était au singulier ou au pluriel – elle ne voyait l'éducation ni comme une science ou ni comme un ensemble de sciences. En tout cas, si elle avait eu des gosses, elle n'aurait pas aimé que ce joli cœur les éduque ou les rééduque, à grands coups de dazibaos.

6

– Con comme un bouc ! résuma Romano, une fois dans l'escalier – malheureusement, l'expression de Dubois était facile à replacer. S'il avait voulu dérégler la perche du bateau, il se serait sûrement trompé de fil.

Elle nota qu'elle avait fait sienne l'interdiction de prononcer le mot *corde*. La superstition n'était pourtant pas son truc, la tradition non plus. Il faut croire qu'elle avait un faible pour cette tribu de théâtreux.

– Je l'ai trouvé plutôt sympa, fit Dubois. Il aurait pu rester dans son cocon de fils de riche. Au moins, il s'intéresse aux autres.

– En tout cas, pour un jeune, il s'exprime bien, dit Clément.

– À mon avis, il s'intéresse surtout à son avenir. Pour un étudiant fainéant et pas très malin, le syndicalisme reste un moyen de se faire remarquer.

Une neige mouillée s'était mise à tomber, qui fouettait le visage, sacré temps pour un mois d'avril. Elle envisagea d'instituer une dérogation météo à la règle du kilomètre et demi à pied et y renonça aussitôt. Tellier monterait sur ses grands chevaux et cela ouvrirait la porte à d'autres demandes de dérogation : la galère. Au moins, le froid poussait à marcher vite et donc à brûler quelques calories. Excellent pour la bedaine de Clément et son soupçon de ventre à elle – Dubois n'avait pas un gramme de graisse à perdre.

Dans l'entrée du commissariat, Julien avait remplacé la déclaration des droits de l'homme défraîchie, comme elle le lui avait demandé. Le chargé d'accueil avait pris l'initiative d'imprimer la nouvelle copie sur un fond bleu pétant, plus joyeux. Malgré tout, entre la fenêtre grillagée, le calendrier des pompiers, les chaises en plastique bas de gamme et le numéro d'aide aux victimes, la déco était tristounette. Au moins, se consola-t-elle, on était au sec.

– Alexandre Joly a un alibi, annonça Romano quand Tellier les eut rejoints dans son bureau. Il était en cours, j'ai l'impression que ça ne lui arrive pas souvent. Et vous ?

– De 18 heures à 20 heures, tous les comédiens et techniciens étaient ensemble pour une séance de méditation suivie d'une collation. Autrement dit, ils sont tous hors de cause.

– Les trois cintriers étaient là aussi ?

– Sauf celui qui faisait visiter les installations. Mais les deux autres, oui. La directrice essaye d'instaurer ça avant les premières, pour renforcer les liens entre les différents métiers.

– Et du côté de l'ex ?

– J'ai découvert que Laetitia Leroux avait soutenu les opposants au spectacle. Elle a publié sur Facebook une tribune relayée par le SNEC et la FNF : *Le racisme rampant du monde culturel sur le devant de la scène.*

– Ils étaient déjà séparés ? demanda Dubois.

– Aucune idée.

– Il faudra voir comment ça s'emboîte, fit Romano. Est-ce qu'elle l'a largué à cause du spectacle ? Est-ce qu'il l'a larguée à cause de sa tribune Facebook ? Est-ce qu'elle a écrit sa tribune parce qu'il l'avait larguée ?

— C'est peut-être un crime passionnel, commenta Clément, qui donnait décidément le meilleur de lui-même depuis qu'il avait annoncé son départ.

— Ou politico-passionnel, ajouta Dubois. En Angleterre, il paraît que les conseillers conjugaux ont fait un tabac avant le Brexit. Un tas de couples se sont embrouillés parce qu'ils n'allaient pas voter pareil.

Le Brexit était décidément une belle réussite dans tous les domaines.

— Comme Laetitia Leroux ne me rappelait pas, j'ai passé un coup de fil à l'université, reprit Tellier. Elle est en cours jusqu'à 16 heures.

— Parfait, on ira l'attendre à la sortie. Et sur Max Boyer, du nouveau ?

— Il est très présent sur les réseaux sociaux. En plus de diriger la FNF, il est président de l'association des Gays noirs de France.

— Alors, vous en pensez quoi ? demanda Romano.

Tellier se tortilla sur sa chaise.

— Leurs objectifs sont louables mais leur discours est assez radical, voire haineux parfois — comme toujours sur les réseaux sociaux.

La retenue de Tellier était inhabituelle. En général, les discours haineux le mettaient dans tous ses états.

— La haine ne suffit pas à dégommer un type mais ça reste une bonne base, fit Romano en cherchant des photos de Boyer sur son portable. Il est beau gosse, dommage qu'il s'affuble en permanence de cette écharpe orange ridicule. Un besoin aussi puéril de se faire remarquer, ce n'est pas bon signe. Quand je bossais en Seine-et-Marne, le divisionnaire ne sortait jamais sans son foulard rouge : un vrai roquet ! Et sur les proches de Mathieu Véran ?

— Une mère en soins palliatifs à l'hôpital de Lille, une sœur à Croix. Et les deux amis que vous avez mentionnés : la chercheuse en civilisation américaine et son collègue à la fac.

— Essayons de les joindre.

Le professeur Sénécal était sur messagerie. Et Agnès Plésiat dans le TGV qui arrivait de Paris une demi-heure plus tard. La chercheuse proposa de les retrouver dans le centre commercial qui jouxtait la gare.

— Dubois, venez l'interroger avec moi. Tellier et Clément, appelez le théâtre pour demander la liste des répétitions publiques et des visites. On va lancer un appel à témoins dans la presse au cas où quelqu'un aurait remarqué quelque chose.

Romano aurait aimé que son adjoint participe à l'entretien avec la chercheuse mais elle préférait garder Dubois avec elle. Après deux semaines collé aux basques de Clément, il était urgent de lui offrir une pause.

7

La chercheuse leur avait donné rendez-vous dans une reproduction de *dinner* à l'américaine, avec enseigne en néon rose, sol en damier et banquettes de skaï blanc. Pour une spécialiste des États-Unis, le choix était rigolo – peut-être venait-elle y travailler pour se mettre dans l'ambiance. Le déguisement de la serveuse parachevait le décor : robe à rayures évasée, coiffe en papier, tablier blanc, *babies* aux pieds. Heureusement pour elle, elle était jeune et jolie.

– On s'y croirait, non ? fit Romano.

– L'exotisme à deux pas de chez vous ! approuva Dubois.

Le café était authentique, lui aussi, autrement dit, infect. Rien de tel pour vous mettre de mauvais poil.

– Aux États-Unis, ils le serviraient à volonté mais on n'y perd rien. Vous avez eu du flair, avec votre Coca. Je vais faire comme vous.

Au moment où Romano allait héler la serveuse, Agnès Plésiat fit son entrée, sac de voyage en cuir à l'épaule. Un vrai signe de rébellion, à l'ère des valises à roulettes – d'autant qu'elle était toute petite et que son sac paraissait énorme. Avec ses bottes et sa veste en grosse toile, la chercheuse avait un côté cow-boy qui allait bien avec le décor – même si les cow-boys sont rarement noirs.

Romano lui fit un signe de la main et la nouvelle venue les rejoignit. Elle se laissa tomber sur la banquette, à côté de Dubois. Traits tirés, cernes, yeux rougis.

— Je n'arrive pas à y croire, fit-elle sans préambule. Ça n'aurait rien changé mais je m'en veux terriblement de n'avoir pas été là.

Elle se frotta les yeux. Signe de fatigue ou espoir de se réveiller d'un cauchemar.

— Vous n'avez pas pu assister à la représentation ? demanda Dubois.

Romano lui avait proposé de mener l'entretien avec elle. Sans plus de précisions, histoire de voir comment il s'en tirait.

— J'étais à San Antonio, Texas, pour un meeting démocrate.

— Mathieu Véran était un ami proche ?

— On s'est rencontrés dans une manif de SOS Racisme, en 87 – la grande époque. En trente-cinq ans, il n'y a pas eu beaucoup de semaines sans qu'on se parle. C'est terrible de le perdre, surtout dans ces circonstances.

Romano comprit qu'elle ne faisait pas allusion au bateau reçu sur la tête mais au contexte politique.

— Il avait été très affecté par l'annulation de la représentation, en septembre ?

— Traumatisé serait plus juste. Les insultes l'avaient beaucoup atteint – pas facile à avaler pour un homme aussi tolérant. Il a vite abandonné le militantisme mais est resté très mobilisé sur la question du racisme : pas si fréquent pour un fils de petits commerçants – je suis toujours curieuse du milieu d'origine de mes amis, sûrement par déformation professionnelle.

Romano hocha la tête en songeant que les enfants de commerçants n'étaient sans doute pas nombreux non plus dans le milieu du théâtre : Mathieu Véran avait décidément un parcours singulier.

— Si le blocus de la salle avait été le fait d'un excité isolé, il l'aurait mieux vécu, reprit Agnès Plésiat. Mais pour lui, cette farce tragique reflétait les égarements d'une partie de sa famille politique. Je connais bien le sujet puisque ces nouvelles formes d'activisme ont pris naissance sur les campus universitaires américains.

— Vous travaillez sur la gauche américaine ? demanda Romano.

— Depuis cinq ans — avant, j'ai étudié les mouvements évangéliques. Même si la gauche a réussi à dégager Trump, elle est dans un sale état et très mal vue des classes populaires. Depuis des années, elle s'enferre dans des combats identitaires et n'a plus de vision politique ou sociale. Pour vous donner un exemple, le site Internet du parti démocrate vous propose dix-sept pages différentes selon votre identité : Amérindiens, communauté hispanique, LGBT… Un projet politique se construit sur ce qui rassemble, pas sur ce qui sépare.

— Au départ, ils ont de bonnes intentions, nuança Dubois.

— Bien sûr, mais un vrai débat politique serait plus utile au pays que cette hystérie morale et cette obsession victimaire.

Romano se souvint de cet historien qui avait déclaré que les Blancs ne pouvaient comprendre ce que ressentaient les Noirs. Sûrement vrai mais quel intérêt ? Est-ce qu'une femme non violée pouvait comprendre ce que ressentait une femme violée ? Ou un homme violé ? Ou, plus largement, est-ce que A comprenait ce que ressentait B ?

— Au lieu de se concentrer sur la conquête du pouvoir ou la pauvreté, la gauche américaine s'enlise dans des sujets dérisoires et est obsédée par l'« appropriation culturelle ». À l'origine, il s'agissait de protester contre des œuvres d'art pillées par les Occidentaux : un vrai sujet. Maintenant, on en arrive à interdire toute reprise d'une culture « dominée » par une culture « dominante ». Katy Perry a fait une vidéo d'excuses pour avoir porté des tresses blondes qui évoquaient vaguement une coiffure afro. Elle a déclaré que les « femmes blanches » ne pouvaient pas « comprendre » ces tresses et qu'elle-même allait « s'éduquer » !

— Ahurissant ! approuva Dubois.

Agnès Plésiat poussa un soupir. Tout cela semblait l'affecter profondément. À se demander comment elle passait ses journées à travailler sur le sujet.

— Dans un registre plus grave, on a reproché à une réalisatrice d'avoir réalisé un excellent film sur les émeutes contre le racisme alors qu'elle est blanche. De plus en plus d'artistes américains s'excusent d'être blancs, comme si c'était une faute ! Et comme si le métissage n'était pas présent dans toute culture.

La serveuse à collerette s'approcha. Romano commanda son Coca et Agnès Plésiat un café — elle devait avoir l'habitude de cette lavasse.

— On n'en est pas là en France ? demanda Romano.

— Pas tout à fait mais les choses se dégradent. Historiquement, nous n'avons pas le même rapport que les Américains avec le communautarisme. Mais ici, ces tendances se nourrissent de la décomposition de la gauche et de la fin des luttes sociales. Comprenez-moi bien : je sais parfaitement que les préjugés à l'égard des minorités persistent, malgré des progrès dus à ce même militantisme qui dérape aujourd'hui. Rien qu'avec mon vécu personnel, je pourrais tenir des heures : les voisines de classe qui passaient leurs journées à me toucher les cheveux, la croisière en Afrique du Sud où tous me prenaient pour une employée, etc. Aujourd'hui, s'il est moins acceptable d'insulter les femmes, les homosexuels, les Noirs et les Arabes, c'est en partie grâce aux militants. Par ailleurs, je me réjouis que certaines victimes sortent du silence – par exemple sur le viol et le harcèlement. Mais à côté de ces faits graves, certains se croient victimes de n'importe quoi. Ils assignent à chaque individu une position en fonction de sa supposée identité et notamment de sa *race* – mot abject qui est réintroduit. Se plaindre de la domination devient une fin en soi, plus importante que de lutter contre les préjugés ou de remporter les élections. Et quand ces victimes de l'Histoire se sentent offensées, elles exigent d'interdire des œuvres ou empêchent physiquement des spectacles ou des conférences : exactement comme les intégristes ! Le cas des *Suppliantes* montre que cela arrive ici.

– Il vaudrait mieux valoriser d'autres cultures que de censurer, approuva Dubois.

Agnès Plésiat hocha la tête, heureuse d'être comprise.

– Dans une université américaine, une étudiante a reproché à la cantine de servir un *bánh mì*, plat vietnamien, sans respecter la recette d'origine. L'université s'est excusée d'avoir détourné un élément authentique d'une culture « dominée ». À un détail près : *le bánh mì*, mot dérivé du français « pain de mie », date de la période coloniale ! Au Canada, un cours de yoga pour les étudiants a été supprimé pour ce même motif d'appropriation culturelle, et des autodafés ont eu lieu dans certaines écoles pour se débarrasser des livres comportant des stéréotypes. Toutes ces histoires, je les ai racontées à Mathieu mais cela ne le consolait pas du tout.

– La bêtise humaine est sans limites, pontifia Romano, impressionnée.

– Pendant que ces fanatiques s'excitent, les personnes au nom maghrébin ou africain galèrent pour trouver du boulot ou un appart, soupira Dubois.

— Et les Noirs américains continuent à se faire descendre comme des lapins, malgré Black Lives Matter. Tout cela ridiculise l'antiracisme, qui a pourtant du pain sur la planche.
— Vous avez dit que Mathieu était bouleversé. Il n'avait rien vu venir ?
— Bien sûr que non ! Il avait choisi *Les Suppliantes* parce que cette pièce parle de l'accueil de l'autre. Comment imaginer être accusé de racisme !
— Et vous, voir les acteurs grimés ne vous a pas mis la puce à l'oreille ?
— J'étais à New York, je n'ai pas pu assister aux répétitions.

De nouveau, la sociologue posa la tête dans ses mains. Sans doute regrettait-elle de n'avoir pas été là – en réalité, elle n'aurait pas pu éteindre l'incendie.

— Toutes ces conneries sont un bon plan pour l'extrême droite, soupira Dubois.
— L'idée de les avoir aidés, bien involontairement, était insupportable pour Mathieu, approuva Agnès Plésiat. Face à ces délires, l'extrême droite et les réacs en tout genre viennent pleurnicher que les hommes blancs sont les véritables victimes – pourquoi se priver quand on leur offre un tel boulevard ?
— La plupart de ceux qui ont condamné le blocus du théâtre n'avaient rien à voir avec l'extrême droite, nuança Romano. Cette polémique a surtout donné une tribune à la gauche universaliste, qui a resserré ses rangs et a réussi à se faire entendre.
— C'est ce que je disais à Mathieu mais il était trop déprimé pour l'entendre.
— Sans les réseaux sociaux, ces groupuscules d'excités végéteraient, non ? demanda Romano.
— En tout cas, ces médias favorisent les phénomènes de « meute enragée », et aussi la lâcheté. Pas facile de s'opposer

à des fanatiques qui considèrent l'expression d'une opinion contraire comme une agression physique.

— Max Fournier, vous le connaissez ?

— Uniquement par les réseaux sociaux, justement. Après l'annulation du spectacle, je me suis penchée sur le mouvement décolonial en France. Les déclarations de Boyer et de ses petits copains sont pleines de haine.

— Vous pensez que l'un ou l'autre pourrait prendre les armes, en l'occurrence assassiner Mathieu ?

La chercheuse soupira. Elle avait dû se poser la question aussi.

— Je suis une spécialiste de ces mouvements aux États-Unis, pas en France. En général, les personnes sont moins extrémistes que leurs déclarations délirantes. Malgré tout, ces gens sont habités de principes généreux.

Elle sortit papier et tabac et commença à rouler une cigarette. Ses mains tremblaient.

— Je ne sais plus quoi penser, murmura-t-elle. Vous devriez aller voir Sénécal, un ami de Mathieu, prof de lettres classiques à la fac. Suite au blocus du théâtre, il a créé le collectif Tolérance Université pour lutter contre le racisme et l'antisémitisme – sous ses formes anciennes et nouvelles. On a fait le tour, non ?

Romano hocha la tête. Agnès Plésiat avait fini de rouler sa cigarette et avait hâte de la fumer.

8

— Plombant, non ? fit Romano en regardant la petite silhouette d'Agnès Plésiat s'éloigner, son gros sac à l'épaule.
— Ces autodafés canadiens font flipper, approuva Dubois.
— Au moins, l'histoire du plat vietnamien a un côté comique. Ça me fait penser que je crève la dalle. Vous avez testé la fricadelle ?
— Pas encore. Vous connaissez un endroit dans le coin ?
— Dès qu'on sort de Lille, c'est le paradis. Il y a des baraques à frites dans tous les villages et des fricadelles dans toutes les baraques à frites. En ville, les friteries sont plus rares mais il y en a une à cinq minutes, je vais vous déniaiser.
— C'est une saucisse, non ?
— Malheureux ! C'est une boulette de viande en forme de saucisse, rien à voir !

À la friterie, trois types en costard, aux allures de banquier, étaient en train de passer commande.

— Si vous voulez survivre, il faut connaître la table de conversion, expliqua Romano à voix basse. Une *petite* portion de frites dans la région équivaut à deux *grandes* dans le reste du pays. J'ai tenté une *moyenne* une fois, pour faire ma maline, j'ai failli ne pas en revenir. Du coup, Tellier me casse les pieds à chaque fois pour partager mais ça gâche le plaisir. D'abord, il faut se mettre d'accord sur le sel et sur la mayonnaise, et après, on doit surveiller son partenaire du coin de l'œil.

Cinq minutes plus tard, ils déballaient leurs victuailles sur une table haute, abrités de la pluie par l'auvent.

– Alors ? demanda Romano quand Dubois eut englouti leur première bouchée.

– Délicieux ! approuva l'adjudant en trempant ses frites dans la mayonnaise.

– Côté diététique, on ne peut pas imaginer pire. La fricadelle est panée et plongée dans l'huile : du frit avec des frites, un score exceptionnel d'acides gras saturé. À côté, une plâtrasse de *churros* au Nutella ferait figure de plat de régime.

– C'est quoi, à l'intérieur ? interrogea Dubois avec candeur.

– Régalez-vous et ne posez pas trop de questions.

– Je suis solide, vous pouvez y aller.

Après tout, ce serait un bon test de résistance.

– La fricadelle est constituée de restes invendables de viandes industrielles diverses : porc, veau, peau de poulet. Le tout aggloméré avec divers additifs chimiques et du blanc d'œuf – garanti cent pour cent poule de batterie.

– Au moins, vous êtes lucide.

– Comme Tellier me récite la liste des ingrédients à chaque fois, je finis par maîtriser le sujet. Apparemment, ce joyau de la cuisine du Nord, originaire des Pays-Bas, est devenu une des pires productions de la malbouffe – ex æquo avec le cordon-bleu.

– Tellier n'aime pas la malbouffe ?

Dubois n'avait pas ralenti son rythme, admirable. Pour les autopsies, il serait sûrement de meilleure compagnie que Tellier.

– Tellier est un flic remarquable mais un poil rigide. Non, il n'aime pas la malbouffe, ni la consommation excessive de viande, ni la maltraitance animale, ni les abattoirs industriels, ni quantité de fléaux de notre société que vous découvrirez bien assez tôt. Le pire étant, bien entendu, qu'il a raison. Mieux vaut éviter la fricadelle avec Tellier, ou plutôt la fricadelle devant Tellier – lui-même n'en mange pas, bien évidemment. Ses envolées ne me coupent pas l'appétit mais ont un côté répétitif. Quant à Clément, il faut veiller à sa bedaine. Bref : il me manquait un compagnon de fricadelle, vous tombez bien.

De fait, depuis la rencontre avec Damien, l'organisation des repas était devenue un problème. Avant, tout allait bien. Le midi, elle mangeait des trucs plutôt sains avec Tellier. Les discours de son adjoint ne lui faisaient ni chaud ni froid mais ses soupirs à fendre l'âme, quand il la voyait avaler des cochonneries, étaient difficilement supportables. Tellier s'inquiétait autant pour sa cheffe que pour ses deux filles – ça aussi, Dubois le découvrirait bien assez tôt. Le soir, elle se rattrapait avec toutes les saletés dont elle avait envie, quitte à multiplier les semi-marathons sur son tapis de marche.

Ça, c'était avant. Car malheureusement, Damien non plus n'aimait pas la malbouffe. Pire que ça, il cuisinait, et même, il cuisinait bien. Traquée le midi par les soupirs de son adjoint et le soir par les petits plats de son amant : la galère.

— Putain que c'est bon ! s'extasia-t-elle en s'essuyant la bouche. Et sinon, Lille, ça vous plaît ?

Dubois hocha la tête. Il était ravi d'avoir suivi sa femme à Lille, où elle avait été mutée par sa banque. Ses deux filles aimaient leur nouvelle école, leur appartement était deux fois plus grand qu'à Montrouge, tout allait bien.

Au moment où il terminait sa phrase, le « Chœur des esclaves » retentit sur le portable de Romano, annonçant un appel de Tellier. Elle lui avait assigné une musique solennelle et combative, comme lui – et qu'elle adorait. Pendant une seconde, elle se demanda si son adjoint avait mis un mouchard dans son téléphone et s'il allait lui parler cholestérol. Pas du tout.

— Le Nouveau Théâtre vient d'appeler, annonça-t-il d'une voix excitée. Ils ont reçu une lettre pour Mathieu Véran.

— Ils ne l'ont pas ouverte, j'espère ?

— On a de la chance, ils ont eu le réflexe de nous prévenir tout de suite. Apparemment, Mathieu Véran ne recevait jamais de courrier au théâtre. Je leur ai dit de ne toucher à rien.

— Vous passez nous prendre à la friterie de la place Jules-Ferry ? Je préviens la PTS.

Tout en marchant d'un bon pas vers le théâtre, Romano résuma à son adjoint la leçon d'Agnès Plésiat sur les dérives de la gauche américaine.

— Contrairement à l'extrême droite, ces militants réclament l'inclusion et non l'exclusion, ce qui est nettement plus sympathique, conclut-elle. Mais ils ont la même obsession de l'identité. Je ne tiens pas ça d'un obscur compte Twitter mais d'une directrice de recherche au CNRS.

— Qui travaille sur les États-Unis et pas sur la France, objecta Tellier. Mieux vaut se battre contre le racisme que de finasser sur les excès de certains activistes.

— Des excès délirants qui jettent de l'huile sur le feu et profitent aux fachos, s'énerva Dubois. Tu commences à m'emmerder avec tes leçons de morale.

Tellier se tut, tout contrit. De fait, Dubois était bien placé pour avoir un point de vue sur ces questions.

Une dizaine de bouquets avaient été déposés sur les marches du théâtre, toujours emballés dans leur plastique, peut-être pour les protéger de la pluie. Avec la buée et les gouttes, on distinguait à peine les fleurs.

Romano s'étonnait toujours qu'il y ait des gens pour faire ce genre de choses. Aller chez un fleuriste, choisir, payer, venir jusqu'au théâtre par ce temps de chien. Dérisoire par rapport à une vie volée, mais touchant, dans un sens. Tellier aurait pu faire ça.

Sur la porte du théâtre, une feuille A4 annonçait une *fermeture technique*. Nettement moins sentimental. Faute de sonnette, Romano tambourina à la porte et un jeune barbu vint leur ouvrir.

– Elle est là, fit-il d'un ton effrayé en montrant du menton une enveloppe posée sur le comptoir.

Comme si l'enveloppe en question pouvait être piégée ou contenir du poison.

– La technicienne ne devrait pas tarder, fit Romano, comme pour s'en convaincre elle-même. Attendre – des résultats d'analyse, des mouvements, des indices, des coups de fil – était l'aspect le plus pénible de ce boulot.

Elle s'approcha de l'enveloppe, à un mètre, pour ne pas risquer de déposer postillons ou cheveux. Le nom de Mathieu Véran avait été imprimé sur une étiquette banale, collée sur une enveloppe non moins banale. Pas gagné.

Avant qu'elle ait pu examiner le cachet, de nouveaux coups furent frappés à la porte et une jeune femme tout en noir fit son entrée.

– Esther Magnan, service documents, se présenta-t-elle.

Son joli visage avait été méticuleusement enlaidi par des kilos de BB crème, contouring, blush, contour des lèvres et gloss – Romano avait été initiée à cet univers par une nièce accro aux tutos de maquillage, au grand désespoir de sa mère. La gamine de la PTS arborait aussi un piercing à la narine et des ongles noirs, très courts, sans doute par obligation professionnelle.

Romano remarqua qu'elle qualifiait de plus en plus de collègues de *gamines*, il faudrait y faire attention. Le vieillissement de la carcasse était inéluctable mais pas le reste. La jeune femme, donc, sortit de son sac un masque, des gants et un coupe-papier stérilisé. De sa main gantée, elle retira une feuille A4 pliée avec soin. Le jeune homme de l'accueil, qui avait reculé de quelques mètres pour suivre la scène, parut soulagé. Puis elle lut à voix haute : *SI TU MAINTIENS TON SPECTACLE DE MERDE, CRAINS POUR TA PEAU !*

– Des menaces ! s'exclama Clément, stupéfait – à croire qu'il s'attendait à un faire-part de mariage ou une publicité pour isoler ses fenêtres.

– Le pli a été expédié de Tourcoing le 18 avril, avec un timbre prioritaire, observa la jeune femme en regardant l'enveloppe.

– Quatre jours avant la représentation, compléta Dubois. Incroyable qu'elle ne soit pas arrivée plus tôt.

– Le destin, commenta Clément, funèbre.

Personne d'autre n'aurait osé le mot mais tous se posaient la question : si la lettre était arrivée dans des délais normaux, est-ce que cela aurait empêché le meurtre ?

La technicienne rangea délicatement enveloppe et lettre dans deux sachets distincts.

– Je le passe en urgence, je vous tiens au courant.

Encore jeune dans le métier, elle ne savait pas qu'on ne promet rien sans se faire longuement prier. Mais après tout, tant mieux. D'autant que Romano n'avait pas les mêmes moyens d'influence qu'avec ses collègues masculins.

– Vous pourrez remonter la piste ? demanda-t-elle.

– Au moins obtenir des confirmations quand vous aurez des suspects. Pour peu qu'il y ait des défauts d'impression minuscules, on peut identifier une imprimante précise.

Romano hocha la tête. Elle venait justement de recevoir une étude sur les dernières techniques d'analyse de documents, qu'elle comptait attaquer dès qu'elle aurait fini son pavé sur les fibres.

Après la lavasse du *dîner* et celle de la baraque à frites, Romano rêvait d'un bon café. Elle proposa un petit arrêt au Macchiato, le bar situé en face du commissariat. Né trois ans plus tôt de la rénovation spectaculaire d'un ancien boui-boui en décomposition, l'établissement respectait à la lettre le cahier des charges de la branchitude : lambris clairs, menus en ardoise, choix de *latte* et *smoothies* long comme le bras. Mais le patron avait eu beau faire *tabula rasa* de son passé sans gloire, la réouverture avait d'abord été un fiasco. Car la clientèle de l'ère précédente, bruyante brochette de pochetrons, avait bravé lambris, ardoises, *latte* et *smoothies*. Loyauté ou vengeance, contrairement à tous les pronostics, ils étaient revenus, plongeant le patron dans un désespoir légitime.

Peu à peu, cependant, quelques MacBook aux barbes bien taillées s'étaient immiscés entre les supporters du LOSC, esquissant une nouvelle vague de peuplement. Pendant quelque temps, le Macchiato avait offert un tableau de mixité sociale à faire rêver les élus locaux. Mais la clientèle d'origine avait perdu du terrain, éloignée par le prix exorbitant du petit blanc, ou peut-être par la cirrhose. Compte tenu des lois de l'évolution et de leur consommation de jus de carotte, les bobos n'avaient pas tardé à prendre le dessus.

La transformation d'un ancien garage en café, cinquante mètres plus loin, avait bousculé l'équilibre des forces en présence. Plus grand, plus lumineux, plus végétalisé, plus beau, plus bio, cet établissement avait créé un appel d'air pour la clientèle branchée. Pas si bêtes, les vieux de la vieille en avaient profité pour lancer un nouvel assaut sur le Macchiato : l'heure de la Reconquista avait sonné.

Pendant ces heures noires, la présence fidèle de Romano et de ses collègues avait mis du baume au cœur du patron. Heureusement, la crise n'avait pas duré. L'attrait de la nouveauté s'étant émoussé, les bobos s'étaient répartis équitablement entre les deux établissements. Les pochetrons rescapés du Bar des amis, après leur baroud d'honneur, s'étaient effacés pour de bon.

Comme d'habitude, Romano et ses collègues prirent place au fond du bar, à côté d'un couple qui semblait droit sorti d'un magazine de mode. La montée en gamme se poursuivait : où cela s'arrêterait-il ? Romano plongea avec délectation dans son double expresso, Tellier dans son allongé, Clément et Dubois dans leur cochonnerie XXL à la chantilly ultra-sucrée – l'adjudant avait converti son successeur.

– Un courrier prioritaire qui met quatre jours pour parcourir cinq kilomètres, incroyable ! soupira Tellier.

– Comme dans *Roméo et Juliette* ! Une lettre en retard qui fout la merde, renchérit Dubois.

Le nouveau venu avait l'air cultivé, encore un point où il dépassait Clément.

– Une fin de tragédie pour un tragédien, ça aurait de la gueule, reconnut Romano. Mais si Véran avait reçu la lettre à temps, il n'aurait pas forcément annulé la représentation.

– L'expéditeur aurait mieux fait de déposer la lettre au théâtre ou à son domicile, observa Tellier.

– Plus sûr mais plus risqué, objecta Dubois. Tout le monde sait qu'il y a des caméras de surveillance partout. Et il y avait de la marge. Quatre jours, c'est beaucoup.

– Tellier, vous qui avez épluché les tweets de l'ami Boyer, il s'exprime comme ça ?

— Pas du tout. Il a un vocabulaire soutenu, presque pompeux.

— Ce qui ne prouve rien, soupira Romano, il a pu travestir son style. Il est rentré de Bruxelles ?

— D'après son compte Twitter, il doit être à Lille. Il anime une réunion non mixte de gays noirs en fin d'après-midi.

— Ils n'acceptent pas les femmes ? demanda Clément d'un ton outré.

Entre sa femme et sa cheffe, il était devenu très sensible à la cause féministe.

— « Non mixte » veut dire que l'accès est limité aux personnes concernées, en l'occurrence des gays noirs, expliqua Tellier.

— C'est l'occasion rêvée de le voir en action ! s'écria Romano. Dubois, vous nous sauvez ! Filez !

— Vous rigolez ! Je ne suis pas une *personne concernée* !

Dubois avait mimé les guillemets d'un geste des doigts, pour souligner son propos.

— Vous n'allez pas commencer à m'emmerder ! Vous avez la peau noire, un putain de coup de bol ! Vos orientations sexuelles, je m'en contrefous. D'ailleurs, en cherchant bien, vous êtes sûrement un peu homo, il paraît qu'on l'est tous.

— On ne dit plus homo, on dit gay.

— Vous voyez, vous parlez déjà au nom de la communauté. Tellier, vous avez l'adresse ?

Le capitaine, qui désapprouvait cette désinvolture en silence, chercha l'information dans son téléphone. Dubois avala sa dernière gorgée et sortit en maugréant. Clément lui emboîta le pas.

— Clément, où allez-vous ?

— En période de tuilage, on fait tout ensemble, non ?

Dans ce genre de circonstances, la fréquentation de l'adjudant exigeait une grande patience. Pour tenir bon, Romano avait décidé que c'était une épreuve de maîtrise de soi – qui manquerait peut-être à son équilibre quand il serait parti.

– Clément, est-ce que vous êtes noir ? Alors rasseyez-vous. Dans les réunions non mixtes, on vérifie la couleur de peau à l'entrée – une façon curieuse de lutter contre le racisme. Le tuilage est interrompu jusqu'à demain matin, pour cause de force majeure.

9

Ce n'était pas encore l'heure de pointe mais la station Pont-de-Bois était déjà très fréquentée. Surtout des jeunes, sûrement des étudiants de la fac de lettres voisine, où enseignait l'ex-compagne de Mathieu Véran. En haut de l'escalator, Romano reconnut la grande statue en bronze d'un homme serrant un bébé dans ses bras. Elle ne venait pas souvent dans ce coin mais l'admirait à chaque fois : ça changeait des sculptures hideuses qui ornaient les ronds-points.

Le temps du trajet jusqu'à Villeneuve-d'Ascq, la brouillasse avait fait place à un ciel dégagé. Romano avait étudié le plan du campus et guida Tellier facilement jusqu'à l'Institut de sociologie et d'anthropologie, une grande bâtisse sans âme des années 1970, à peu près identique à ses voisines. Ils grimpèrent jusqu'à la salle B312 où, d'après l'assistant du département, Laetitia Leroux faisait cours. Personne.

– L'université est toujours aussi bien organisée ! pesta Romano en redescendant vers le secrétariat.

Au moment où Tellier allait toquer à la porte, elle retint sa main. Depuis le couloir, on entendait de grands éclats de rire.

– Tu veux dire la petite brune maigrichonne à qui on donnerait le bon Dieu sans confession ? beuglait une voix féminine, sans aucun effort de discrétion.

– En langues et cultures anciennes, on a toujours eu des chauds lapins ! Rien à avoir avec tes géographes sinistres ! répondit un homme à la voix jeune.

– Toujours s'intéresser aux ragots, murmura Romano en se penchant vers Tellier.

La porte s'ouvrit sur une jeune femme hilare, qui les salua avec décontraction. Ils entrèrent dans le bureau de l'assistant.

– Nous devons voir Mme Leroux, attaqua Romano après des salutations minimales. Vous nous aviez indiqué la salle B312 mais elle est vide.

– Vous êtes sûrs ?

Romano répondit par un regard glacial.

– Ah oui, désolé ! On est en semaine impaire, ils sont en B315, juste à côté.

Avec tout ça, ils arrivèrent au troisième étage à 15 h 59. Tellier, dont la ponctualité était névrotique, était dans tous ses états.

À 16 heures pile, une sonnerie d'aéroport retentit. Deux secondes plus tard, les premiers étudiants sortaient. Pour ne pas risquer de manquer l'enseignante, Romano et Tellier pénétrèrent dans la salle – qui avait trois entrées.

Laetitia Leroux était à son bureau, occupée à ranger son ordinateur. Son pull noir moulait une poitrine conséquente, sa minijupe en jean soulignait un petit ventre décomplexé, ses cheveux châtains lui arrivaient au bas du dos, moins remarquables par leur beauté que par leur longueur. Une femme pas exceptionnellement jolie mais décidée à ne pas passer inaperçue. Comme Romano, qui attirait le regard des hommes grâce à sa teinture blonde : pourquoi s'en priver ?

En les entendant approcher, l'ex de Véran leva le nez.

– Commissaire Romano, et voici le capitaine Tellier. Nous venons vous parler de Mathieu Véran.

– J'ai lu qu'il y avait une enquête pour meurtre, c'est bien ça ?

La chose ne semblait pas la surprendre, ni l'émouvoir plus que ça.

– Exact. On peut rester ici ou la salle est prise ?

– Je crois qu'il n'y a pas de cours tout de suite.

D'un regard glacial, Romano fit déguerpir les étudiants retardataires, qu'elle soupçonnait de traîner par curiosité. Pendant ce temps, Tellier avait installé trois chaises en cercle, pour que l'enseignante ne puisse pas s'abriter derrière son bureau.

– Vous avez été la compagne de Mathieu Véran combien de temps ? attaqua Romano.

– Presque deux ans.

– Vous viviez ensemble ?

– Au tout début, il habitait à Paris et on se voyait le week-end. Quand le Nouveau Théâtre de Lille lui a proposé une première résidence, il a décidé de s'installer ici – il ne trouvait plus son équilibre personnel dans la vie parisienne. On a gardé nos deux appartements mais on se voyait beaucoup, surtout les semaines où je n'avais pas ma fille.

Elle répondait du tac au tac, sans la moindre trace d'émotion.

– Quand vous êtes-vous séparés ?

– En septembre dernier, d'un commun accord.

– Un commun accord de lui ou de vous ?

Romano n'avait pas d'expérience directe de la vie à deux (était-ce encore vrai ?) mais avait observé de nombreux spécimens, dans ses enquêtes et ailleurs. Laetitia Leroux éclata d'un rire joyeux et non dépourvu de charme. Si la mort de son ancien compagnon l'avait affectée, elle s'en était décidément remise à une vitesse éclair.

– Les flics ont rarement de l'humour, remarqua-t-elle.

Romano eut envie de lui demander si elle en avait beaucoup côtoyé, des flics, et si, pour reprendre l'intitulé de la licence de sociologie où elle enseignait, elle avait des *approches quantitatives* pour étayer son propos. Mais il n'y avait rien à gagner à lui rentrer dedans.

– C'est moi qui ai pris l'initiative. Après un début très épanouissant, notre relation s'était enlisée et devenait mortifère. Sa mise en scène des *Suppliantes* a été la goutte d'eau, il était exclu de laisser passer un tel dérapage.

Elle avait pris le ton glacial d'un communiqué officiel. Comme si, d'une certaine façon, larguer son mec avait été un devoir moral.

– Votre tribune de soutien à la FNF et au SNEC était du genre virulent, fit observer Romano.

– Ces *blackfaces* étaient d'une grande violence vis-à-vis des personnes racisées. Totalement inacceptable.

– Vous pensez qu'au-delà de la restitution de la mise en scène antique, il y avait une intention raciste ?

– Peu importent les intentions, comment les connaître ? Le fait est que certaines personnes racisées se sont senties blessées, c'est ce qui compte.

Ce système de pensée ne s'encombrait pas de procédure contradictoire. La justice aurait gagné du temps à s'en inspirer : si l'on avait décrété une fois pour toutes qu'il suffisait de se déclarer victime pour avoir raison, les jugements auraient été vite rendus.

Face à un tel bloc de certitudes, la discussion n'avait aucun intérêt – comme avec le syndicaliste étudiant. Romano fut tentée d'abandonner le sujet mais le meilleur moyen de bien faire comprendre à Tellier à qui ils avaient affaire était de pousser son interlocutrice dans ses retranchements.

– Vous savez qu'un spectacle d'Ariane Mnouchkine dénonçant le génocide des populations autochtones a été interdit au Canada, au motif que les comédiens n'étaient pas issus de ces populations ? Le fait que cette artiste militante ait consacré sa vie à dénoncer l'intolérance et le racisme et qu'elle travaille avec des personnes de toutes origines, on s'en fiche aussi ?

En entendant sa cheffe prononcer le nom d'Ariane Mnouchkine, Tellier devint livide. La femme de théâtre faisait partie de ses idoles et il avait emmené ses filles à l'un de ses spectacles.

— Je n'ai rien contre Ariane Mnouchkine mais c'était de l'appropriation culturelle caractérisée. Si elle ne l'a pas compris, c'est peut-être un problème de génération. Sur certains sujets, il n'y a pas de demi-mesures possibles. Il faut choisir son camp.

— De quels camps parlez-vous ? Les Noirs, les Amérindiens et les Arabes, tous victimes, contre les Blancs, tous racistes ? Les métis, vous les mettez où ? Ce ne sont pas les juges qui devraient décider si une œuvre est raciste ?

— Si on compte sur la justice pour sortir les sociétés blanches du racisme systémique, on peut attendre longtemps.

Après avoir lu des écrits décolonialistes pendant la moitié de la nuit, Romano n'avait toujours rien compris aux concepts de racisme systémique et de blanchitude. Il était temps de revenir aux choses sérieuses.

— Vous avez parlé de goutte d'eau. Il y avait déjà des tensions entre vous ?

— L'été dernier, on a rencontré par hasard un ami d'enfance de Mathieu et on a dîné ensemble. Au dessert, il s'est avéré que ce type avait voté pour Macron – le plus beau est qu'il est prof de philo ! Plus tard, j'ai découvert que Mathieu était toujours en contact avec lui. Il y a eu d'autres choses : par exemple, il n'utilisait pas toujours l'écriture inclusive dans ses mails.

Romano était plutôt pour l'écriture inclusive, enfin jusque-là. La masculinisation de la langue, après tout, était chose récente. Au Moyen Âge, on parlait d'autrices et de peintresses et les adjectifs s'accordaient selon la règle de proximité. Mais de là à surveiller les mails de son mec, il y avait un pas.

— En réalité, je crois que je me suis longtemps aveuglée sur lui. C'était un tiède, tout simplement. Un tiède, un mou.

Dans la bouche de cette fanatique, qu'on imaginait bien suspendre une pancarte infamante au cou de ses vieux parents, la remarque était un bel éloge – même si l'intention était tout autre.

— Hier soir entre 18 heures et 20 heures, vous étiez où ?

— Vous plaisantez ? demanda Laetitia Leroux avec le même rire joyeux.

De toute évidence, sa perfection morale aurait dû lui épargner la question de l'alibi. Ou alors elle jouait parfaitement la comédie.

— Vous aviez un différend personnel et politique avec votre ex-compagnon. Je ne vois pas ce que ça a de drôle.

— Pas de problème, fit leur interlocutrice en levant les sourcils avec mépris – les flics étaient décidément de pauvres cons.

Elle réfléchit quelques secondes puis reprit la parole, du même ton assuré.

— J'étais toute seule chez moi jusqu'à 19 h 15. Ensuite, je suis allée chercher ma fille à son cours de piano.

— Pas d'alibi, c'est noté, fit Romano du ton du flic qui fait épeler un nom en prenant une déposition.

— Autre chose que vous pourriez nous dire sur Mathieu Véran ? demanda doucement Tellier. Ses relations avec sa famille, ses amis ?

— Des amis, il en avait deux, Agnès Plésiat et François Sénécal. Je les connaissais à peine. Dans une relation de couple, il est important de garder des cercles relationnels personnels. Quant à sa famille, j'évitais les interactions.

Sur ce point, Romano, qui refusait de rencontrer la famille de Damien, ne pouvait pas lui jeter la pierre. La semaine d'avant, son amant avait fini par lui arracher une soirée pizzeria avec sa fille. Qu'il avait annulée au dernier moment à cause d'une urgence à la mairie – sacré coup de bol.

– Pourquoi ? demanda-t-elle néanmoins d'un ton sec.

– Sa sœur est une caricature de la mère de famille réac, parfaitement soumise à son facho de mari. Nous n'avions pas grand-chose à nous dire.

– Vous l'avez rencontrée ?

– Mathieu nous avait présentées l'an dernier, à la première d'*Antigone*. On a échangé des sourires polis, rien de plus. Frère et sœur avaient une relation tendue, à la limite du névrotique.

Sur les mails de Véran, Romano avait trouvé une photo de famille qui faisait office de carte de vœux. Sa sœur avait les mêmes pommettes marquées que le comédien et, pour autant qu'on puisse en juger d'après la photo, un regard presque aussi exalté. Chacun des trois enfants tenait un petit carton au-dessus de sa tête : « Bonne » « Année » « À tous ». Romano hésitait à trouver ça ridicule ou mignon : après tout, les gamins avaient l'air contents. Pas de serre-tête vert bouteille ou de caban bleu marine mais la photo sentait quand même la bourgeoisie bon teint. Elle n'aurait pas su dire à quels détails, les coupes de cheveux, peut-être. En tout cas, pour venir de ce milieu, elle avait un flair certain pour le repérer.

– Pourquoi ces tensions ? demanda Tellier.

– En plus de leurs divergences politiques, il y avait le problème de leur mère que sa sœur tenait à maintenir en vie – de l'acharnement thérapeutique pur et simple. Heureusement,

Mathieu ne m'en parlait jamais. J'avais clairement verbalisé mon souhait de ne pas être partie prenante de ce qui relevait de sa sphère familiale dysfonctionnelle.

Romano se demanda si cette propension à cracher des concepts venait de son métier de chercheuse. Ou plutôt de son dogmatisme acharné : un monde merveilleusement simple où tout rentrait dans une case, une théorie, une catégorie.

— Malgré ma volonté de mise à distance, je peux vous assurer que la question de leur mère était une source de dissension.

Et boum, la sœur faisait donc une suspecte potentielle de plus. Il faudrait l'appeler au plus vite.

— Et Max Boyer, vous le connaissez ?

— Il a mis un commentaire positif sur ma tribune mais on ne s'est jamais rencontrés.

— Vous pensez qu'il aurait pu s'en prendre physiquement à Mathieu, en apprenant que la pièce était reprogrammée ?

— À ma connaissance, la violence physique n'entre pas dans leurs modalités de lutte.

Son ton détaché laissait entendre que si le meurtre d'un brave type avait fait partie des *modalités*, elle n'y aurait pas vu d'inconvénients. La fin justifie les moyens, un truc du genre.

— Vous voulez dire l'assassinat politique, reprit Tellier. Bloquer l'accès à une salle de spectacle relève déjà de la violence physique.

— Autrement plus grave que d'éborgner des manifestants ou de leur arracher les mains, rétorqua la sociologue, sarcastique.

Les joues de Tellier s'empourprèrent. Il était temps de plier bagage. Le sujet des violences policières était pour lui une plaie ouverte, qui, deux fois par an, lui faisait écrire une lettre de démission enflammée. À chaque fois, Romano l'invitait chez elle pour une soirée au chablis et la lettre finissait dans son bac à recyclage.

— La censure, on s'en fout, vous avez raison, fit Romano en se levant.

Avoir le dernier mot lui était égal et cette remarque visait uniquement à ne pas finir l'entretien sur un sujet douloureux pour Tellier.

Aussitôt dans le couloir, elle poussa un bruyant soupir.

— Putain, Tellier, j'en peux plus de tous ces gens de gauche complètement cons !

Pendant longtemps, elle pensait voter à gauche juste pour emmerder ses parents – de la même façon qu'elle disait des gros mots. Et puis, à force de croiser des gens de droite qui pestaient contre leurs impôts, elle avait compris qu'elle était de gauche, tout compte fait : simplement parce qu'elle était contente de payer des impôts. En cherchant bien, on aurait sans doute trouvé des gens de droite contents de contribuer aux finances publiques ; et, sans se donner trop de peine, des gens de gauche s'en plaignant. Mais sa définition personnelle, assez paresseuse, était celle-là : être de gauche, cela voulait dire être content de payer des impôts.

Son adjoint hocha la tête tristement. L'interdiction du spectacle d'Ariane Mnouchkine avait eu raison de ses résistances.

10

Tout en regardant couler son deuxième expresso, Romano bâilla un grand coup. Malgré un démarrage incertain, le dîner polonais de la veille avait été une réussite. Lorsque Damien avait apporté triomphalement sa soupe à la farine de seigle, elle avait eu un moment de flottement. Et merde, elle avait oublié cette histoire ! « Garde de la place pour le chou farci et le gâteau au fromage blanc, une spécialité de ma grand-mère », avait-il ajouté. Même pour un estomac aguerri, l'épreuve, après la fricadelle-frites, s'annonçait redoutable. Damien, qui avait dû remarquer le côté crispé de ses félicitations, avait tout arrangé avec son sourire charmeur et sa voix irrésistible. Si elle n'avait pas faim, il congèlerait les restes – en réalité, la recette du gâteau venait de Marmiton. Beau geste pour un repas programmé depuis deux semaines, auquel il avait consacré son après-midi. La nuit avait été très bien aussi.

– J'ai le temps de prendre une douche ? demanda Damien en s'étirant.

– Pas de problème !

D'évidence, lui laisser une clé de chez elle aurait été plus pratique. Mais la clé était une étape, pire, un symbole. Et un sujet tabou. Elle n'était pas prête, et n'avait pas à se justifier.

Dans la chambre, elle surprit Ruru qui s'accroupissait délicatement sur le pantalon de Damien, posé sur la chaise. En un flash, elle comprit le danger : il s'apprêtait à pisser.

– Tu crois que je t'ai élevé comme ça ? s'écria-t-elle en fondant sur lui.

La sale bête lui adressa un regard blasé, puis, avec une dignité sénatoriale, se dirigea vers la cuisine où était sa litière. Elle avait vu juste.

S'inscrivant dans la tradition des délinquants éclairés, façon Arsène Lupin ou Robin des Bois, Ruru ne frappait jamais à l'aveugle. Pour les destructions matérielles, il s'en prenait exclusivement aux symboles du pouvoir. Quant à la violence physique, il était encore plus sélectif puisque Damien était devenu son unique cible. Quand Romano avait le dos tourné, il lui donnait parfois des coups de patte – jamais elle ne l'aurait cru capable d'agressivité.

Ruru n'aimait pas Damien, ce qui était normal : simple question d'antériorité. Damien n'aimait pas Ruru, ce qui était compréhensible. Et en même temps ingrat : Ruru était responsable pour moitié de leur rencontre – l'autre moitié revenant à Gégé le caniche. Mais cette inimitié était bien pratique pour tenir Damien à distance. Sans Ruru, il aurait peut-être été là plus souvent.

Par ailleurs, la réciprocité des sentiments entre Damien et Ruru simplifiait les choses : pas de frustration ou d'amour déçu. Malheureusement, Damien se sentait obligé de faire *semblant* d'aimer Ruru. Gentil mais ridicule. Pire encore, Romano faisait *semblant*, elle aussi, de croire que Damien aimait Ruru, ou tout au moins l'aimait bien. Le genre de mensonges dont il est difficile de s'extirper.

Voilà pourquoi, entre autres, Romano freinait des deux pieds pour rencontrer la fille de Damien. Si Damien faisait semblant d'aimer son chat, la politesse minimale voulait qu'elle fasse semblant d'aimer sa fille. En soi, l'hypocrisie n'était pas un problème. Elle n'hésitait jamais à être faux cul pour se simplifier la vie, par exemple avec le divisionnaire Bertin. Mais le mensonge représentait tout de même un effort, surtout pour trouver le bon dosage – Romano avait tendance à en faire trop et à n'être pas crédible.

Damien revint enfin de sa douche, habillé mais le cheveu dégoulinant. Elle se demanda s'il en rajoutait. Ils sortirent de l'appartement ensemble. L'heure du baiser conjugal sur le trottoir avait sonné.

La vidéo de surveillance du théâtre était d'une qualité exceptionnelle. Des milliards de pixels, un rendu des couleurs incroyable, un matériel hors pair. Si un documentariste avait voulu faire un film sur le vol des pigeons lillois ou sur la pollution visuelle nocturne, il aurait eu un matériau remarquable. Mais pour l'enquête sur le meurtre de Mathieu Véran, la vidéo ne figurerait pas dans les pièces à conviction. Car la caméra de l'entrée est du théâtre n'était pas orientée vers la porte mais vers les astres.

— Je crois qu'il y a un léger problème de réglage, commenta Romano.

Elle s'y attendait. Sur place, la caméra lui avait semblé bizarrement orientée.

— Ou un acte volontaire, fit Tellier. Il y a un site Internet collaboratif qui signale toutes les caméras de surveillance de la voie publique ; la carte est mise à jour en permanence.

— Surveiller les caméras de surveillance ! Il y en a plus de cent mille, de quoi s'occuper. Vous appellerez la mairie pour savoir si d'autres caméras du quartier ont été détournées. Essayons quand même l'autre, au cas où.

Pendant que Tellier ouvrait le fichier, elle prit une tranche de cake maison apporté par Martine. Divin.

– J'ai l'impression qu'elle a mis encore plus de beurre que d'habitude ! Cette femme n'a aucune limite.

Tellier haussa les épaules.

– J'ai vérifié aux RH : il lui reste quatre trimestres maximum avant la retraite.

– Quatre trimestres ? On ne survivra pas un an à un tel régime ! Et d'ailleurs, pourquoi tout ce beurre ? Elle n'a pas vraiment l'accent normand.

Tellier se raidit. Il ne supportait pas que sa cheffe dise du mal de la mamie du commissariat, ni d'aucun de ses collègues d'ailleurs.

– Si vous voulez vraiment savoir, elle est originaire de Nyons.

– Nyons, comme les olives ? Pourquoi elle n'apporte pas de la tapenade ? C'est gras mais c'est du bon gras.

– Son mari était d'Yvetot, il a dû la convertir au beurre.

– Les convertis, ce sont les pires ! approuva Romano, lugubre.

Au moins, la deuxième vidéo était exploitable, la caméra de la deuxième entrée étant orientée correctement.

– Jetons un œil en accéléré, au cas où. Je demanderai à Clément un visionnage complet en temps réel. Ça l'occupera trois heures, toujours ça de gagné.

Clément était très physionomiste, un de ses rares points forts. D'autant plus précieux que Tellier, à l'inverse, ne reconnaissait jamais personne. Sûrement parce qu'il traversait la vie plongé dans ses pensées et ses combats.

– On dirait la sœur de Véran, remarqua Romano au bout de quelques minutes, en voyant une femme en caban beige entrer dans le théâtre à 15 h 32.

Sur son téléphone, elle ouvrit la carte de vœux familiale trouvée dans la messagerie du comédien. Pas de doute.

Ils ne repérèrent rien de particulier sur la suite de la vidéo. Les portes ouvertes avaient attiré pas mal de visiteurs, surtout des familles. On ne voyait pas la sœur de Véran ressortir du théâtre mais comme tous les accès n'étaient pas filmés, cela ne prouvait rien. Impossible de savoir si elle était sur place au moment du sabotage.

— Si elle était venue pour la visite du théâtre, elle aurait emmené ses enfants, non ? demanda Romano.

Tellier regarda la photo-carte de vœux.

— Vu leur âge, ça paraîtrait logique.

Il y eut des coups respectueux frappés à la porte et Romano reconnut la patte de Clément — rien à voir avec Tellier, qui toquait de façon combative. Quel serait le style de Dubois pour s'annoncer ? Trop tôt pour le dire.

Les deux adjudants firent leur entrée : le tuilage avait repris.

— Alors Dubois, cette réunion non mixte avec Max Boyer ?

— Déprimant. Vous savez que les actes anti-LGBT ont augmenté d'un tiers en France, l'an dernier, et les actes racistes encore plus ?

— On ne fait pas mieux dans la région, soupira Romano. Certains attribuent la hausse au fait que les victimes portent plainte plus souvent mais rien ne le prouve.

— Un Ivoirien a aussi parlé de la situation de l'homosexualité en Afrique, reprit Dubois. Des avancées en Tanzanie, avec la suppression de la peine de mort et des châtiments corporels, mais de nombreux pays expédient encore les gays en cabane.

— Sans parler de la répression illégale, soupira Tellier. J'ai lu un article terrible sur les viols de lesbiennes en Afrique du Sud.

— Joyeux, tout ça ! Et sinon, Max Boyer ?

– Il a la classe et il parle bien. Autour de lui, il y a une petite cour de fayots, aux petits soins avec lui. Et que je t'apporte un verre d'eau, un café...

– Il a parlé de quoi ?

– Surtout de l'intersectionnalité, je ne connaissais pas. C'est le fait qu'une même personne puisse être confrontée à plusieurs paramètres de domination, qui se cumulent entre eux.

– En gros, résuma Romano, il est plus facile d'être un Blanc hétéro en bonne santé qu'une lesbienne noire en situation de handicap. Pas faux !

– À la fin, il a demandé s'il y avait des volontaires pour créer un char à la prochaine Gay Pride. Assez gênant vu qu'on n'était qu'une dizaine. J'ai regardé par terre.

– Votre impression personnelle sur lui ?

– Charmeur mais trop sûr de lui, un peu gourou sur les bords. Le genre de mec qui utilise des mots compliqués et qui a une théorie sur tout.

– On a rencontré l'ex de Véran hier, on voit ce que vous voulez dire, répondit Romano. Personne n'a parlé de la mort de Mathieu Véran ?

Il fallait lui tirer les vers du nez, un point commun avec Clément.

– Deux types en discutaient entre eux avant le début de la réunion. En arrivant, Max Boyer s'est mêlé à la conversation. Il a dit que ça lui apprendrait à faire son guignol.

– Ce ne serait pas malin de dire ça s'il était coupable, observa Clément.

– Que Max Boyer ne soit pas malin, on le savait déjà, soupira Romano en repensant à son communiqué belliqueux. Ou alors, il est très malin, au contraire, et opportuniste. Clément, convoquez-le demain au commissariat.

Son portable sonna et elle reconnut le numéro du labo.

– J'ai des nouvelles pour vous ! annonça joyeusement la jeune technicienne qui avait embarqué la lettre de menaces.
– Super ! s'exclama Romano, comprenant qu'elle devait lui donner la réplique.
La petite avait déjà appris à ménager ses effets. Pourquoi les experts n'annonçaient-ils pas directement leur conclusion ?
– La lettre et l'étiquette ont été imprimées sur une Canon numérique professionnelle.
– Hum hum, encouragea Romano.
– Le genre de machines qu'on trouve dans les centres de reprographie, enfin certains. En l'occurrence, la Corep est le seul de l'agglomération à avoir ce matériel. Ils ont des agences à Moulins, Villeneuve-d'Ascq et Vauban. Vu le niveau d'encre, il est à peu près certain que la lettre et l'étiquette ont été imprimées sur la machine de Vauban.
– Génial ! fit Romano. Comment les clients envoient-ils leurs fichiers à la machine ?
– Par mail ou sur place, par clé USB. Quand il y a une étiquette, c'est forcément la deuxième option. J'ai appelé un collègue des nouvelles technologies pour tracer l'origine du fichier. Je suis sur place, il me rejoint.
– Parfait, j'arrive dans dix minutes !
Elle expédia Tellier à sa visite médicale, qu'il avait annulée trois fois – elle s'était fait engueuler copieusement, comme si c'était de sa faute. Puis elle demanda aux deux adjudants de visionner intégralement la vidéo du théâtre, en comparant avec les photos des proches de Véran.
Ceci étant fait, elle enfila sa parka pour affronter la pluie. D'après le GPS, le centre de reprographie était à un kilomètre, trop près, donc, pour prendre une voiture. À force d'entendre Bertin pérorer sur l'exemplarité managériale, elle avait dû être convertie malgré elle.

Au moment où elle se faisait cette remarque, la « Marche funèbre » de Chopin, qui annonçait un appel du divisionnaire, retentit dans sa poche : quand on parle du loup. Elle s'accorda deux respirations profondes et décrocha. Autant s'en débarrasser.

– Vous en êtes où ? demanda Bertin de son habituel ton de réprimande, sans même la saluer.

Elle lui fit son rapport avec le respect qui s'imposait. Avec le divisionnaire, elle avait plutôt tendance à en faire trop – son ton mielleux manquait parfois de crédibilité.

– Toute cette affaire remet sur le tapis les problèmes de racisme : le préfet est à cran. Je compte sur vous pour faire avancer l'enquête au plus vite.

– Bien sûr ! approuva Romano – comme toujours, les remarques de Bertin étaient d'un grand secours.

Elle s'apprêtait à raccrocher, heureuse d'avoir expédié la corvée, mais le divisionnaire n'avait pas fini.

– D'ailleurs, vous n'avez pas été impliquée dans une histoire de racisme, il y a quelques années ? demanda-t-il d'un ton suspicieux.

Romano eut un blanc de quelques secondes. Elle avait l'habitude que son chef lui fasse des reproches inattendus, mais, cette fois, il lui fallut quelques instants pour comprendre de quoi il parlait.

– Vous faites allusion aux deux gardiennes de la paix franc-comtoises qui proféraient des insultes racistes à longueur de journée, et que j'ai fait virer.

– C'est ça ! s'exclama Bertin, triomphal, comme si elle venait d'avouer.

N'aimant pas ressasser le passé, elle avait presque oublié cette histoire, vieille d'une quinzaine d'années. Pourtant, l'affaire avait fait pas mal de vagues et lui avait attiré quelques inimitiés : quand on fait son boulot, on finit toujours par passer pour une grande gueule. Cela lui avait même valu une mutation punitive en Guyane. Où elle s'était beaucoup plu, contre toute attente – il y a une justice en ce bas monde.

— D'un certain point de vue, on pourrait considérer que j'ai plutôt réglé une histoire de racisme, remarqua Romano, avec une modestie de bon aloi.

— Peu importent les détails. Pour l'image de la police, ça a été une sale histoire – ce n'est pas la première fois que vous nous avez attiré des ennuis. Dans le cas présent, tâchez de ne pas salir notre réputation.

Le divisionnaire avait une vision bien à lui des priorités, ce n'était pas nouveau.

En ouvrant la porte de la Corep, Romano fut projetée pas mal d'années en arrière. Depuis ses études, les centres de reprographie n'avaient pas changé. Le bruit morne des photocopieuses, le claquement sec des machines à relier, les ramettes de papier qui attendaient dans un coin d'être transformées en paperasse morose. Sans oublier l'air sinistre des clients, chacun enfermé dans sa corvée. Cette atmosphère grise donnait l'impression que rien ne servirait à rien. Les rapports seraient saqués, les réclamations refusées, les demandes de logement classées, les CV discriminés, les candidatures rejetées. Mieux valait mille fois ramasser les poubelles plutôt que de passer trente-cinq heures par semaine dans ce trou à rats.

D'un regard circulaire, elle chercha en vain une caméra de surveillance. Mais que voler ici, à part des engins intransportables et des photocopies ratées ? L'employé, qui avait fini de recharger une machine, arriva au comptoir au pas de course.

— Je peux vous aider ? demanda-t-il d'un ton jovial.

Comme quoi, certains survivaient très bien dans ce lieu.

— Je rejoins mes collègues, répondit Romano en sortant sa carte.

— Ils sont sur la Canon numérique, je vous emmène.

— Une petite question, avant. Ce monsieur vous dit quelque chose ?

Elle sortit de son sac à dos une photo récente de Max Boyer, prise sur Internet. Le jeune homme scruta consciencieusement le cliché et fit non de la tête.

— Il y a beaucoup de passage, et quand les gens ont leur carte d'abonnement, ils vont directement aux photocopieurs.

L'employé la guida au fond du local en forme de L et repartit vaquer, comme si de rien n'était. La présence de tous ces flics ne semblait pas le distraire : décidément un employé modèle.

Romano salua son collègue informaticien, qui pianotait sur le clavier de la machine suspectée d'avoir imprimé la lettre de menaces, équipé de gants tactiles. Pérez était un bon professionnel et apparemment un mari fidèle, bien que beau gosse. Il mentionnait sa femme toutes les trois phrases — la dernière fois, il lui avait raconté en détail leur anniversaire de mariage. Soit il était resté très amoureux, soit il préférait annoncer la couleur et tenir ses filets à distance. De fait, elle n'aurait pas dit non.

Esther Magnan, que son maquillage plâtreux n'arrivait toujours pas à enlaidir, regardait son portable, appuyée au mur. Elle se redressa pour saluer Romano.

— Esther a fait du super boulot, attaqua Pérez, un rien paternaliste, sans laisser sa collègue parler. Je suis là depuis deux minutes, je viens d'ouvrir le registre d'impression.

— Vu l'intensité de l'encre, je peux situer l'impression de la lettre à la journée de samedi, intervint la spécialiste des documents.

— Bravo pour la rapidité ! la remercia Romano.

Un compliment sincère : cette fille était jeune dans le métier mais vraiment douée.

— Quel abruti ! s'exclama Pérez, rigolard. Viens voir.

Romano s'approcha du petit écran de la machine et vit que la mémoire tampon indiquait l'utilisation du logiciel Oblivion, le samedi à 10 h 23.

— Oblivion est un petit *freeware* qui permet d'effacer l'historique des connexions USB, expliqua Pérez à la jeune technicienne. Mais cet idiot a oublié de cocher la case *Do real clean* : il est resté en mode simulation.

— Comme un type qui passerait l'aspirateur sans le brancher, compléta Romano.

— Ça n'aurait pas changé grand-chose, remarqua l'informaticien. Ces petits joujoux font disparaître les fichiers du journal sans les supprimer. Mais ça nous fait gagner du temps : en voulant faire le malin, l'auteur de la lettre a passé un coup de surligneur. Je lance l'impression, on va en avoir le cœur net.

Deux secondes plus tard, le papier sortait de l'imprimante.

SI TU MAINTIENS TON SPECTACLE DE MERDE, CRAINS POUR TA PEAU !

Tous se regardèrent en silence. La vraie lettre avait été imprimée ici, dans les entrailles de cette machine. Et le destinataire était mort quatre jours plus tard.

En sortant de la boutique, Romano réalisa que Pérez n'avait pas parlé de sa femme. Elle se demanda si c'était lié à la présence d'Esther. La réalité était peut-être moins flatteuse qu'elle le pensait.

11

Comme la veille, la station Pont-de-Bois grouillait d'étudiants, tout dégoulinants : il devait tomber une sacrée averse.

Romano était pile à l'heure mais Tellier l'attendait déjà devant le distributeur de tickets convenu, très occupé à s'escrimer sur la fermeture éclair de son K-way orange, dont les jours semblaient comptés. En trois ans de collaboration, Romano ne se souvenait pas être jamais arrivée à un rendez-vous avant lui.

– *Tolérance Université*, ça me fait penser à une maison de tolérance, lui fit-elle remarquer. Sénécal aurait pu trouver mieux.

– Faites du mauvais esprit si vous voulez, mais lutter contre le racisme et l'antisémitisme me paraît plutôt une bonne idée.

– Pas évident d'être contre, reconnut-elle. Mais il faut juger sur pièces. Toutes les sectes vous promettent l'amour universel pour mieux vous piquer votre pognon.

Le département langues et cultures anciennes de la faculté des humanités était situé dans un long parallélépipède rectangle qui aurait pu, tout aussi bien, abriter une administration ou un hôpital. Romano sentit une pointe de déception. Comme si une partie d'elle avait espéré secrètement voir apparaître une reproduction de l'Acropole ou, tout au moins, un fronton orné de quelques éphèbes et divinités.

L'escalier peint en rose clair avait au moins l'avantage d'apporter une note de gaieté. Au deuxième étage, ils trouvèrent sans peine le bureau du professeur Sénécal, signalé par une plaque et grand ouvert. En les voyant arriver, l'ami de Mathieu Véran leur fit aimablement signe d'entrer.

La petite pièce était encombrée de livres et dossiers, comme il se doit, mais aussi, plus inattendu, de cagettes de légumes. Quant au professeur, il avait la soixantaine rabougrie et une allure résolument démodée – à se demander s'il n'en rajoutait pas. Costume prince-de-Galles, cravate marine, calvitie qu'il tentait de masquer en rabattant une longue mèche blanche sur son crâne – qui faisait encore un truc aussi pathétique ? Romano se souvint de la phrase de l'assistant sur les « chauds lapins » des langues anciennes. On voyait mal Sénécal dans le rôle. Tellier, quant à lui, n'avait d'yeux que pour les laitues, brocolis et poireaux.

– Beaux légumes, n'est-ce pas ? se rengorgea le professeur comme s'il parlait de ses enfants. Mon jardin donne beaucoup, je distribue à mes collègues – et encore, ce n'est pas la meilleure période.

– Vous avez un potager ? demanda Tellier, ravi.

Lui-même disposait d'une petite parcelle dans un jardin communautaire. Qui, par un mystère facétieux, produisait principalement du persil. Dans sa grande candeur, il en offrait à tout le commissariat sans remarquer les ricanements. D'ailleurs, son potager lui rapportait quand même des légumes en tout genre, offerts par ses voisins compatissants. « Les gens sont incroyablement généreux ! » s'extasiait-il. Romano s'étonnait qu'il juge la nature humaine à partir de quelques poireaux surnuméraires et non des affaires criminelles sordides qu'il côtoyait chaque jour. Mais Tellier était ainsi fait.

— Je cultive un demi-hectare dans les Flandres. *O fortunatos nimium, sua si bona norint, agricolas.*

Le latiniste attendit une seconde, espérant apparemment que l'un de ses interlocuteurs traduirait. Raté.

— Virgile : *Heureux les hommes des champs, s'ils connaissent leur bonheur,* déclama-t-il enfin. Mais vous n'êtes pas venus pour parler du travail de la terre.

Exact, même si Tellier aurait adoré écouter ses conseils de jardinage. En prononçant sa dernière phrase, Sénécal s'était rembruni d'un coup, comme si la raison de leur présence lui revenait soudain à l'esprit. Le savant distrait, tel qu'on l'imaginait.

— Depuis quand connaissiez-vous Mathieu Véran ? demanda Romano.

— Je l'ai vu pour la première fois sur une scène parisienne, il y a une vingtaine d'années, dans un *Œdipe roi* éblouissant. Jamais je n'avais vu cette pièce jouée avec une telle intensité.

Il s'arrêta quelques secondes, ému par ce souvenir.

— Alors je l'ai attendu à la sortie et je lui ai proposé d'animer des séminaires sur le théâtre antique auprès des étudiants, reprit-il avec un mince sourire. Il a dit oui tout de suite. Côté université, les choses ont été moins faciles. Mathieu était érudit, certes, mais autodidacte : autant dire un guignol – comme les égyptologues en dehors du cénacle, considérés comme des charlatans ou des pilleurs de tombe. J'ai dû batailler pendant des mois mais le jeu en valait la chandelle. Depuis, il est venu chaque année, fidèlement, pour animer un séminaire d'une semaine payé au lance-pierre. Des universités étrangères lui offraient des ponts d'or pour faire la même chose : ça vous donne une idée de qui il était.

— Vous êtes vite devenus amis ?

Le professeur hocha la tête longuement avant de répondre, pour maîtriser son émotion. De toute évidence, il jugeait que s'abandonner à son chagrin aurait été une faute de goût.

– En effet, et je voyais cette amitié comme un privilège, reprit-il d'une voix hésitante. Emportés par notre passion, nous autres universitaires avons parfois tendance à nous replier sur nos disciplines. Mathieu, lui, a beaucoup contribué à faire connaître le théâtre antique au grand public. Accessoirement, il était un brillant helléniste.

Il avait fait cette dernière déclaration d'une voix raffermie. Placer l'échange sur le terrain intellectuel l'aidait à se contrôler.

Avec un bel ensemble, Romano et Tellier approuvèrent de la tête. L'hommage semblait sincère et dénué de jalousie.

– En sortant de son séminaire, il venait souvent s'asseoir en face de moi, là où vous êtes, pour me raconter sa journée en grec ancien. Une personnalité originale.

Prononcée par ce spécialiste de Catulle entouré de poireaux, la remarque ne manquait pas de sel.

– Quand vous avez monté le collectif Tolérance Université, suite à l'annulation de la représentation d'Eschyle, il ne vous a apporté aucun soutien public ? interrogea Romano.

– Il m'avait confié être très heureux de cette initiative mais ne souhaitait pas être sur le devant de la scène – en tout cas pas la scène médiatique ou, pire, celle des réseaux sociaux. Pour un homme aussi tolérant et humaniste, l'accusation de racisme a été un choc. Pour vous donner un exemple, il a aidé une petite compagnie lyonnaise à monter *Les Suppliantes*, l'an dernier, avec une association de migrants. Cette pièce est régulièrement jouée par des troupes de théâtre engagé, qui y voient une défense du droit d'asile.

– Comme si on accusait Mandela d'être un suppôt de l'apartheid, résuma Romano.

Le professeur Sénécal s'accorda quelques secondes de réflexion.

– Je goûte peu l'outrance verbale, *a fortiori* pour évoquer ceux qui en font commerce. Sur le fond, cependant, la comparaison est pertinente.

Romano se fendit d'un hochement de tête poli. Côté outrance verbale, elle n'avait jamais eu d'états d'âme. Elle se demanda comment cet intellectuel tout en retenue avait pu prendre la tête d'un collectif. Et eut envie de le bousculer un peu.

– Où étiez-vous mercredi soir, entre 18 heures et 20 heures ?

– Cela fait partie la procédure, précisa Tellier, qui ne s'habituait pas à la brusquerie de sa cheffe.

– Je corrigeais des versions de L2 dans mon bureau, répondit le professeur, avec un sourire compréhensif. Je suis parti pour le théâtre vers 19 h 15, pour être sûr d'avoir une bonne place.

Encore un alibi invérifiable – sauf s'il avait croisé des collègues ou des étudiants.

– Pourquoi avez-vous créé Tolérance Université ? enchaîna Romano. Les chercheurs se jettent rarement dans l'arène.

– L'annulation de la représentation des *Suppliantes* m'a décidé à agir. Depuis plusieurs années, la montée du racisme à l'université me glaçait le sang. La forme classique, si j'ose dire, se porte bien, par exemple sous forme de graffitis ou vidéos insultantes – il y a eu une affaire récente à Metz. En parallèle, on voit émerger une nouvelle forme plus pernicieuse, qui se dissimule sous un discours antiraciste mais résume les individus à leur « race », rejoignant ainsi la forme traditionnelle. Quant à l'antisémitisme, il progresse de façon inquiétante, souvent mal déguisé en antisionisme.

Romano posa son regard sur une cagette de brocolis. Elle commençait à comprendre pourquoi Sénécal cultivait son jardin. Le professeur, plus professeur que jamais, s'éclaircit la voix pour reprendre son cours.

— L'indigénisme décolonial, en particulier, réduit tous les problèmes sociétaux à un rapport dominants-dominés qui serait nourri par l'ethnocentrisme et les survivances du colonialisme. Chaque individu se retrouve réduit à une soi-disant identité de groupe – race, religion, sexe, orientation sexuelle – qui lui est assignée et dont il ne peut sortir. Ainsi, du fait du *racisme systémique*, les descendants des colonisés sont pour toujours des victimes et les descendants des colonialistes des bourreaux. L'ampleur des blessures ou méfaits de chaque individu est évaluée selon les cases dans lesquelles il rentre, indépendamment de son parcours, ses engagements, ses convictions.

Romano hocha la tête. Plutôt simpliste, en effet. Il était peut-être plus facile d'être une lesbienne noire au ministère de la Culture qu'une hétérosexuelle blanche dans une entreprise du bâtiment.

— Ce cloisonnement dogmatique contredit les définitions mêmes de la culture et de la science, qui ont toujours mêlé réappropriation et invention. Pour ces gens-là, emprunter à l'« identité » d'un autre devient une « appropriation culturelle », par définition illégitime.

— D'où les excuses de Katy Perry pour ses tresses, résuma Romano, se souvenant des propos d'Agnès Plésiat. Concrètement, reprit-elle, comment se traduit la présence de cette mouvance à l'université ?

— Les décolonialistes sont très présents en sciences humaines. Ils dévoient la démarche universitaire pour légitimer leurs inepties et multiplient les chasses aux sorcières. Pour eux, on ne peut travailler sur la littérature « blanche » sans être dans une posture coloniale ni étudier des textes religieux médiévaux sans prosélytisme. Récemment, des enseignantes ont voulu faire interdire la conférence d'un linguiste sur le parler des femmes au XVIe siècle, sans rien savoir de son contenu. J'ai également vu passer une thèse qui dénonçait le raisonnement scientifique comme une pratique d'homme blanc et demandait d'y réintroduire de l'émotion, plus inclusive... Plus grave encore que tous ces délires, les décolonialistes sont obsédés par la « question juive ».

— Comment peut-on être à la fois dans l'obsession victimaire et antisémite ? demanda Tellier, sceptique. Les Juifs ne sont-ils pas des victimes de l'Histoire ?

— Vous oubliez que tout repose sur le manichéisme. Pour les décoloniaux, les Juifs sont des « Blancs » et des colons. Ceux-là mêmes qui brandissent à tort et à travers les accusations de raciste ou antiféministe s'autorisent l'antisémitisme le plus abject. On en a eu un exemple glaçant à l'université de La Rochelle, avec une pièce de théâtre où un nazi sympathique était pourchassé par des Juifs ultra-orthodoxes vulgaires et vindicatifs. Tolérance Université a demandé son interdiction mais la présidence de l'université l'a soutenue bec et ongles : de l'humour, paraît-il.

— Terrifiant, murmura Tellier en ouvrant des yeux comme des soucoupes.

— À l'inverse, certaines manifestations font l'objet d'une invraisemblable censure. À Lille, une association d'étudiants qui organise un festival annuel sur la culture d'un pays a choisi Israël l'an dernier. Des professeurs et étudiants ont exigé son interdiction : comme s'il s'agissait de soutenir la politique de Netanyahou ! Le président de l'Université a résisté – beaucoup cèdent, par peur de faire des vagues. Finalement, les protestataires ont tout bonnement organisé un blocus. Ironie du sort, on devait projeter un film palestinien sur le féminisme et la tolérance.

– Un jour vous vous battez pour interdire un événement, le lendemain pour empêcher qu'on l'interdise. Vous décidez seul de ce qui doit être censuré ou vous faites une petite réunion entre vous ? demanda Romano d'un ton caustique, pour le pousser dans ses retranchements.

Tellier, qui pour une fois n'avait pas compris son intention, lui adressa un regard choqué.

– La loi interdisant l'incitation à la haine, à la violence ou à la discrimination raciale, voilà notre premier repère. La loi, vous connaissez, madame la commissaire ?

Romano se contenta d'un signe de tête.

– Quant aux activités de recherche et d'enseignement, notre deuxième repère est la déontologie académique commune aux universitaires du monde entier. Venez voir.

Ils le rejoignirent derrière son bureau, comme Sénécal les y invitait. Romano fut impressionnée par les tas de dossiers et de copies qui semblaient tenir par miracle. Elle avait de la sympathie pour la communauté des bordéliques, dont elle faisait partie. Surtout depuis que tout le monde lui cassait les pieds avec cette Japonaise à la con qui présentait le rangement comme la Voie royale vers le bonheur, rien de moins.

– Voici des images projetées lors d'un séminaire d'histoire afroféministe, dans une université anglaise.

Il fit défiler sur son ordinateur une présentation Powerpoint, où certaines photos anciennes avaient été gribouillées de feutre noir.

– Les conférencières ont censuré les personnages de colons et les mots qu'elles jugeaient choquants, expliqua Sénécal.

– Comme ma grand-mère qui découpait les divorcés de la famille, s'amusa Romano, qui prenait un certain plaisir à le provoquer.

Sénécal ignora son intervention.

— Le retouchage des sources ne relève pas de la pratique scientifique de l'histoire mais plutôt de la propagande. Staline en est l'exemple le plus connu.

Romano songea que sa grand-mère n'aurait pas aimé être comparée à Staline. Avec qui elle avait quelques points communs, même si sa moustache était moins drue.

— D'après vous, des représentants de cette mouvance auraient pu tuer Mathieu Véran ? demanda gravement Tellier, après avoir repris sa place. La frustration d'avoir perdu la bataille des *Suppliantes* constituerait un mobile suffisant ?

Sénécal appuya sa tête sur le menton et soupira.

— Je l'ai cru au début mais j'ai changé d'avis. Ces imbéciles alimentent un dangereux climat d'obscurantisme et de rancœur. Pour autant, je ne les vois pas en meurtriers.

Comme Agnès Plésiat, il refusait de se laisser emporter par son animosité. Les intellectuels ont parfois du bon.

— Qui, alors ?

— Madame la commissaire, faites votre travail. Je ne vous demande pas de retraduire Catulle, rétorqua-t-il d'un ton froid.

— Vous pourriez nous parler de la vie privée de Mathieu Véran ? demanda doucement Tellier.

— Il était très discret et notre amitié était avant tout intellectuelle. Nous avons passé une ou deux soirées, pas plus, avec nos conjointes respectives. Elles n'avaient pas grand-chose en commun.

Romano aurait juré qu'il s'était retenu d'ajouter « Dieu merci ».

— Vous savez quand a eu lieu la rupture ? demanda Tellier.

— Fin août ou début septembre : son séminaire commençait le 10 septembre et j'ai compris que la chose était toute récente.

S'il disait juste, Laetitia Leroux avait menti : la séparation avait eu lieu avant la représentation empêchée, et non après. Auquel cas, elle les avait peut-être baratinés aussi sur la raison de la rupture.

— Mathieu vous en a dit plus ? intervint Romano.

— Pas grand-chose. J'ai juste cru comprendre que sa compagne avait mal vécu la séparation, même si elle en avait pris l'initiative – vu les circonstances, je suppose que c'était compréhensible.

Romano repensa à Laetitia Leroux, bloc glaçant de certitudes sous son vernis jovial. Il ne devait pas faire bon être en conflit avec elle.

— Il la trompait ?

— À la fin de son dernier séminaire, il m'a parlé à demi-mot d'une étudiante étrangère en semestre d'échange. Officiellement, Mme Leroux et lui formaient un couple libre mais ces accords-là s'avèrent parfois compliqués à mettre en œuvre.

Romano apprécia l'euphémisme. Il semblait parler d'expérience.

— Visiblement, reprit le professeur, sa compagne avait appris la chose : je crois que ça a été la goutte d'eau.

L'ex avait utilisé la même expression mais donné une version des faits bien différente.

— Et l'étudiante ?

— Repartie chez elle, j'imagine.

— Où ça ?

— Aucune idée. Mathieu ne s'est pas attardé sur le sujet.

Une impasse, pour le moment en tout cas. Mieux valait revenir sur le terrain politique.

Romano sortit de son sac la lettre de menaces imprimée par Pérez à la Corep.

— Voici la copie d'un courrier envoyé à Mathieu, expliqua-t-elle, sans préciser qu'il était arrivé après sa mort.

Sénécal prit la lettre et la reposa, à peine lue. Sa main tremblait, sa voix aussi.

— D'autres collègues ou conférenciers ont reçu des menaces mais je n'y ai jamais cru. Et voilà, ils l'ont tué.

D'un regard, Romano et Tellier s'accordèrent pour le laisser poursuivre, même s'il allait vite en besogne.

— Misérables petits boutiquiers de l'identité ! reprit-il d'une voix sourde. Vous faisiez couler la haine, et à présent, le sang !

Ni sa mèche en désordre ni la présence des légumes ne parvenaient à lui ôter sa solennité tragique — tout compte fait, ses étudiantes lui trouvaient peut-être du charme. Tellier, en tout cas, semblait hypnotisé. Lui-même avait envisagé de créer un blog intitulé « Stop la haine ». Romano l'avait convaincu, non sans mal, que ce n'était pas compatible avec sa fonction.

— Nous ne sommes pas certains que l'auteur de la lettre soit le meurtrier, nuança-t-il cependant, avec douceur.

Sénécal se tut, honteux de s'être laissé emporter.

— Pardonnez-moi. Mais je voudrais vous faire comprendre la violence de certains propos décolonialistes. Houria Bouteldja, fondatrice du Parti des Indigènes de la République, divise le monde en « races » dominées et dominantes où le Blanc est nécessairement colonisateur, oppresseur et capitaliste. L'université de Limoges l'a récemment invitée pour un séminaire d'études décoloniales — nous avons contribué à faire annuler l'invitation.

— L'université n'est-elle pas un lieu de débat entre les différents courants de pensée ? objecta Romano.

— À condition de ne pas bafouer les faits scientifiques ou historiques. Devons-nous offrir une tribune aux créationnistes, aux négationnistes ou aux terreplatistes ? Mais pourquoi vous infliger ma maigre force de conviction alors que les textes, comme toujours, parlent d'eux-mêmes ?

Il leur tourna le dos pour farfouiller sur une étagère surchargée et en sortit un paquet de feuilles mal agrafées.

— Voici un livre de Houria Bouteldja : *Les Blancs, les Juifs et nous*. Je l'ai photocopié pour ne pas verser de droits d'auteur – un des rares actes illégaux que j'aie jamais commis.

D'une main fébrile, il se mit à feuilleter le document.

— Voyez, je pioche au hasard ! *Sartre n'a pas su être Genêt... qui s'est réjoui de la débâcle française de 1940 face aux Allemands.* Et là, tenez, le principe fondateur : *Entre les Blancs et nous, il y a la race.*

Il s'éclaircit la voix, gêné de son ton triomphal, puis se remit à lire, d'un ton grave.

— *La Shoah ? Le sujet colonial en a connu des dizaines.* Et ça, page 54 : *Pour moi, Hitler est un intime. Je l'ai rencontré sur les bancs de l'école républicaine. J'y ai rencontré aussi Anne Frank que j'ai beaucoup pleurée. Autant que j'ai pu abhorrer l'homme de la solution finale. L'homme du judéocide. L'école m'a bien dressée.*

Tellier se tenait la tête dans les mains, abattu. Romano repensa à l'accusation de *sulfureux*, qu'il avait porté contre Véran, au début. En matière de sulfureux, ils étaient servis !

— Vous comprenez, maintenant, pourquoi nous voulons défendre Eschyle et empêcher la venue d'Houria Bouteldja ? demanda Sénécal d'un air de défi, en la regardant dans les yeux.

— C'est assez clair, concéda Romano.

— Quant à mes propos sur l'assassinat de Mathieu, ayez la mansuétude de les oublier, murmura-t-il. Les accusations infondées font partie des méthodes liberticides contemporaines : il serait regrettable de s'y adonner tout en les dénonçant.

De nouveau, Romano fut impressionnée par sa rigueur intellectuelle et sa capacité à recouvrer son sang-froid.

– *Is fecit cui prodest. Celui-là a commis le crime, à qui le crime est utile*, conclut-il après un court silence.

Sa voix était faible et il paraissait épuisé. Romano et Tellier prirent congé gravement mais le professeur les rappela au dernier moment.

– Attendez ! s'écria-t-il dans un sursaut d'énergie. Prenez quelques poireaux, ils sont délicieux.

Ils acceptèrent l'offrande avec solennité et firent rentrer les légumes, non sans mal, dans leurs sacs respectifs. Que faire d'un truc pareil ? se demanda Romano. Heureusement que Damien était là.

12

– On marche jusqu'à la station de métro suivante ? proposa Romano en descendant l'escalier rose de la faculté des sciences humaines, où se pressait une horde bruyante – surtout des filles, faculté de lettres oblige.

Tellier approuva de la tête. Après tout ça, ni l'un ni l'autre n'avait envie de s'engouffrer dans le métro, malgré le temps de cochon.

– Comment peut-on se moquer de larmes versées sur Anne Frank ? soupira Tellier.

Romano se contenta de lui tenir la porte, sans répondre. Il n'y avait rien à répondre.

– L'an dernier, la prof d'Anna a invité en classe une femme centenaire, qui avait fait partie des vingt-deux rescapés sur un convoi de huit cent soixante-dix-huit déportés à Auschwitz. La Shoah sera-t-elle oubliée quand les témoins directs auront disparu ?

– Ces inepties nauséabondes ne méritent pas qu'on s'excite, tempéra Romano en plongeant dans son téléphone. L'autrice ne doit pas avoir beaucoup d'adeptes.

Elle espérait trouver de quoi réconforter son adjoint mais ce fut tout l'inverse. Elle remballa son portable sans un mot.

– Vous avez quelque chose ?

Impossible de cacher quoi que ce soit à Tellier, il la connaissait trop.

— Vous vous souvenez des insultes antisémites reçues par la dauphine de Miss France, dont le père était israélien ? Houria Bouteldja a aussitôt déclaré, dans une tribune : « On ne peut être israélien innocemment. » Comme un certain nombre de gens s'en sont émus, une pétition de soutien à cette brave femme a été organisée illico, par du beau linge.

— Du beau linge ? reprit Tellier, grand fan de la formulation écho.

— Des intellectuels de gauche qui ont la pétition facile et n'ont pas dû lire *Les Blancs, les Juifs et nous* – enfin, on espère. Ça fera comme les pétitions de soutien à la pédophilie des années 1970, ça ne vieillira pas très bien.

Ils marchèrent en silence pendant quelques minutes. L'idéal aurait été d'envoyer Tellier courir une heure : rien de tel pour lui faire passer ses accès de déprime ou d'énervement. Faute de mieux, Romano avait accéléré le pas.

— Et si on revenait à nos moutons ou plutôt à nos suspects : un vrai troupeau, reprit-elle. Il faut ajouter Sénécal à notre liste : il aurait très bien pu descendre Véran pour donner un martyr à leur cause.

De surprise, Tellier s'arrêta net.

— Il l'a dit lui-même, souligna-t-elle : « Celui-là a commis le crime, à qui le crime est utile » – ça sonnait mieux en latin. En offrant à Tolérance Université une victime médiatique, la mort de Véran leur fait un bon coup de pub.

— Et il aurait cité cette phrase exprès ?

— Un petit plaisir pervers, pourquoi pas ? Vous avez remarqué comme il maîtrise ses nerfs ? Ce doit être le travail de la terre, la communion avec la nature, tout ça.

En prononçant la phrase, elle songea que le potager de Tellier ne semblait pas avoir sur lui le même effet apaisant. Peut-être ne jardinait-il pas assez souvent.

— J'ai surtout remarqué son attachement pour Mathieu Véran. Tuer son meilleur ami n'est pas donné à tout le monde, rétorqua Tellier.

— J'essaye juste de garder de la distance.

Tellier hocha la tête. La distance, il était conscient d'en manquer.

Sur le trottoir d'en face, un grand M rouge et blanc signalait la station de métro du square des Flandres.

— On le prend ici ? proposa Romano.

— J'ai ma tenue sur moi, je crois que je vais rentrer à Roubaix en courant.

Sous le regard étonné de sa cheffe, le capitaine se dirigea vers un terre-plein et, à l'abri symbolique d'un arbuste haut de cinquante centimètres, déboutonna son pantalon. Il se tortilla longuement pour passer la première jambe, puis la deuxième, et se retrouva en short de course.

— Comme ça, expliqua-t-il non sans fierté, je peux courir n'importe où.

Romano approuva de la tête. En principe, Tellier gardait des affaires de jogging au commissariat mais il oubliait régulièrement de les renouveler.

— Si vous êtes tout seul, faites gaffe de ne pas vous faire arrêter pour exhibitionnisme. *A minima*, je vous suggère d'enlever vos chaussures avant de vous déshabiller. Ça facilitera le passage du pantalon et ce sera plus discret.

Tellier, écarlate, acquiesça du menton et s'enfuit d'une belle foulée – la chose ne lui avait pas traversé l'esprit. Le haut de son caleçon dépassait largement de son short, comme c'était la mode dix ans plus tôt. Mais dans son cas, cela n'avait rien d'intentionnel.

À peine arrivée chez elle, Romano se laissa tomber voluptueusement sur son canapé marocain, sans même allumer la lumière. Ruru vint aussitôt s'installer sur le rebord, pour poser ses pattes sur son crâne et lui mordiller les cheveux en ronronnant. Sa façon à lui d'exprimer sa tendresse – surprenant, au début, mais elle s'y était faite. Plus il était infect avec Damien, plus il était collant avec elle : des vases communicants.

Elle savoura le silence avec un plaisir particulier. Et dire que si Damien avait eu la clé, il aurait peut-être été dans son antre, à l'attendre. Elle aurait dû écouter le récit sans intérêt d'une journée sans intérêt, puis faire la conversation et s'extasier sur les odeurs de cuisine, comme chaque soir. Merci bien.

Elle dut s'avouer que ce scénario catastrophe, destiné à justifier son refus de donner le sésame, était légèrement exagéré. Clé ou pas, Damien était souvent pris le soir par des obligations professionnelles. En tant que directeur des relations internationales de la mairie de Lille, il était payé pour enchaîner buffets campagnards et pince-fesses en tout genre, de la fricadelle-frites sous chapiteau aux bombances avec des élus du monde entier, enfin surtout belges. Il s'en plaignait souvent et prétendait que sa future cirrhose serait une maladie professionnelle. En réalité, il adorait ça – en tout cas, c'était bien pratique.

Elle s'extirpa de son canapé pour aller chercher son ordinateur. L'heure était venue de créer la carte mentale de cette nouvelle enquête, toujours un moment important. Pour fêter ça, elle se servit un verre de vin, bien qu'elle en ait déjà bu trois fois dans la semaine – son plafond, en théorie. Sur les quantités, elle ne se limitait pas : avec les années, la peur de la gueule de bois était devenue un rempart efficace. Elle remit une nouvelle bouteille au frigo. Sa cave se composait exclusivement de chablis acheté à un ancien collègue reconverti dans la vigne. S'il avait fait du beaujolais, elle aurait bu du beaujolais : elle n'était pas du genre à finasser.

Comme toujours, elle commença par noter le nom de la victime dans un petit encadré, au milieu de l'écran. Elle créa ensuite une branche consacrée aux modalités pratiques du meurtre, où elle nota que le coupable avait eu accès à la passerelle de commande entre 18 heures et 19 h 45 et connaissait le code de l'ascenseur et le fonctionnement des cintres. Cela impliquait d'être familier du théâtre ou, tout simplement, d'avoir assisté aux visites. Le meurtrier savait aussi que le bateau arriverait au-dessus de la tête de Mathieu Véran. Autrement dit, il avait assisté aux répétitions – ouvertes au public, elles aussi. D'après le fils Martel, il y avait eu pas mal de curieux, et peut-être des militants antiracistes venus constater la présence de *blackfaces* – même s'ils n'étaient pas du genre à vérifier les infos. Pour le reste, le *modus operandi* n'exigeait aucune force physique ou morale particulière. Déplacer un scotch était plus facile que d'appuyer sur une détente, d'étrangler à mains nues pendant de longues minutes ou d'enfoncer une lame dans un ventre.

La deuxième branche de son schéma était consacrée à la lettre anonyme. Avec cette question : l'auteur et le meurtrier étaient-ils la même personne ? Ensuite, comme toujours, une branche pour chacun des suspects. D'abord, pour mémoire, dans la couleur verte réservée aux innocents, Alexandre Joly, le syndicaliste étudiant qui avait eu la bonne idée d'être en cours. Puis, Max Boyer, le coorganisateur du blocus du théâtre. Elle ne le connaissait encore que par ses communiqués et ses tweets : il faut se méfier des tweets – même si ceux de Trump, par exemple, étaient un reflet fidèle du bonhomme. La troisième branche de suspects n'était pas nominative. Elle y nota simplement l'expression « activistes décolonialistes » : un excité parmi les excités avait pu passer à l'acte sans qu'ils l'aient encore repéré.

Toujours côté politique, les militants d'extrême droite constituaient une autre piste. Assassiner Véran leur aurait permis de faire coup double : se venger de ses insultes et, plus important peut-être, faire porter le chapeau à la gauche décolonialiste. Ces imbéciles étaient prêts à tout pour gagner des voix : comme ce candidat aux élections municipales qui cramait des bagnoles pour nourrir son discours sécuritaire. L'épisode avait marqué Romano, entre autres parce que le collègue du RN qui avait dénoncé ce fameux Ricci, sans doute de peur que cet excès de zèle s'ébruite, s'appelait Berthin. En l'entendant s'époumoner à la radio, elle s'était demandé une seconde s'il y avait un lien familial avec son chef – sait-on jamais. En fin de compte, le type du RN avait un *h* à son patronyme. En tout cas, dénoncer son copain lui avait porté chance puisqu'il s'était hissé au bureau national du parti.

Côté vie privée, la première suspecte était Laetitia Leroux, l'ex-maîtresse dotée d'un double mobile : jalousie et désaccords politiques. Ensuite, le professeur Sénécal qui aurait pu sacrifier son ami pour obtenir un martyr – tordu, selon Tellier. Enfin, la sœurette, en désaccord sur la fin de vie de leur mère. Tuer un quinquagénaire pour sauver la peau d'une grabataire de quatre-vingt-cinq ans : tordu aussi mais pas impossible.

L'interphone sonna. Damien arrivait plus tôt que prévu.

– Je termine un truc de boulot, annonça-t-elle en ouvrant la porte.

Dès que son compagnon eut franchi le palier, Ruru sauta du canapé pour quitter ostensiblement la pièce. Elle aurait juré que le chat déplaçait son embonpoint encore plus lentement que d'habitude, pour bien faire remarquer son départ. Pas question que son hostilité passe inaperçue. Mais Damien ne semblait pas noter son manège, ou alors, il préférait l'ignorer.

— Pas de problème, je prépare le dîner, annonça-t-il, souriant, en partant vers la cuisine — tout compte fait, Ruru aurait pu rester vautré tranquillement.

Damien disparut dans la cuisine en sifflotant. Respecter son travail était une de ses qualités — la liste s'allongeait dangereusement. En même temps, elle l'aurait vite éjecté si ça n'avait pas été le cas. Son boulot passait avant le reste, elle n'en tirait ni gloire ni regrets. Quoi de plus pathétique que de se lamenter en permanence de trop travailler ? Si elle-même ne prenait ni vacances ni week-ends, c'était par plaisir. L'idéal aurait été que Damien soit pareil : comme João, son architecte portugais, qui passait ses nuits à sa table de dessin. Damien n'était pas aussi passionné — ou monomaniaque. Mais il avait un boulot prenant, le bridge, les sorties culturelles et la cuisine. Grâce à quoi, elle respirait à peu près.

Elle dézooma sur son écran pour avoir une vue d'ensemble de son schéma, comme une artiste s'éloignant de son tableau pour mieux le contempler. Puis rangea son ordinateur.

Comme toujours, Damien avait mis son grand tablier kaki, qui faisait ressortir ses yeux verts — la seule chose qu'il laissait chez elle, avec sa brosse à dents.

— *Fish and chips*, ça te va ?

— Génial !

Il avait vite compris que les légumes de saison la rendaient neurasthénique et qu'elle préférait de loin les chips, pizzas, hot-dog et frites. Tel un musicien baroque se convertissant au rap, il avait aussitôt changé de registre. Désormais, il préparait des hamburgers dégoulinants de fromage, des nuggets en tout genre et des beignets couverts de glaçage. Une sorte de malbouffe maison, pleine d'attention mais sans grand intérêt, sinon pour les amateurs d'oxymore. Les chips toutes faites valaient largement les siennes, découpées chez lui avec une machine spéciale et cuites dans une huile de colza bio qui n'en empestait pas moins. Quitte à renoncer à la malbouffe industrielle, il aurait mieux valu du plat préparé sain plutôt que du *maison* pas sain. Tellier l'y encourageait régulièrement, lui envoyant les étiquettes de ses fallafels et galettes de seitan préférés. Mais Damien était convaincu de lui faire plaisir. Comment le détromper ? La vie de couple était-elle autre chose qu'une succession de mensonges ?

– Alors, ça avance ?

– Parfois, on manque de suspects, parfois on en a trop ! Il y a des mobiles pour tous les goûts : politique, passionnel…

– Ou peut-être les deux. En Angleterre, il paraît que les divorces ont explosé à cause du Brexit. Si on tue son conjoint parce qu'il ne vote pas pareil, c'est du politico-passionnel, non ?

Dubois lui avait donné le même exemple, preuve que la chose ne devait pas être courante. Elle se demanda si Damien et elle pourraient avoir des engueulades politiques. Peu probable. À y bien réfléchir, ils n'avaient pas d'engueulades du tout. C'en était presque inquiétant.

13

8 h 18. À ce rythme-là, il faudrait filer direct au commissariat et sacrifier son arrêt au Macchiato. Comment démarrer une journée sans un café bu en paix ? Le bruit de la douche s'arrêta enfin. Il restait encore une petite chance.
– Bientôt prêt ? cria Romano à travers la porte de la salle de bains, d'une voix qu'elle espérait aimable, sans trop d'illusions.
– Je me lave les cheveux, je me dépêche.
Foutu. Son café, il fallait le boire maintenant.
Cinq minutes plus tard, Damien débarquait dans la cuisine, où il enfila avec difficulté une chaussette sous ses yeux – soulignant ainsi qu'il n'avait pas pu se sécher correctement.
– Tu pourrais peut-être me prêter un double de clé, lança-t-il d'un ton désinvolte, en attaquant la deuxième chaussette.
Pour faire cette demande exorbitante, il se gardait bien de la regarder en face.
Respire normalement, se dit-elle tout bas. Quand l'énervement montait, elle se répétait cette consigne donnée dans les avions avec un incontestable optimisme, en cas de chute à pic. Elle se récita les principes de la communication bienveillante dont on l'avait abreuvée lors d'une formation maintes fois repoussée – elle avait oublié par quel chantage odieux Bertin avait eu enfin gain de cause. Privilégier le *je* plutôt

que le *tu*, préparer le terrain, terminer sur une note positive – le feedback « sandwich ». Damien, qui en avait fini avec ses chaussettes, la regardait d'un air interrogatif. Il fallait dire quelque chose.

– Pourquoi pas ? Il faut y réfléchir.

Tout ça pour ça ! Le malheureux avait eu droit à la même réponse que Clément, quand il lui faisait des suggestions sur la décoration des bureaux ou la marque des trombones. À la différence que les propositions de l'adjudant portaient sur des sujets moins sensibles.

Damien avait détourné le regard et ne disait pas un mot : il accusait le coup. Si seulement elle avait pu aller chez lui au lieu de l'héberger ! Arriver et repartir comme elle voulait, et jamais, au grand jamais, ne demander de clé. Mais chez lui, il y avait sa fille, la propriétaire de Gégé. Si bien qu'elle avait bafoué dès le premier soir son principe de ne pas amener de mec chez elle.

– On y va ? demanda-t-il d'un ton trop aimable pour être sincère.

Malgré tout, le baiser conjugal sur le trottoir (on aurait dit un titre de photo) fut réalisé dans les règles, peut-être un poil plus appuyé. En fin de compte, Damien ne lui en voulait pas, ou alors il s'en voulait de lui en vouloir. À moins qu'il ait décidé, après ce camouflet, de ne pas la revoir : un baiser d'adieu, en somme. La vie de couple recelait un tas de mystères insondables et sans intérêt. En attendant, elle allait arriver au boulot en retard et de mauvais poil.

Assis entre Tellier et Dubois, Clément écoutait d'un air appliqué, bouche légèrement entrouverte. Malgré toute sa concentration, il avait du mal à suivre son exposé sur le décolonialisme pour les nuls – un résumé des entretiens avec Plésiat et Sénécal.

— Pardon, commissaire, je croyais qu'on n'avait pas le droit de parler de race et qu'il n'existait qu'une espèce humaine ?

— Scientifiquement, c'est vrai, mais pour les décoloniaux, l'identité raciale existe tout de même, sur le plan social. C'est le racisme qui crée la race, mais c'est l'usage critique de la race qui permet de lutter contre le racisme. En gros, la race n'existe pas mais elle existe quand même. Et la bonne vieille couleur de peau reste son marqueur, comme dans le racisme classique.

Clément ouvrait de grands yeux tandis que Dubois, perplexe, fronçait les sourcils.

— Toute religion à ses mystères ! conclut Romano en haussant les épaules.

— L'inversion du sens des mots est typique des discours totalitaires, Orwell l'a bien montré, intervint Tellier.

— Bien vu ! Vous savez quel est le sous-titre de ce pamphlet hargneux dont Sénécal nous a lu les meilleures pages ? « Vers une politique de l'amour révolutionnaire » ! Rigolo, non ?

Tellier prit un air horrifié. Il ne trouvait pas ça drôle du tout.

— Comment ils justifient tout ça ? demanda Dubois.

— Si vous voulez lire leurs boniments, allez-y, il y a de quoi faire ! Connaissant leur conclusion, à savoir que le destin de chacun est déterminé par sa race et ses orientations sexuelles, leurs pseudo-raisonnements ne m'intéressent pas — j'en ai ma dose. Et si vous dénichez un essai démontrant que les Juifs ou les femmes sont des êtres inférieurs, je m'en dispenserai aussi. Tellier, on file à Croix ? On a rendez-vous avec Virginie Millot à 9 h 30.

Il fallut négocier avec Tellier pour prendre la voiture. Certes, Croix était bien au-delà de la distance minimum réglementaire mais le capitaine ne manqua pas de souligner que la commune était très bien desservie en métro. Ce qui était exagéré : en l'occurrence, il leur aurait fallu vingt minutes à pied pour finir le trajet.

— Vous commencez à m'emmerder, conclut Romano d'un ton sec, en claquant la portière.

Avec sa façade en bois très contemporaine et ses vastes balcons, l'immeuble de la sœur de Véran avait des prétentions haut de gamme. Mais comme il était cerné de luxueuses villas, il paraissait presque miteux.

— Entrez, je vous en prie !

Virginie Millot les accueillit sur le palier, d'un ton mondain. Si la mort de son frère l'affectait, ses devoirs de maîtresse de maison prenaient le dessus.

Romano et Tellier la suivirent dans un grand salon au mobilier ancien ou simili-ancien – pas évident de faire la différence. Vaisselier, commode, fauteuils tapissés style Louis quelque chose : tout y était. Tout en souriant aimablement, leur hôtesse désigna deux chaises, à la table de salle à manger.

La ressemblance avec son frère était plus frappante qu'en photo : yeux bleu intense, front haut, pommettes marquées. Une jolie femme, peu mise en valeur, qui planquait son corps sous des vêtements informes. Romano avait déjà observé le phénomène chez d'autres femmes au foyer : peut-être pour montrer qu'elles étaient happées par la fonction maternelle, ou simplement parce que leur vie sociale se réduisait à la sortie de l'école, le square et le supermarché. L'ex-compagne de Véran avait décrit la sœur de son compagnon comme l'archétype de la bourgeoise. De fait, il y avait quelque chose de très classique, pour ne pas dire démodé, dans sa tenue : pantalon beige et pull marron qui avaient en commun une coupe ringarde et un matériau de qualité. Moche mais increvable. Pour égayer le tout, un collier de perles trop court ou trop long et une coupe de cheveux courte affreusement mémère.

– C'est un peu encombré, désolée, s'excusa Virginie Millot.

D'un geste de la main, elle montrait le canapé où étaient étalées une quinzaine de minuscules robes brodées. Des chemisettes blanches, tout aussi petites, étaient accrochées à un paravent.

– J'organise une vente de vêtements artisanaux pour une association de femmes philippines, expliqua-t-elle avec fierté. Je distribue les invitations à la sortie de l'école et les mamans peuvent venir ici pour voir les modèles et passer leurs commandes. Tenez, ce sera plus parlant.

Elle tendit à Romano un petit tract mal fichu qui précisait l'adresse et les horaires de la *vente exceptionnelle de vêtements d'enfants artisanaux, idéal pour cadeau de naissance*. Bien que Tellier ne fût pas une *maman*, en tout cas au sens physiologique du terme, il eut aussi droit à son exemplaire. Simple politesse ou largesse d'esprit.

– Je prépare aussi les bons de commande avec la taille et le nom du modèle, poursuivit-elle en montrant des feuilles posées sur un guéridon, à côté d'une assiette de biscuits industriels. Lundi, je les transmets à la correspondante de l'association, à Paris. J'organise ça une fois par an, ça représente pas mal de travail. Je fais tout toute seule.

Tout : un prospectus de cinq lignes, un bon de commande mal photocopié, quinze vêtements sortis d'un carton, des biscuits de supermarché. En tout cas, la mort de son frère ne lui avait pas fait annuler l'événement, qui semblait être le point d'orgue de son année.

– Vous buvez quelque chose ?

Jugeant que les préliminaires avaient assez duré, Romano refusa d'un geste et entra dans le vif du sujet.

– Quelles relations aviez-vous avec votre frère ? attaqua-t-elle, direct.

– Nous étions très proches malgré nos douze ans d'écart, répondit Virginie Millot d'une voix altérée, comme si la question la ramenait à une réalité qu'elle aurait voulu oublier. J'avais beaucoup d'admiration pour mon grand frère, toujours très gentil avec moi.

La description s'appliquait mieux à une relation d'enfants que d'adultes.

– C'était aussi un super tonton, qui gâtait beaucoup les enfants : des livres de contes magnifiques, des spectacles. Ils sont bouleversés.

Elle attrapa un mouchoir en papier sur la table : comme s'il avait fallu passer par le chagrin de ses enfants pour accéder à sa propre tristesse.

– Désolée, fit-elle. Ils n'avaient jamais été confrontés à la mort d'un proche, c'est difficile. Quand Mathieu habitait à Paris, on le voyait surtout à Noël. Depuis son emménagement à Lille, il s'était beaucoup rapproché d'eux.

– Pourquoi s'est-il installé ici ?

– Il disait en avoir assez de la vie parisienne. À mon avis, il voulait surtout voir sa dulcinée plus souvent – au moins, un côté positif à cette relation.

En évoquant la dulcinée en question, son ton s'était durci, l'antipathie prenant le dessus sur l'émotion.

– D'après Laetitia Leroux, il y avait des tensions entre vous.

– Elle est bien du genre à jeter de l'huile sur le feu ! On ne s'est vues qu'une fois, à un cocktail organisé après une pièce de Mathieu. Si vous saviez comment elle m'a toisée ! Pas assez intelligente pour elle, j'imagine.

Le ton s'était chargé d'amertume. Romano se souvient que l'ex-maîtresse avait ironisé sur le sourire bien élevé qu'elle avait adressé à la sœur de son compagnon. Pas si bien élevé que ça, apparemment. Ceci dit, l'expression « huile sur le feu » laissait entendre que la relation frère-sœur n'était pas si idyllique.

— Heureusement que Christophe était en déplacement à Londres ! Sinon, cette hystérique aurait été capable de lui cracher à la figure. Un banquier, quelle horreur !

— Vous saviez qu'ils avaient rompu ? demanda Tellier.

— Mathieu m'en avait dit un mot. D'après ce que j'ai compris, c'est elle qui l'avait quitté. J'espère qu'il était allé voir ailleurs, elle l'aurait mérité !

— À quelle date a eu lieu la séparation ? intervint Romano.

— Mathieu m'en a parlé à l'anniversaire de Marie, le 5 septembre. Cela semblait tout récent.

Cette version recoupait celle de Sénécal : la rupture s'était bel et bien produite avant le blocus du théâtre, qui avait eu lieu le 22 septembre.

— D'après Laetitia Leroux, la politique aurait été un sujet de tension entre votre frère et vous. Vous confirmez ? demanda Romano.

— Ne pas être du même bord n'empêche pas de s'aimer. Politique et famille ne font pas toujours bon ménage, ce n'est pas un secret. Un jour, Christophe m'a montré un vieux dessin humoristique où on voyait un repas de famille qui avait tourné à la bagarre. La légende disait : *Ils en ont parlé*. D'après ce qu'il m'a expliqué, le dessin remontait à l'affaire Dreyfus. La morale, c'est qu'il vaut mieux ne pas aborder certains sujets.

— En l'occurrence, un camp avait raison et l'autre tort, intervint Tellier. Si personne n'en avait parlé, un innocent aurait fini sa vie au bagne, victime d'un complot antisémite.

Romano se serait passée de cette digression pédagogique mais son adjoint ne pouvait laisser pareille occasion.

— Votre frère n'ayant pas d'enfant, vous êtes sa principale héritière. Vous avez une idée de son patrimoine ?

— Pas grand-chose, j'imagine. À l'université, il paraît qu'on ne roule pas sur l'or.

Derrière le « il paraît », Romano devinait une remarque de son mari – qui semblait lui dicter une grande partie de ses opinions.

— Mon mari a demandé à maître Abache, notre notaire, de suivre le dossier, poursuivit Virginie Millot, comme en écho avec cette réflexion.

— On le connaît ! fit Romano, heureuse de la coïncidence.

Elle gardait un bon souvenir d'Abache, rencontré lors d'une précédente enquête. Un type guilleret et spontané, aux antipodes de la gravité ampoulée qui caractérisait généralement la profession. Accessoirement, il était compétent – ce qui n'était pas fréquent non plus.

— J'ai cru comprendre que votre mère était hospitalisée dans un état critique ? demanda Romano, changeant de sujet brusquement.

La sonnerie de l'interphone retentit alors, sans laisser à Virginie Millot le temps de répondre. Pour l'effet de surprise, c'était raté.

— Ce doit être mes courses, excusez-moi.

La mère de famille alla décrocher à l'interphone. Tous attendirent en silence l'arrivée du livreur, chargé de cinq cartons de vivres.

— Si vous permettez, je vais ranger les surgelés, qu'ils ne se perdent pas.

Avec l'aide de Tellier, elle embarqua le carton concerné jusqu'à la cuisine américaine, séparée de la salle à manger par un bar. Puis, elle ouvrit un gigantesque congélateur où elle entreprit d'empiler à la hâte un énorme stock de pizzas et de sacs de frites. Romano eut une pensée pour ses sœurs qui s'épuisaient à préparer des purées maison et à les faire ingurgiter à leurs gamins récalcitrants.

— Mon mari est un fan de pizzas, se justifia leur hôtesse, avec un petit rire gêné.

Elle batailla ensuite pour trouver une place à un immense sachet de glaces fusée, garanties cent pour cent chimiques. Romano se demanda si le mari était aussi un fan de glaces à l'eau multicolores. Dommage que la sœur de Véran n'assume pas mieux son côté mère indigne — Romano la trouvait déjà plus sympathique. Quand elle eut enfin terminé, elle se laissa tomber sur une chaise, épuisée par l'effort.

— Nous parlions de votre mère, reprit Tellier.

— Depuis son AVC, l'an dernier, elle est dans le coma. Quand elle se réveillera, il faudra lui annoncer la terrible nouvelle.

— Les médecins pensent qu'elle se réveillera ? demanda Romano, sans excès de ménagement.

— Ils n'en savent rien. Certains malades ont repris conscience après trente ans de coma.

— Quel âge a votre mère ? poursuivit Romano, sans effort particulier pour masquer son impertinence.

— Quatre-vingt-deux ans.

Romano eut une mimique sceptique. Le scénario du réveil après trente ans de coma semblait mal barré.

— Votre frère et vous étiez d'accord sur sa prise en charge médicale ?

— Mathieu souhaitait interrompre les soins, moi non. Mais son opinion était en train d'évoluer.

— Qu'est-ce qui vous fait penser ça ? demanda Romano, sidérée de son culot.

Il faudrait vérifier avec l'équipe médicale, mais rien, jusqu'à présent, n'indiquait que son frère ait changé d'avis.

— Difficile à expliquer, soupira Virginie Millot d'un ton songeur. Je le sentais, c'est tout.

Une menteuse de haut niveau, Romano en était presque admirative. Trahir la mémoire d'un mort n'est pas donné à tout le monde.

— Quel hôpital ?

— Le CHU, service gériatrie. Le personnel est adorable, soupira-t-elle avec componction.

— Vous étiez présente à la représentation de mercredi soir ?

— Malheureusement, j'avais l'audition de piano de mon petit dernier.

— Et les portes ouvertes du théâtre, pendant l'après-midi, vous y avez assisté ?

— Malheureusement, je devais accompagner Marie au tennis. Comme elle est très douée, son professeur l'a fait passer à deux entraînements par semaine.

Romano sortit son ordinateur de son sac à dos et lança la vidéo de surveillance où on voyait Virginie Millot entrer dans le théâtre à 15 h 32.

— Et ça ?

En se voyant apparaître à l'écran, leur hôtesse avait légèrement rosi. Mais le voile de contrariété s'effaça très vite. Elle avait de la ressource.

— Je pensais faire plaisir à Mathieu en passant lui souhaiter une bonne représentation. Comme je ne pouvais pas y assister, c'était mieux que rien.

— Et alors, vous l'avez vu ? demanda Tellier avec douceur.

— On m'a dit à l'accueil qu'il n'était pas là, je suis repartie.

Pas très convaincant malgré son ton assuré.

— Vous pensez que c'était lui qui faisait visiter le théâtre ? interrogea Romano, sceptique.

— Comme c'était un peu tendu entre nous, je voulais lui faire une surprise. Je n'ai pas vraiment réfléchi.

— Vous n'avez pas eu envie d'emmener vos enfants faire la visite ? demanda Tellier, à son tour.
— Si les enfants avaient été là, nous n'aurions pas pu discuter.
— Dans ce cas, pourquoi nous avoir caché ce passage au théâtre ? demanda Romano, d'un ton coupant.
— Parce que c'est compliqué à expliquer, s'agaça leur interlocutrice. La preuve, vous ne me croyez pas !

Sacré sens de la répartie.

— Et entre 18 heures et 19 h 30, vous étiez où ?
— À l'hôpital pour voir ma mère, répondit-elle du tac au tac.
— Ce n'est pas l'heure de faire dîner les enfants ?
— En général, j'y vais plus tôt mais comme je vous ai dit, il y avait le cours de tennis de Marie.

L'excuse de l'audition de piano, quant à elle, semblait oubliée.

— Et puis, cela permettait aux enfants de dîner seuls avec leur père, pour une fois. C'est important qu'ils passent du temps ensemble.

Romano traduisit qu'elle avait sauté sur l'occasion pour échapper à la corvée de faire dîner ses gosses. Transférer une pizza du congélateur au four, passe encore, mais il y avait quand même la table à mettre et à débarrasser. Une fainéante hors pair, et, plus embêtant, une menteuse décomplexée. Dont il n'y avait rien de plus à tirer pour le moment.

— Alors ? demanda Romano, une fois dans l'escalier.
— Beaucoup de mensonges, peu d'empathie.
— Un vrai coup de foudre, dites donc !

Romano avait rarement entendu son adjoint dresser un portrait aussi cinglant. Il avait une tendance quasi pathologique à voir le bon côté des gens et s'abandonnait volontiers aux éloges vibrants.

— Ceci dit, elle a quand même des côtés attachants, se reprit-il, gêné.

— Les pizzas surgelées ?

— Je pensais plutôt à sa vente de vêtements philippins.

— Pathétique, non ? Voir des femmes étiolées à ce point, ça me fout le cafard ! Hormis sa semaine de vente de charité, où elle frôle le burn out, je me demande à quoi elle occupe ses journées. Pas aux fourneaux, c'est déjà ça ! Un amant, peut-être ?

— Cette femme parle tout le temps de son mari ou de ses enfants, comme si elle ne vivait que par eux, objecta son adjoint d'un ton de reproche. Cette vente annuelle est une chose à elle. On a les sujets de fierté qu'on peut.

Il avait fini par trouver quelque chose à sauver mais Romano n'était pas convaincue. Elle se demanda si sa vie ne ressemblait pas plus à celle des femmes philippines qu'à celle de Virginie Millot.

14

En entendant arriver la cheffe et son adjoint, Clément se précipita ventre à terre pour annoncer que Max Boyer était déjà là. Il avait pris l'initiative (l'expression lui était chère) de l'installer dans la petite salle d'interrogatoire. Dubois suivait de près mais s'était dispensé de courir.

— Laissons-le mijoter un peu, ça ne lui fera pas de mal, répondit Romano.

Le nouveau venu dans l'équipe leva un sourcil sceptique – révélant ainsi un talent peu stratégique mais néanmoins rare.

— Vous y croyez, à ces tactiques à deux balles ?

Après la docilité limite servile de Clément, il lui faudrait un peu de temps pour s'habituer. Même si elle pensait comme lui.

— Vous voulez dire à l'idée de faire poireauter un suspect pour le déstabiliser, si possible avec la clim ou le chauffage à fond ? Pas du tout. L'attente peut tout aussi bien l'aider à se ressaisir.

— En plus, ce n'est pas écologique, remarqua Tellier.

— Pourquoi, alors ?

— Pour le plaisir de l'emmerder, le personnage ne m'est pas sympathique.

Sans compter que le fait de n'avoir aucune nouvelle de Damien la mettait d'une humeur de cochon. Il était censé lui dire s'il avait trouvé des places pour *Hamlet*, le soir même. Bien possible, décidément, qu'il n'ait pas digéré cette histoire de clé.

Dubois approuva de la tête. Emmerder quelqu'un pour le plaisir, il comprenait.

— Filez au service gériatrie où Mme Véran mère est hospitalisée, ordonna-t-elle aux deux adjudants. Demandez au médecin un tableau médical complet : état, pronostic, position sur la poursuite des soins. Au passage, allez bavarder avec les infirmiers et aides-soignants pour essayer d'en savoir plus sur les tensions entre le frère et la sœur. Et tâchez de vérifier si Virginie Millot est venue voir sa mère mercredi dernier, entre 18 heures et 19 h 30 — même si je doute que les visiteurs soient enregistrés.

Au moment où le binôme tournait les talons dans une chorégraphie parfaite, elle eut un appel de sa petite sœur. Elle monta à son bureau pour lui répondre. Le gourou de la FNF attendrait encore un peu.

— Alors grande sœur, comment va ?

— *Business as usual* ! Et toi ?

— D'où tu sors cette expression ? Tu caches quelque chose ! glapit sa sœur, surexcitée. La dernière fois, déjà, tu étais bizarre.

Romano fut impressionnée. Plutôt que de passer ses journées à écraser du potiron, sa sœur aurait pu être flic — ou traductrice de Catulle : elle était agrégée de lettres classiques.

— Il s'appelle comment ?

Tout compte fait, nier demanderait trop d'énergie. En trois phrases, Romano raconta sa rencontre avec Damien — après tout, elle n'avait rien fait de mal.

— Tu me le présentes quand ?

— Je crains que tu n'arrives trop tard.

Sans bien savoir pourquoi, elle lui raconta l'épisode de la clé, tout en se promettant d'ignorer ses éventuels conseils.

En matière de couple, sa sœur n'était pas un exemple. Alors que Jean-Gonzague lui avait apporté un motif de divorce sur un plateau avec sa fameuse *aventure*, elle avait rempilé dans le rôle de mère de famille parfaite, à peine passé le mouvement de mauvaise humeur réglementaire.

– Tu devrais faire amende honorable. Qui sait ? C'est peut-être le bon !

Le bon quoi ? se demanda Romano. Le bon mec ou le bon moment ? Est-ce qu'elle y croyait vraiment ?

– Il y a plein de gens qui rencontrent l'âme sœur en promenant leur chien, j'ai lu un truc là-dessus. Pourquoi pas chez le vétérinaire ?

Tout à coup, Romano se demanda si sa sœur n'éprouvait pas une jouissance sadique à l'idée de la voir mener, elle aussi, une vie rangée à la con – comme certains travailleurs sociaux rêvent de réinsérer des marginaux dont la vie est moins déprimante que la leur.

– À la longue, la solitude finit par peser, insista sa sœur – comme si elle y connaissait quelque chose.

Romano repensa au jour où Clément l'avait félicitée d'avoir accueilli Ruru alors qu'elle était convalescente et que le pauvre chat était destiné à la SPA : un animal était d'une aide précieuse pour les personnes seules comme les SDF ou les vieux. Elle avait ri, un peu jaune quand même. Au milieu du flot de clichés, lapalissades et inepties, une remarque juste sortait parfois de la bouche de l'adjudant.

– Écoute, reprit Romano d'un ton ferme de sœur aînée qui en sait long sur la vie, le couple, c'est comme le saut à ski ou le violon, on ne s'y met pas à cinquante balais.

– Tu n'as pas cinquante balais. Et tu sais comme moi que rien ne t'empêchera de te mettre au violon ou au saut à ski à quatre-vingts ans si la chose te tente. Est-ce que tu en as envie ? Voilà la question.

Romano raccrocha, excédée. Après la sœur de Véran, la sienne lui prenait le chou aussi. Et maintenant, Max Boyer, qui avait assez mijoté, allait lui offrir un rab gratuit de boniments.

Mais contre toute attente, le président fondateur de la FNF, qu'elle voyait enfin pour de vrai, avait décidé de se taire. Ou plutôt de leur répéter *ad nauseam* une phrase unique, prononcée avec un demi-sourire suffisant : « Je ne collaborerai pas avec les forces de police d'une dictature raciste. »

Romano se cala dans sa chaise et le dévisagea tranquillement. Après toutes les photos vues sur les réseaux sociaux, le visage du militant décolonialiste lui était familier : traits fins, coupe de cheveux sophistiquée – boucles crépues sur le haut du crâne et tempes rasées –, anneau d'or à l'oreille droite. Elle reconnut aussi la fameuse écharpe orange, pseudo-marque d'originalité ou talisman. Mais aucune image ne l'avait préparée à une telle froideur.

– Voyons, fit-elle en sortant son téléphone. Voici la définition du mot dictature, selon le Larousse : *Régime politique dans lequel le pouvoir est détenu par une personne ou par un groupe de personnes qui l'exercent sans contrôle, de façon autoritaire.* Nous avons un parlement, nous avons des élections démocratiques, nous ne vivons pas en dictature.

– Et la définition de raciste, vous ne la lisez pas ?

Il parlait enfin. Objectif atteint.

– Je ne vous la lis pas car le racisme, contrairement à la dictature, est bel et bien présent dans notre pays. J'aimerais vous donner des chiffres sur les actes racistes commis par la police mais je n'en ai pas.

– Vous croyez que vos techniques de fraternisation pathétiques vont m'impressionner ?

– Si je voulais impressionner quelqu'un, vous ne seriez pas mon premier choix.

En dépit du ton désinvolte de Romano, l'ambiance était tendue. D'un petit geste du menton, elle fit signe à Tellier de retenter sa chance.

— Le 22 septembre dernier, en compagnie de militants de la FNF et du SNEC, vous avez bloqué l'accès au Nouveau Théâtre de Lille pour empêcher la représentation des *Suppliantes*, coupable selon vous de « pratiques racistes inacceptables ». Comment avez-vous réagi en apprenant que la pièce serait finalement jouée devant un parterre de personnalités ?

— Perdre une bataille ne signifie pas perdre la guerre. Nous avons d'autres sujets, répliqua Max Boyer, sentencieux.

Romano se rappela l'argument du repli stratégique cité par Alexandre Joly. À l'inverse de Tellier, les deux leaders militants aimaient les métaphores guerrières.

— Vous savez que la pièce d'Eschyle est généralement considérée comme un plaidoyer pour le droit à l'exil ? poursuivit Tellier.

— Le théâtre grec ne m'intéresse pas.

— Pourtant, Mathieu Véran avait mis en lumière l'influence de la culture égyptienne sur ce dernier. Une thèse controversée, mais qui ne va pas dans le sens de préjugés racistes.

Tellier laissa planer un silence que Romano se garda d'interrompre. Souvent efficace pour faire parler. Mais Boyer ne semblait nullement perturbé par ce blanc qui s'éternisait. Il avait retrouvé son sourire narquois. Sacrée tête à claques.

— Il n'y avait rien de raciste ni dans la pièce ni dans la mise en scène, c'est évident pour toute personne de bonne foi ! craqua finalement Tellier.

— Je crains, monsieur, que vos évidences ne soient pas les miennes.

L'excès de politesse soulignait le mépris du dirigeant indigéniste mieux que ne l'aurait fait la pire insulte.

— On fait une pause, décréta Romano.

Elle laissa sortir son adjoint le premier puis referma la porte derrière eux.

– Tellier, ouvrez les yeux, qu'est-ce que vous espérez ? Ces gens ne pensent que par catégories – autrement dit ne pensent pas du tout. Un flic est un flic, qu'il soit humaniste ou raciste. Vous êtes, en quelque sorte, « fliquisé » – de même que les Noirs et les Arabes sont *racisés* du fait de leur couleur de peau, qu'ils soient réfugiés dans la rue ou fils de ministres. Ce type est un mur.

– Un homme n'est pas un mur, on ne va pas devenir comme eux !

Son adjoint ouvrit la porte sans lui laisser le temps de répondre et elle le suivit en soupirant.

– Vous me méprisez, c'est votre droit : je passe la parole à d'autres, reprit Tellier en sortant son téléphone.

Il avait fait ses petites recherches, pas étonnant.

– *Car il peut y avoir de l'indécence à faire sienne, à trop s'approprier, la souffrance d'un aïeul. Les petits-enfants de déportés, dont je suis, n'ont pas souffert ce qu'ont souffert leurs grands-parents ou arrière-arrière-grands-parents. Je ne peux pas bâtir sur le destin de mes aïeux une amertume et une haine éternelles, haine et amertume que mes grands-parents morts à Auschwitz n'auraient pas voulu me léguer – Ils m'aimaient trop, j'en suis sûre, pour vouloir m'infliger la douleur de haïr.* Signé Ariane Mnouchkine.

La voix de Tellier s'était embrumée mais Max Boyer gardait son sourire figé.

– Et Frantz Fanon, il ne compte pas ? *Vais-je demander à l'homme blanc d'aujourd'hui d'être responsable des négriers du XVIIe siècle ?*

Il était sur le point de craquer. Pas Boyer, malheureusement, mais Tellier. L'indifférence de ce type englué dans ses certitudes était au-dessus de ses forces. Pleurer devant un suspect : cela devait être dans ses cordes.

Son adjoint était un cas, elle l'avait compris en arrivant à Lille. Mais cet exalté hypersensible était aussi un flic d'exception. Entre autres parce que sa gentillesse faisait merveille pendant les interrogatoires – sauf cette fois. D'un regard, elle lui signifia qu'elle prenait la main. Il acquiesça d'un petit mouvement de tête. Au-delà d'un certain niveau de stress, il devenait docile comme un agneau.

– Vous avez déjà vu ce document ? demanda-t-elle en sortant la copie de la lettre de menaces adressée à Véran.

– Non, fit Boyer sans le moindre signe de trouble.

– Une idée de qui aurait pu l'envoyer ?

– Aucune.

Il répondait le plus brièvement possible, d'un ton las qui soulignait l'inanité des questions.

– Où étiez-vous mercredi 22 avril entre 18 heures et 19 h 30 ?

Pour le coup, il réfléchit quelques secondes. Et finit par sortir son téléphone pour consulter son agenda.

– Je travaillais chez moi, tout seul.

– Pas d'alibi, donc, conclut Romano. Terminé pour aujourd'hui, nous vous rappellerons si besoin. Capitaine, raccompagnez monsieur.

Elle n'allait quand même pas le gratifier d'un au revoir.

15

Après le départ de Boyer, Romano avait ordonné à Tellier de faire un petit jogging pour passer ses nerfs, puis de la retrouver au Macchiato. Il arriva devant le café en même temps qu'elle, dégoulinant de pluie et de sueur. Clément et Dubois, qui rentraient de l'hôpital, les rejoignirent au moment où ils passaient commande.

— Et le nouveau, il prend quoi ? demanda le patron, tout juste aimable, en réajustant son filet hygiénique sur son crâne chauve.

Un sacré contraste avec l'accueil chaleureux des débuts, et en particulier le « bonjour commissaire » tonitruant auquel ils avaient longtemps eu droit. Avec la montée en gamme de la clientèle, les flics perdaient peu à peu leur prestige. Compréhensible mais néanmoins ingrat : ils avaient toujours été là, y compris dans les moments difficiles. Peut-être le patron leur en voulait-il justement de l'avoir vu frôler la déconfiture. Les épreuves ne rapprochent pas toujours. Sans compter que les petites flaques d'eau dont Tellier avait parsemé son passage n'avaient rien de très classieux.

— Je prends comme lui, répondit Dubois en montrant Clément du menton.

Il avait adopté pour de bon le *latte* à la chantilly et brisures de cookies, facilitant ainsi la tâche du patron – vu la carte à rallonge, les commandes n'étaient pas faciles à mémoriser. Leur table habituelle était occupée mais ils en trouvèrent une autre, au calme.

— L'expert judiciaire m'a appelée pour confirmer que la chute du bateau venait d'un sabotage : le scotch de ce fil-là n'était pas collé exactement de la même façon que les autres, commença Romano après avoir avalé son expresso en deux gorgées. On s'y attendait mais c'est toujours bon à entendre. Sinon on a vu Max Boyer : pas très expansif. Je lui ai trouvé à la fois l'aplomb de la sœur de Véran et le fanatisme de son ex. Très antipathique – Dubois, vous aviez raison. Et en plus, il n'a pas d'alibi. Et vous ?

— Vas-y, fit Clément en se tournant vers Dubois, grand seigneur.

— Mme Véran est dans le coma depuis quatorze mois. Zéro chance de se réveiller, d'après le médecin qui la suit.

— Si c'est pour apprendre la mort de son fils, il vaut mieux, remarqua Tellier.

— D'après le médecin, la poursuite des soins relève de l'« obstination déraisonnable », au sens de la loi Claeys-Leonetti. Mathieu Véran l'avait compris et souhaitait débrancher les appareils.

— Et sa sœur ? relança patiemment Romano.

— Elle ne veut pas en entendre parler. Comme l'intéressée n'a pas laissé de consignes et que les enfants ne sont pas d'accord entre eux, c'est la merde. Le médecin les a entendus s'engueuler plus d'une fois.

Sur ce point au moins, l'ex-maîtresse n'avait pas menti.

— On a une idée des motivations de Virginie Millot ? demanda Tellier.

— *A priori*, cela heurte ses convictions religieuses.

— Putain, soupira Romano, encore une fanatique !

— Ce n'est pas tout, intervint Clément, qui s'était tout de même gardé le meilleur. Le mardi 21 avril, veille de la représentation, Mathieu a eu un rapide tête-à-tête avec le professeur, pour demander de nouveau s'il était possible d'interrompre les soins – il venait à l'hôpital une fois par semaine. Le professeur lui a rappelé qu'il devait en parler avec sa sœur.

Clément avait adopté un ton plein de déférence : il avait un goût immodéré pour les titres en tout genre.

— Le lendemain matin, reprit-il, la sœur a appelé le service. Le professeur a mentionné l'échange avec Mathieu et exigé de nouveau qu'ils se mettent d'accord. Apparemment, Mme Millot a mal pris le fait que son frère ait parlé au médecin « derrière son dos ».

— Ce qu'elle était pourtant en train de faire aussi, remarqua Romano.

— Du coup, poursuivit Dubois, elle est peut-être venue au théâtre pour en découdre et pas pour faire plaisir au frangin, comme elle nous l'a dit.

— Hum, fit Tellier. En découdre, pourquoi pas ? L'assassiner, ça paraît beaucoup.

— D'accord avec vous, approuva Romano. On a vite fait de dégommer un voisin dans un moment d'énervement, mais on a généralement quelques scrupules à zigouiller de sang-froid sa famille proche.

— Quelqu'un qui trouve que la vie est sacrée ne va commettre un meurtre ? intervint Clément. Ça ne serait pas logique.

— Allez expliquer ça aux militants *pro-life* américains qui dézinguent des médecins pratiquant l'IVG ! Logique, non ; possible, oui. Vous avez discuté avec des infirmiers ou des aides-soignants ? Quelqu'un a pu confirmer la présence de Virginie Millot le jour du crime, entre 18 heures et 19 h 30 ?

— D'après la cadre de santé, l'infirmière présente pendant les heures de visite vient de partir pour un trek au Népal, répondit Dubois. Je lui ai laissé un message mais elle est sans doute injoignable pour quelques jours.

— Beau boulot, félicita Romano. Lundi, vous irez tous les deux voir maître Abache pour l'interroger sur la succession.

— Maître Abache est original mais très agréable, précisa Clément en se tournant vers Dubois.

Dans son palmarès des notables, les notaires étaient tout en haut. Le fait que ce spécimen particulier ressemble plutôt à un animateur du Club Med ne changeait rien à l'affaire. Il avait le titre, cela suffisait.

— Vous l'appellerez lundi à la première heure, ajouta Romano. C'est un adepte farouche du droit à la déconnexion : le week-end, il met son répondeur et n'est plus là pour personne.

— Il a bien raison, fit Tellier.

Le non-dépassement des horaires officiels était le seul domaine dans lequel Tellier ne mettait pas en application ses principes. Les semaines avec ses filles, il faisait de son mieux pour rentrer à une heure raisonnable. Les semaines où les filles étaient chez leur mère, il travaillait autant que sa cheffe, autrement dit beaucoup — même si elle se relâchait depuis la rencontre avec Damien.

— Très juste ! approuva-t-elle. D'ailleurs, rentrez chez vous, je vais faire pareil.

Chablis or not chablis, *that is the question*. Si Damien revenait, ils prendraient sûrement un apéro avant d'aller voir *Hamlet*. Mais vu le silence radio, ce n'était pas gagné. Chablis, donc.

Une fois servie, elle caressa la tête de Ruru, vautré sur ses genoux en position crêpe, puis ouvrit sa carte mentale pour la mettre à jour. D'abord, la sœurette. Virginie Millot avait plusieurs contentieux avec son grand frère adoré, et sans doute menti sur la raison de sa présence au théâtre, l'après-midi du meurtre. Une menteuse invétérée, dont l'alibi n'était pas vérifié. Max Boyer, qui n'avait pas d'alibi non plus, gagnait aussi du terrain. C'était comme un jeu de petits chevaux, où chaque joueur avance ou recule à tour de rôle. Et qui pouvait réserver des surprises jusqu'à la fin de la partie.

La sonnerie de l'interphone interrompit ses réflexions. D'habitude elle aurait pesté, mais elle dut reconnaître que c'était une bonne surprise – elle n'y croyait plus. Elle se leva pour ouvrir, délogeant Ruru qui se transféra sur le canapé avec indifférence.

– J'ai deux places au parterre, au troisième rang, annonça triomphalement Damien, avant même de l'embrasser. Il paraît que les comédiens sont incroyables.

– Super nouvelle ! Je n'ai pas vu de pièce de Shakespeare depuis des années. Autant commencer par du bon !

La représentation des *Suppliantes*, écourtée de façon inattendue, lui avait donné des envies de théâtre. Damien, quant à lui, était un passionné – pendant ses études, il campait chaque été à Avignon.

– Et pour le week-end prochain, tu as réfléchi ? Tu verrais enfin ma maison et on pourrait se faire des grillades dans la cheminée.

Elle se raidit sous la surprise. Pourquoi cette succession permanente de chaud et de froid ? Des grillades, tu parles ! Après l'occasion ratée au resto, il voulait lui présenter sa fille. Elle devait faire une contre-proposition et vite.

– Et si on faisait une virée à Courtrai ? La Belgique a toujours un côté dépaysant et je connais un hôtel sympa.

Elle n'avait jamais logé à Courtrai mais il y avait des hôtels sympas partout.

— Pourquoi pas ? Ma mère adore cette ville, on y allait souvent en famille.

Et maintenant, sa mère. Est-ce qu'elle avait une tête à s'emmerder avec une belle-mère ?

— Ceci dit, c'était l'occasion de venir chez moi : ma fille ne part pas à Londres si souvent !

Et merde ! L'invitation n'avait rien d'un piège — il semblait avoir renoncé à cette affaire de rencontre familiale, en tout cas pour le moment. Elle n'avait aucun souvenir du voyage de sa fille — l'inconvénient de ne l'écouter que la moitié du temps.

— Adjugé, allons chez toi ! On fera fondre des chamallows, mes grillades préférées. Et pour la clé, j'ai réfléchi. Ce sera plus pratique que tu en aies une.

La phrase était venue comme ça, sans y penser : un accès de culpabilité ridicule. Damien se pencha pour l'embrasser.

— Merci, ça me touche.

Et maintenant, il en rajoutait. Qu'est-ce qui lui avait pris ! Malheureusement, tout retour en arrière possible aurait été un *casus belli* et elle n'en avait pas envie. Du moins pour le moment.

16

En sortant de son immeuble, Romano shoota dans le seau du concierge, qui déversa son eau sale sur le sol tout juste nettoyé. Tout en se confondant en excuses, elle fit tomber son téléphone dans la flaque. Mal réveillée, décidément.

Damien or not Damien ? Après la soirée *Hamlet* très réussie, la question l'avait occupée une partie de la nuit. La formule de Shakespeare marchait avec tout – même si l'original sonnait mieux. Depuis qu'elle lui avait donné sa clé sans réfléchir, elle ne pouvait s'empêcher de ressasser : comme si elle perdait le contrôle de sa propre vie.

Sur le trottoir, la douceur de l'air la surprit. Dix degrés de plus que la veille, le soleil en prime. Au moins une bonne nouvelle. Quoique. Quand elle en était réduite à remarquer la météo, ce n'était pas bon signe. En général, l'enquête suffisait à occuper son cerveau.

Elle repensa à l'entretien de la veille avec Max Boyer. Le mélange d'insensibilité et d'arrogance en faisait un suspect presque trop bon. Le rôle de meurtrier se prêtait bien aux contre-emplois.

Rue Gambetta, elle entra dans sa boulangerie préférée. La veille au soir, au retour du théâtre, elle avait eu droit à un potage Crécy, dont Damien était apparemment le spécialiste mondial, puis à un cabillaud vapeur accompagné de brocoli vapeur. Il avait replongé dans la cuisine saine et l'hypoglycémie n'était pas loin.

Coup de bol, la boulangère mettait justement en vitrine un plateau de beignets géants au Nutella. Des trucs longs comme l'avant-bras qui avaient un succès fou auprès des collégiens du quartier – à l'heure du goûter, elle se disputait parfois le dernier avec eux.

Son téléphone vibra au moment où elle engouffrait sa première bouchée de beignet tiède, un avant-goût du paradis. Parnet, le spécialiste des fibres à la PTS.

– Comment va ? Toujours la forme ?

Il lui fallut quelques secondes pour resituer leur dernière rencontre. Carcassonne, six mois plus tôt, lors d'un colloque sur l'analyse des produits maculants où elle s'était invitée. Leur échange sur les dernières générations de microscopes spectroscopiques était un bon souvenir, et la suite de la soirée tout autant.

Coucher avec les collègues d'autres services permettait de joindre l'utile à l'agréable, à condition toutefois d'y faire des allusions graveleuses ou *a minima* de répondre aux leurs – sinon, les types pensaient qu'elle avait oublié et se vexaient. Avec les années de pratique, elle maîtrisait parfaitement la méthode pour *développer les leviers de collaboration transverse*, comme aurait dit Bertin. Le divisionnaire, qui passait sa vie à compiler frénétiquement des statistiques, s'étonnait toujours qu'elle obtienne ses résultats d'analyse dans des délais si courts. « Il suffit de demander les choses gentiment », commentait-elle avec candeur.

– Nickel, et toi ? Bien remis de Carcassonne ?

– Très bien ! s'exclama-t-il avec un rire lourd de sous-entendus. Et j'ai de bonnes nouvelles pour toi. Au départ, je peux te dire que ça paraissait mal parti ! On a trouvé dans ton ascenseur tout un tas de fibres : coton, laine, tous les synthétiques imaginables.

Elle ne voyait pas l'intérêt de lui raconter ses tâtonnements mais la règle était aussi immuable qu'une loi physique. Tout laïus d'expert commençait par un propos introductif interminable qu'il convenait d'écouter poliment.

— Par contre, on a eu plus de chance avec le robinet de frein manipulé par le meurtrier. Dessus, on a surtout relevé des fibres de mohair jaune. Comme la matière n'est pas fréquente, ça pourrait faciliter les comparaisons. Tu en es où ?

Les fibres indiciaires relevées sur les scènes de crime n'avaient d'intérêt que si l'on faisait des prélèvements comparatifs chez les suspects. Restait à savoir par qui commencer. Autrement dit qui, de Virginie Millot, Max Boyer, Laetitia Leroux et Sénécal, menait la partie de petits chevaux pour le moment ? Ou, autre façon d'aborder la question, qui avait le plus de chance de porter du mohair jaune ? Ou pas jaune, d'ailleurs. Une image lui revint tout à coup en tête. Elle sentit l'excitation la gagner.

— Une fibre de mohair jaune, si elle est mélangée avec du rouge, peut venir d'un textile orange ?

En réalité, elle connaissait parfaitement la réponse.

— Exact.

— Dans ce cas, on ne retrouve pas forcément de fibres rouges ?

Là aussi, elle savait à quoi s'en tenir, d'autant qu'elle était en train de lire un bouquin sur le sujet.

— Si on a un mélange de mohair jaune et de polyester rouge, moins propice aux transferts, c'est possible.

— Merci beaucoup ! On devrait avoir un textile à analyser d'ici une heure ou deux, je te le dépose.

Elle accéléra le pas et appela Tellier pour qu'il décale les derniers entretiens avec les comédiens. Il y avait plus urgent.

Après les pluies torrentielles de la nuit, le trottoir du boulevard Victor-Hugo, où habitait Boyer, était à peine praticable.

— Je veux qu'on soit exemplaires, compris ? ordonna de nouveau Romano à ses collègues, en contournant une énorme flaque d'eau. On fouille tout l'appartement, au cas où. Et on remet tout en place, nickel et bien plié, comme une femme de chambre du Sofitel.

À vrai dire, elle ne pensait pas trouver grand-chose chez le leader militant et aurait pu se contenter d'embarquer son écharpe fétiche. Mais quitte à faire une perquisition, autant y aller à fond. Et puis, tout moyen d'emmerder Boyer était bon à prendre.

— Ou du Hilton, remarqua Dubois. Le Sofitel, ça me rappelle Strauss-Kahn.

— Si vous voulez, fit Romano. Même vigilance pour le langage. Pas de commentaires déplacés, et surtout, on est polis. Je compte sur vous. Très important, le savoir-être !

Quand elle donnait ce genre de consignes à la con, ça finissait toujours en parodie de Bertin.

— Elles parlent comment, les femmes de chambre du Hilton ? demanda Clément qui l'avait rattrapée en trottinant, d'un ton inquiet.

— Elles ne parlent pas du tout, en tout cas aux clients – ils ne sont pas censés croiser le petit peuple. Je voulais juste rappeler qu'il fallait soigner son langage. Je ne parlais pas pour vous, évidemment.

Il y eut un silence et elle devina des sourires dans son dos. La première à devoir surveiller son langage, c'était elle.

— Max Boyer crie sur tous les toits que nous vivons en dictature. On va lui montrer que les forces de l'ordre sont plus civilisées ici.

– En même temps, observa Dubois, il n'a jamais vécu en dictature. Il manque d'éléments de comparaison.

Raisonneur, voilà l'adjectif qu'elle cherchait ! Dubois était raisonneur : comme elle, petite, à en croire ses parents. Drôle de reproche, quand on y pense. Raisonner, somme toute, était une habitude plutôt utile. D'ailleurs, Dubois avait raison. Max Boyer n'avait pas dû s'intéresser beaucoup à l'histoire des régimes totalitaires.

Un gros 4x4 les dépassa en trombe et les arrosa des pieds à la tête.

– Putain de merde ! jura Romano.

Pour le coup, Tellier et Dubois rigolaient franchement. En matière de langage, l'exemplarité était mal partie – en matière d'élégance vestimentaire aussi.

L'immeuble était presque à l'extrémité sud du boulevard Victor-Hugo, en angle avec une petite avenue. Un bâtiment de trois étages à minuscules balcons, en briques marron fadasse. À l'interphone, Max Boyer ouvrit sans prendre la peine de saluer. Il était prévenu de leur arrivée.

Sur le palier, Romano fit signe à ses collègues de s'ébrouer de nouveau, comme elle, pour ne pas tout saloper. Le leader de la FNF vint leur ouvrir, toujours sans un mot. Pas plus bavard que la veille.

– Voici la commission rogatoire, indiqua Romano en tendant son papier.

Comme Boyer l'ignorait ostensiblement, elle le remit dans son sac.

– Nous commençons la perquisition, annonça-t-elle d'une voix claire.

Boyer s'assit à sa table de salon et plongea dans son téléphone pendant qu'elle faisait le tour du logement. Une petite chambre, des sanitaires et un salon-cuisine au mobilier banal, le tout parfaitement propre et rangé. Elle pensa au bazar de son appartement avec une pointe de culpabilité, encore un effet de la vie à deux. La fameuse écharpe orange, objet de leur visite, était accrochée à une patère, avec un blouson en cuir et un pardessus gris.

— Tellier, occupez-vous de la cuisine. Clément et Dubois, faites la chambre. Je commence la pièce principale.

Le seul élément de décoration original était une grande photo accrochée au-dessus du canapé, qui, pour le coup, était saisissante. On y voyait un tirailleur sénégalais en uniforme, l'air hagard, à qui il manquait une chaussure. Une image terrible, dont peu de gens auraient voulu dans leur salon. L'autre élément personnel était une petite bibliothèque, avec une trentaine de livres, tout au plus. En s'approchant, elle repéra le fameux *Les Blancs, les Juifs et nous*, que le pauvre Sénécal avait dû photocopier page à page. À côté, cinq ouvrages sur la répression sanglante des émeutes indépendantistes malgaches par le pouvoir colonial, en 1947. Cinq livres sur le sujet, ça faisait beaucoup, surtout dans une bibliothèque aussi mince. Possible que l'événement ait touché Boyer personnellement. Vu la date, elle calcula qu'un grand-père ou une grand-mère aurait pu faire partie des victimes. Elle repensa aux protestations de Tellier quand elle avait comparé le militant indigéniste à un mur. Peut-être en effet avait-il des circonstances atténuantes. Quoi qu'il en soit, les souffrances des générations antérieures ne justifiaient pas la haine – Ariane Mnouchkine l'avait exprimé parfaitement.

Pour le principe, elle examina le contenu des autres meubles : une étagère de DVD et une commode de vaisselle rangées avec un soin maniaque. Ou peut-être juste avec soin : tout est relatif. Elle leva le nez en entendant Clément trottiner vers elle, sur la pointe des pieds – s'il avait pu, il aurait mis des patins.

— Cheffe, chuchota-t-il, venez voir.

Elle le suivit dans la chambre, sans se réjouir trop vite. De fait, l'adjudant n'avait pas mis la main sur une valise d'héroïne ou un kit de poseur de bombes mais sur une collection de 2CV miniatures.

— Très intéressant pour comprendre sa psychologie ! s'extasia Romano.

— Les collectionneurs « placard », qui cachent leurs objets, sont des personnalités introverties qui investissent des objets transitionnels pour calmer leurs angoisses, murmura Clément avec gravité.

Romano hocha la tête en évitant le regard de Dubois, qui semblait se marrer intérieurement. Derrière la formulation pompeuse, que Clément avait dû piquer quelque part, il y avait peut-être un fond de vérité – même si la 2CV était une voiture sympathique.

— Je n'ai rien trouvé, annonça Tellier, qui arrivait de la cuisine.

— Allons le prévenir, fit Romano.

Max Boyer était toujours assis à sa table de salon. Il avait posé son téléphone et regardait dans le vide, avec une immobilité de statue.

— La perquisition est terminée. Je prends votre écharpe : nous avons des relevés de fibres qui pourraient correspondre.

— Mon écharpe ? répéta le jeune homme, interloqué, avant d'éclater d'un rire sans joie. Vous n'avez rien trouvé de mieux, comme mesure de rétorsion ?

— Et vous êtes en garde à vue. Tellier, veuillez notifier ses droits à M. Boyer et lui remettre son petit papier.

17

Depuis l'arrivée au commissariat, le mutisme théâtral avait fait place à une prostration qui semblait moins calculée. Boyer aurait mieux fait d'appeler un avocat ou plutôt *son* avocat – il avait déjà été condamné deux fois pour diffamation. Mais par un reste d'arrogance, il avait refusé, en dépit de l'insistance de Tellier. Accoudée à la table, pile en face de lui, Romano le regardait tranquillement. Je te tiens, tu me tiens, par la barbichette. Elle avait tout son temps.

Tellier, assis à côté, laissait échapper des soupirs discrets. Elle avait hésité à le remplacer par Dubois mais Max Boyer aurait découvert que l'adjudant avait infiltré sa réunion de gays noirs. Inutile que le nouveau venu se fasse insulter à son premier interrogatoire – d'autant qu'elle l'avait placé dans une situation délicate.

– Je récapitule, dit Tellier avec douceur. Des fibres de mohair jaune ont été trouvées sur le robinet de frein manipulé pour assassiner Mathieu Véran. D'après le spécialiste des microtraces, elles ont été déposées dans les quarante-huit heures précédant sa mort et proviennent de votre écharpe. Selon le principe d'unicité du textile, même si une autre personne avait porté le même modèle, les fibres seraient légèrement différentes du fait de l'usure et de l'exposition à la lumière. Comment expliquez-vous leur présence là-bas ?

– Vous avez déposé cet indice, tout simplement, se décida enfin Boyer. Tirer des manifestants comme des lapins, c'est dans vos cordes mais je ne vous croyais pas assez malins pour ça. J'imagine que les flics regardent les séries américaines, comme tout le monde !

Tellier devint rouge tomate. À tous les coups, il allait se lancer dans une défense et illustration de la déontologie policière.

– En l'occurrence, intervint Romano, il aurait fallu être très malin ! Rentrer chez vous, subtiliser votre écharpe sans se faire remarquer, puis la remettre en place avec la même discrétion. Votre confiance me flatte.

– Peu importe comment vous avez fait. Vos manigances, grandes ou petites, ne m'intéressent pas. En revanche, je peux vous assurer que vous allez le payer cher.

Même en garde à vue, alors que les preuves l'accablaient, il continuait à les prendre de haut. Pénible.

– Voyez-vous, l'impunité a des limites, reprit-il.

À dire vrai, Romano était légèrement ébranlée par son aplomb. Son adjoint aussi, elle le vérifia d'un regard – ils auraient pu monter des spectacles de télépathie.

D'autant qu'elle se demandait si cet assassinat cadrait bien avec le personnage. D'après leur scénario, Boyer aurait tué Véran pour se venger de la représentation des *Suppliantes* en grande pompe – qui lui faisait mordre la poussière. Mais ces idées de vengeance et d'humiliation avaient un côté affectif qui collait mal avec ce type tout en calculs. D'un point de vue pragmatique, la mort de Mathieu Véran desservait leur cause, en fournissant au camp adverse un martyr parfait.

Une autre hypothèse était que les fibres de mohair jaune aient été déposées sur la scène de crime par un disciple plus sentimental, et suffisamment futé pour faire accuser le chef et lui piquer sa place au passage. Déposer volontairement des fibres de l'écharpe était bien plus simple qu'elle ne l'avait prétendu, du moins si on connaissait le principe du transfert.

Depuis sa dernière réplique, Max Boyer avait retrouvé son assurance et son air moqueur. Il donnait l'impression désagréable d'avoir un atout dans sa manche. Pour abréger son petit jeu, rien de tel qu'une provocation.

– L'impunité a des limites, en effet, je vous renvoie le compliment. Au moins, en prison, vous aurez le temps de lire. Par exemple sur le massacre de Madagascar en 1947, qui semble vous passionner. Certains historiens parlent de cent mille morts. Si l'un de vos ancêtres en était, je m'étonne que vous n'exploitiez pas le filon.

À son regard surpris, elle sut qu'elle avait vu juste.

– Laissez ma famille tranquille, maugréa-t-il, furieux.

À présent, le sourire était loin.

– Vous prendrez dans les vingt ans, qui en deviendront quinze si vous ne faites pas le guignol. Comme vous ne pourrez pas tweeter depuis votre cellule, à la sortie, vous ne serez plus rien. En même temps, vos fans ne rateront pas grand-chose. Les journées en cellule se suivent et se ressemblent.

Max Boyer se tortillait sur sa chaise. La perspective de tomber dans l'anonymat avait porté, plus encore que l'évocation de sa famille. Il serra les lèvres, comme pour s'empêcher de parler. Puis se décida enfin.

– Je peux prouver que je n'étais pas au Nouveau Théâtre de Lille entre 18 heures et 19 h 30.

– Ben voilà !

Un atout dans la manche, elle s'y attendait.

Et maintenant, de nouveau, il se taisait. Pour ménager son effet ou parce que l'alibi n'était pas facile à cracher. Son sourire figé, qui ressemblait plutôt à un rictus, avait refait surface.

– Je n'étais pas chez moi, ni tout seul, lâcha-t-il enfin.

– Vous nous auriez menti ? se moqua Romano.
– J'étais chez mon amant. Il pourra confirmer.

Elle faillit lui lancer une remarque ironique. Le témoignage d'un amant, quel parfait alibi ! Mais Boyer était tout sauf idiot. S'il se décidait à jouer cette carte malgré ses réticences, c'est qu'il s'agissait d'une carte gagnante. Tout ce qu'elle pouvait, désormais, c'était lui voler le plaisir de la victoire. Ne pas tomber dans le piège de se moquer ou de fanfaronner. Plutôt expédier la partie sans se battre.

Il les regarda l'un après l'autre, d'un air de défi presque méchant. Qu'il ne l'aime pas, elle s'en fichait bien – c'était réciproque. Mais qu'il déteste Tellier, sous prétexte qu'il était flic, elle avait du mal à s'y faire.

– Son nom et ses coordonnées ? demanda-t-elle d'un ton indifférent.

– Frédéric Bonnet, appartement de fonction de la préfecture.

Elle se fabriqua un air impassible mais son visage avait trahi sa surprise, au moins un dixième de seconde. Quant à Tellier, pathologiquement incapable de feindre, il avait écarquillé les yeux. C'était gros, bien trop pour être inventé.

– Vous connaissez son numéro de portable ?
– Vous devez l'avoir, non ? Le préfet, ce n'est pas votre chef ? Ou plutôt le chef de votre chef, j'imagine.
– Vous connaissez le numéro par cœur ? répéta Romano, impassible.

D'un ton las, il dicta un numéro qu'elle enregistra sur son téléphone.

– Vous êtes arrivé chez lui à quelle heure ?
– Environ 18 h 15.
– Heure de votre départ ?
– 20 heures Nous avions fait ce que nous avions à faire et Frédéric avait un dîner.

Boyer semblait avoir ses habitudes chez le préfet. La relation devait durer depuis un moment.

– Vous voulez des détails, pour recouper nos témoignages ?

– J'apprécie votre coopération sans réserve et vous adresse les remerciements de la police. Ce ne sera pas nécessaire pour le moment.

Boyer prit le parti de ricaner. Depuis qu'il avait craché le morceau, il reprenait du poil de la bête.

– Nous vous laissons quelques minutes, continua Romano en se levant. Vous voulez un sandwich, un café, un verre d'eau ?

– Ce ne sera pas nécessaire pour le moment.

Il les regarda tour à tour en prenant son temps, content d'avoir eu le dernier mot. Comme si c'était lui qui les congédiait.

18

– Coucher avec le dépositaire de la puissance étatique : sacré alibi pour un révolutionnaire ! s'esclaffa Romano, une fois dans son bureau, après avoir fermé la porte.

Déjà, Clément et Dubois avaient assisté à l'interrogatoire depuis la salle voisine. Inutile que tout le commissariat commente les ébats du préfet en se tapant sur les cuisses.

– J'avais entendu dire que le préfet couchait avec le ministre, reprit-elle. Vous me direz, l'un n'empêche pas l'autre.

– Au moins, remarqua Tellier avec sérieux, Boyer a eu du mal à lâcher le morceau. Il voulait protéger le préfet, cela montre une certaine loyauté.

– Il voulait surtout se protéger lui-même ! Filer le grand amour avec le chef local de la *dictature* qui l'opprime, ce n'est pas terrible pour son image !

– Vous avez vu comment il pressait les pulpes de ses doigts les unes contre les autres ? intervint Clément en feuilletant fébrilement son livre sur la communication non verbale. J'ai ! Regardez !

Tout excité, l'adjudant lui tendit son grimoire. On y voyait une série de dessins de mains dans différentes positions, avec un décryptage pour chacun d'entre eux.

— Les pulpes des doigts pressées les unes contre les autres, en forme de toit, traduisent une personnalité oppositionnelle et de mauvaise foi, lut l'adjudant d'un ton appliqué.
— Impressionnant !

Ce qui était impressionnant, c'était que ces bouquins sans l'ombre d'une preuve scientifique se vendent à des millions d'exemplaires – et que leurs auteurs soient invités sur toutes les chaînes de télés. Sans doute parce qu'ils répondaient au vieux fantasme de lire en l'autre comme dans un livre ouvert et de démasquer ses mensonges. Le corps parlait, bien évidemment. Mais attribuer à chaque geste un sens unique, permanent et universel, aussi précis qu'une définition de dictionnaire, était une foutaise.

Le portable du préfet ne répondait pas – un numéro privé différent de celui que Romano avait dans son répertoire. Elle envoya un SMS demandant de la rappeler au sujet de la garde à vue de Max Boyer. Trois secondes après, son téléphone vibrait.

— Max Boyer est en garde à vue ? s'étonna le préfet d'une voix inquiète – les gens haut placés avaient au moins la qualité d'aller droit au but.

— Des indices semblent indiquer sa présence dans les installations techniques du Nouveau Théâtre au moment du sabotage ayant provoqué la mort de Mathieu Véran. Mais il affirme qu'il était chez vous le soir du 22 avril. Il nous faudrait une confirmation.

Le préfet hésita une seconde, le temps de peser le pour et le contre pour lui-même et son amant. Puis il confirma, indiquant des horaires d'arrivée et de départ qui concordaient avec le témoignage de son visiteur.

Romano s'abstint de toute question sur leur tête-à-tête. Si monsieur le préfet lui affirmait qu'ils avaient joué au Scrabble, cela ne changerait rien à l'alibi. Ceci dit, vu sa voix altérée, cette hypothèse n'était pas la plus probable.

— Je compte sur votre discrétion absolue, exigea le haut fonctionnaire d'un ton qui se voulait autoritaire mais où perçait la panique.

— Bien sûr, acquiesça Romano. Mais il nous faudrait un témoignage extérieur pour corroborer – la procédure nous y oblige. Il y a peut-être un agent de sécurité ou un employé de maison qui aurait vu M. Boyer dans votre résidence ?

— Appelez Mme Chasteau. Elle se charge d'accueillir les visiteurs.

Romano composa immédiatement le numéro qu'il lui dictait, pour limiter les chances qu'il prévienne son employée. Mme Chasteau refusa de confirmer quoi que ce soit, avec une obstination admirable.

— Je ne communique aucune information sur les visiteurs de monsieur le préfet, répétait-elle d'un ton légèrement condescendant.

Dans sa bouche, « monsieur le préfet » sonnait exactement comme « monsieur le Comte ».

— Je comprends parfaitement et vous faites bien, approuva Romano. Mais nous sommes dans une situation particulière. Je suis commissaire de police et j'enquête sur une affaire criminelle. Si vous ne répondez pas à mes questions par téléphone, je serai obligée de vous convoquer au commissariat.

— Discrétion *absolue*, s'entêtait l'employée de maison, reprenant l'expression pléonastique utilisée par le préfet – quand la discrétion n'est pas absolue, il n'en reste pas grand-chose. C'est écrit dans la fiche de poste, et mon poste, j'y tiens. Je ne dirai pas un mot de ce qui se passe dans la résidence de monsieur le préfet. Pas un mot, vous m'entendez ?

Son insistance finissait par être contre-productive. Il semblait s'y passer des choses intéressantes, dans la résidence de M. le préfet.

— Qui me dit que vous n'êtes pas journaliste et que mon témoignage ne va pas se retrouver sur les réseaux sociaux ou dans la presse à scandale ?

Du croustillant, sans aucun doute. D'après la rumeur, le préfet fréquentait tous les bars gays de Lille, du plus branché au plus obscur. Elle tenait le ragot de Martel qui le tenait de son fils : du circuit court, en somme. Toujours d'après Martel, grand spécialiste des potins, le préfet détestait Bertin – à vrai dire, la source était moins claire. Ce n'était pas assez pour en faire un type bien mais toujours mieux que le contraire.

— Bravo pour votre prudence. Cherchez vous-même le numéro de téléphone du commissariat de Wazemmes et demandez à parler à la commissaire Romano. Vous en aurez le cœur net.

Le téléphone fixe sonna peu après. L'employée, rassurée sur l'identité de son interlocutrice, confirma enfin l'alibi de Max Boyer. Et non, elle ne dirait pas un mot de la relation de monsieur le préfet avec cet homme, pas un mot, vous m'entendez ?

Romano raccrocha avec un sourire rigolard. À se demander si leur interlocutrice ne le faisait pas exprès. Ne jamais sous-estimer les employées de maison.

— L'amour est enfant de Bohême ! Sauvé par un cinq à sept avec le préfet, ça a de la gueule.

— Plutôt un six à huit, corrigea Tellier. Heureusement pour lui, sinon, il était mal parti.

Quand ils entrèrent dans la salle d'interrogatoire, Boyer s'étira ostensiblement sur sa chaise, comme s'il sortait d'une sieste exquise. Quel cinéma !

— Votre présence chez le représentant de l'État a été confirmée. Ce qui laisse à penser que les fibres de votre écharpe ont été déposées sur la passerelle de commande par un tiers, sans doute volontairement. Qui pourrait en vouloir à la fois à vous et à Mathieu Véran ? Ou, autre scénario, vous en vouloir suffisamment pour tuer Mathieu Véran dans le but de vous faire accuser de son meurtre ?

— L'écharpe, je l'avais avec moi. La personne en question l'aurait subtilisée chez Frédéric pour l'apporter au théâtre ? Puis l'aurait remise en place ?

Il n'avait pas réitéré ses accusations contre les flics, toujours ça de gagné.

— Il y a plus simple, expliqua Romano. Quelqu'un a pu prendre l'écharpe à un autre moment, la frotter contre un deuxième textile et frotter ce dernier contre le robinet de frein. On appelle ça un transfert secondaire.

— Dans ce cas, vous avez aussi des traces de ce deuxième textile, j'imagine ?

— Pas forcément, répondit Tellier. Certains tissus, contrairement au mohair, laissent peu de fibres.

Boyer prit sa tête ente les mains, dans une attitude théâtrale.

— Voyons... Qui serait idéalement placé pour maîtriser les subtilités des traces laissées par les différents types de matériaux ? Je sais, fit-il en levant un doigt triomphal, un flic !

Sa mise en scène était exaspérante mais l'idée avait aussi traversé l'esprit de Romano – même si elle l'avait rejetée aussitôt.

— Vous pouvez disposer, conclut-elle en se levant. Si vous voulez raconter partout comment vous avez réchappé miraculeusement des griffes de la police, vous en avez le droit. Mais peut-être aurez-vous des questions de vos fans sur les motifs de votre libération.

Ignorant sa remarque, Max Boyer sortit d'un pas de flâneur, sans un mot ni un regard.

Romano et Tellier récupérèrent les deux adjudants dans la salle voisine et tous s'engouffrèrent dans l'escalier, à la queue leu leu. On aurait dit une mère cane suivie par sa couvée.

— Vous avez vu ? piaffait Clément, le nez dans sa bible. Il s'est gratté les commissures des lèvres avec l'auriculaire droit : mauvaise conscience et tendance à l'hypocondrie.

Dubois se pencha sur son épaule.

— Tu es sûr ? Je croyais que c'était l'annulaire.

— Ah bon ? Tu crois ?

Le plaisir d'être pris au sérieux l'emportait sur le désagrément d'être contesté. Romano se demanda si Dubois se moquait de son collègue. Pas sûr.

— Dans ce cas, on aurait affaire à une volonté de contrôle assortie d'un manque de confiance en soi. Possible aussi.

Tout ça était entièrement de la faute de Romano. Quand Clément lui avait brandi sous le nez le programme d'une formation de trois jours sur « Ces gestes qui vous trahissent », elle n'avait pas hésité longtemps. Trois jours sans Clément, au cœur de l'hiver, comment résister ? Et maintenant, elle en payait le prix. Plus pour très longtemps. Bientôt, le commissaire de Nancy aurait droit à son tour à la lecture du manuel de chiromancie. Un sale type machiste et prétentieux : bien fait pour lui.

Une fois tout le monde en place, elle sortit son marqueur et s'installa au tableau pour faire un point sur les révélations de Boyer.

— On a perdu un bon suspect mais on a gagné quelques infos sur le meurtrier, pas si mal. Que sait-on de nouveau ?

Depuis l'arrivée de l'écriture inclusive, elle hésitait à dire « la meurtrière ou le meurtrier ». Mais c'était long, et les femmes ne représentaient que trois pour cent des auteurs de meurtres. Encore un domaine où elles avaient du retard.

— D'abord, il est très intelligent.

Conformément à la tradition, Clément avait parlé le premier – Dubois, qui apprenait vite, n'avait pas réitéré sa gaffe de l'autre jour.

– Cet élément pourrait peut-être innocenter certains suspects, poursuivit l'adjudant en plongeant le nez dans son bloc-notes. Sauf erreur de ma part, vous avez dit qu'Alexandre Joly était, euh, *con comme un bouc* – quand il citait sa cheffe, il s'autorisait à abandonner son langage ampoulé. Mais de toute façon, se reprit-il, il avait un alibi. Vous avez dit la même chose sur Laetitia Leroux, l'ex-compagne de Mathieu Véran. Elle, en revanche, n'a pas d'alibi.

– Hum, fit Romano. J'ai bien peur qu'on puisse être con dans un domaine et intelligent dans un autre. En l'occurrence, la connerie abyssale du militant fanatisé me semble compatible avec une certaine ingéniosité dans d'autres registres, par exemple pour régler des comptes.

– En tout cas, je suis d'accord avec Clément sur le fait que le meurtrier est un malin.

Dubois soutenait toujours son mentor, démontrant une loyauté sympathique.

– Et il est bien renseigné, compléta Tellier. Tout le monde ne connaît pas les subtilités du transfert de fibres.

Romano nota au tableau les mots « intelligent » et « bien informé ».

– Il a pu voir ça dans une série ou un bouquin, nuança-t-elle cependant. Autre chose ?

– Pour pouvoir prélever des fibres de mohair, il a eu accès à l'écharpe de M. Boyer, signala Clément, décidément en grande forme.

– Vu que Boyer passe son temps en meeting et au café et qu'il met son emploi du temps sur les réseaux sociaux, c'est tranquille, remarqua Dubois.

— Par ailleurs, ajouta Tellier, le meurtrier ignorait que Boyer aurait un alibi, et pensait même qu'il n'en aurait pas. Sinon, planter ce faux indice n'aurait eu aucun intérêt.

— Il s'est peut-être servi, justement, des publications dans les réseaux sociaux : le rendez-vous coquin avec le préfet ne devait pas y figurer, fit Dubois en sortant son portable de sa poche. Et voilà ! Vous savez ce que Boyer a publié sur son compte Insta, la veille du meurtre ? *Demain en mode ermite. Je me prépare pour Bruxelles.*

— Autrement dit, traduisit Romano, il a prévenu la terre entière qu'il serait tout seul chez lui pour finaliser son intervention au colloque. Et donc qu'il n'aurait pas d'alibi si des indices l'accusaient. Il a facilité la tâche du meurtrier. Ou plutôt, il a failli la faciliter : toujours se méfier des réseaux sociaux.

— C'est ce que je n'arrête pas de répéter à mes filles, soupira Tellier.

Romano se fendit d'un sourire compatissant. Qui s'adressait autant aux deux filles qu'à leur père.

19

Dès qu'elle pénétra rue Royale, Romano sentit une pointe de stress – en général, pourtant, elle retrouvait son grand appartement bordélique avec plaisir. En introduisant la clé dans la serrure, elle eut carrément un pincement au cœur. Maintenant que Damien avait la clé, tout était possible.

Le verrou était fermé, tout allait bien. Sitôt entrée dans le vaste salon, elle se laissa tomber dans son fauteuil ergonomique et lança un programme de massage du dos. Cet engin était une merveille, même si les rares visiteurs, Damien compris, le comparaient toujours à un fauteuil de dentiste. Après un soupir d'aise, elle abaissa la tablette amovible et ouvrit son ordinateur pour mettre à jour le schéma de l'enquête.

Comme un bon chien de Pavlov, elle eut envie de vin à peine le fichier ouvert. Mais elle jugea raisonnable de résister. Depuis Damien, sa consommation d'alcool explosait. Un inconvénient de plus à cette relation – qui, en réalité, n'en avait pas beaucoup.

Sur la branche de Max Boyer, elle nota ses galipettes compromettantes avec le préfet – difficile de trouver meilleur alibi. Elle la fit passer du rouge au vert : un joueur de moins dans la partie. Déçue ? Pas vraiment. En soi, elle n'aurait pas été mécontente d'expédier en cabane ce type qui contribuait à une société sectaire. Mais elle avait toujours eu des doutes sur sa culpabilité – même quand les indices l'accablaient. D'abord parce que la mort de Mathieu Véran desservait la cause, ensuite, il fallait bien l'avouer, par une sorte d'intuition. L'intuition, elle s'en méfiait comme de la peste. Encore plus depuis tout ce bla-bla sur l'intelligence émotionnelle et le cerveau droit. La rigueur scientifique était son seul credo – du moins elle le prétendait. *A posteriori*, elle s'avouait parfois, à elle seule, qu'elle avait pressenti l'innocence de X ou Y avant d'en avoir la preuve – heureusement pour l'intérêt du boulot, son intuition lui soufflait parfois des innocents mais jamais des coupables.

La sonnerie de l'interphone la fit sursauter. Maintenant que Damien possédait les clés du paradis, il aurait pu rentrer tout seul. Sans doute était-ce une façon de la prévenir de son arrivée, une marque d'attention, en somme.

– En plein boulot ? demanda-t-il après un baiser.

Avec son ordinateur ouvert devant elle, pas besoin d'être Sherlock Holmes pour s'en douter.

– J'ai fini dans cinq minutes, il y a eu des rebondissements.
– Bons ou mauvais ? Vu ta tête, je dirais plutôt mauvais.
– Notre suspect parfait est innocenté, ça se complique.

L'espace d'une seconde, elle eut envie de parler des coucheries du préfet – dans son boulot, il n'y avait pas tous les jours des histoires drôles à raconter. Mais comment être sûre que Damien ne céderait pas à la tentation d'en parler à un collègue, qui ferait la même chose ? On ne plaisantait pas avec la confidentialité d'une enquête – comment cette idée lui avait-elle seulement traversé la tête ?

Damien disparut à l'étage comme il en avait pris l'habitude. Cet appartement en duplex était une bénédiction. Elle retourna à sa carte mentale pour y noter les caractéristiques du meurtrier sur une nouvelle branche : intelligent et bien informé. Du coup, elle fut tentée de passer la branche de l'extrême droite en vert. Elle voyait mal un de ces crétins monter un tel stratagème, et les suspects plus crédibles ne manquaient pas. Tout compte fait, elle se contenta prudemment d'un orange plus clair.

Un miaulement désespéré lui parvint depuis l'étage. Jamais elle n'avait entendu Ruru protester comme ça, sauf quand elle le trimbalait dans sa cage – sans doute une question de dignité plus que de confort.

– Il a grimpé en haut de l'étagère, je crois qu'il n'arrive pas à descendre, expliqua Damien en dévalant l'escalier.

– Grimpé ? Ruru ?

Jusque-là, Ruru n'avait pas manifesté plus de goût pour l'escalade que pour les mots croisés – elle le visualisait mieux dans cette deuxième activité.

– J'ai essayé de le redescendre mais je n'ai pas réussi.

Damien montra le dos de sa main droite orné de trois lignes rouges parallèles, d'où le sang commença à couler. Saleté de bestiole !

– Prends du désinfectant dans la salle de bains, je m'occupe du chat.

Elle n'était pas certaine d'avoir du désinfectant mais la phrase sonnait bien.

Ruru était juché sur la cime de l'étagère, au-dessus de l'encyclopédie en huit volumes de l'histoire de la police. Miaulements furieux, oreilles aplaties, pupilles dilatées. La panique avait transformé la peluche en fauve. Elle monta sur le tabouret que Damien avait laissé près de l'étagère et tendit les bras. Le chat s'y précipita aussitôt.

– Alors mon gros, comment as-tu fait pour te hisser jusque-là ?

Depuis Damien, elle évitait de parler à son chat : un minimum d'amour-propre ne nuit pas. D'ailleurs, cette histoire n'était-elle pas destinée, au moins au début, à échapper à l'emprise de Ruru ? Mais dans ces circonstances dramatiques, elle replongeait.

À peine posé au sol, Ruru vint se frotter longuement à ses jambes, comme pour la remercier du sauvetage – pas si bête, ce chat. Il la suivit dans l'escalier puis fit demi-tour en voyant Damien. Le grand amour, décidément.

– Opération réussie, pas de dommages corporels, annonça-t-elle d'un ton de communiqué.

– Bravo ! la félicita Damien avec un soupçon d'amertume dans la voix.

Il avait collé un énorme pansement sur sa main, peut-être pour en rajouter. Ou plus simplement parce qu'il n'avait trouvé que ça dans sa salle de bains. Sous son calme apparent, elle le sentait furieux. Si cela continuait, il faudrait choisir entre son mec et son chat.

– Je vais acheter du vin, je sature un peu du chablis, annonça-t-il.

Sans doute avait-il surtout envie de prendre l'air.

À peine la porte claquée, l'envie de se servir un verre revint à Romano, plus forte que tout à l'heure. Pas malin vu que Damien était justement parti chercher à boire. Pour échapper à la tentation, elle remonta dans le petit salon de l'étage avec son ordinateur. Aussitôt, Ruru vint se lover sur ses genoux, tout ronronnant. Après ça, comment lui en vouloir ?

Sur son écran, l'alerte programmée pour signaler cinq mails de Bertin en attente clignotait d'un air menaçant. Il était temps de rappeler le divisionnaire – qui lui avait aussi envoyé quatre SMS dans la journée. Il avait tendance à se déchaîner particulièrement le dimanche.

– Votre plan d'action pour le PEPS devait être rendu hier, je vous rappelle, attaqua le chef sans répondre à son bonsoir.

– Le PEPS ? répéta-t-elle d'un ton guilleret, sans chercher à cacher sa perplexité.

— Le Plan d'Évolution de la Productivité et des Services ! Vous avez lu la note du ministre ? Et celle du préfet ? Et la mienne ? J'imagine qu'il est en cours d'élaboration ?
— En cours d'élaboration, exactement. Je préfère qu'il soit préparé collectivement, pour une meilleure appropriation par l'équipe. Le temps que nous perdons en préparation, nous le gagnerons largement en mise en œuvre.

La formule sonnait bien : à replacer.

— Et pour ces travaux préliminaires de la plus haute importance, vous prévoyez combien de temps ?

Malheureusement, ils commençaient à bien se connaître.

— C'est comme un accouchement, difficile à dire, soupira-t-elle.

— Un accouchement, ça se déclenche, que je sache ! Je vous donne trois jours, pas un de plus. Si nécessaire, faites une césarienne.

Le divisionnaire raccrocha avant qu'elle ait pu lancer ses courbettes. Au même moment, la sonnette de la porte retentit. Damien avait dû entrer dans l'immeuble avec son badge. Au moins, se consola-t-elle, il prévenait de son arrivée au lieu de faire irruption dans l'appartement. Elle enleva doucement Ruru de ses genoux et descendit.

— J'avais envie d'un sauternes, je suis allé chez mon caviste : le sauternes ne supporte pas la médiocrité. Il avait du Château-d'Yquem au frais, je me suis lâché – d'ailleurs, il est le seul ouvert le dimanche.

— Carrément ! s'écria-t-elle avec l'enthousiasme qui s'imposait – finalement, la vie de couple n'était pas si compliquée.

À vrai dire, elle n'était pas certaine de voir la différence entre du Château-d'Yquem et une quelconque piquette. Mais elle appréciait que Damien dépense son argent avec panache.

Après avoir longuement fait tourner son verre dans sa main pansée, Damien ferma les yeux et immergea les lèvres avec recueillement. Elle se retint d'avaler le nectar à grandes lampées et s'efforça de l'imiter.

– Putain que c'est bon ! s'exclama-t-elle.

Le commentaire n'était pas œnologiquement élevé, mais au moins, il était sincère.

20

— Vous n'avez pas bien compris, s'agaça Sénécal de son ton autoritaire, comme s'il s'adressait à une étudiante. Je vous ai prévenue par courtoisie mais ce n'est pas une lettre anonyme qui me fera annuler mon intervention de ce soir.
— Votre courage vous honore, félicita Romano, sincère.
Elle n'aurait pas imaginé que ce falot obsédé de latin aurait la fibre héroïque.
— En même temps, reprit-elle, on ne peut pas s'asseoir sur des menaces de mort, *a fortiori* quand il y a déjà eu un meurtre.
— Il ne s'agit pas de courage mais d'éthique. Ou plutôt de calcul, se corrigea Sénécal, content de son paradoxe. Si nous cédons à ces idéologues fous, la société est condamnée. Vous, moi, nous sommes tous condamnés.
— Vous pourriez peut-être décaler de quelques jours, le temps que les choses s'apaisent ?
— La date du 27 avril commémore la fin de l'apartheid, impossible de reporter. Pas question que la mort de Mathieu, d'une façon ou d'une autre, nous fasse reculer – il ne l'aurait sûrement pas voulu.
S'il se plaçait sous l'angle de la fidélité à son ami disparu, cela n'allait pas simplifier les choses.
— Vous pouvez me rappeler l'heure et le lieu ?

— Salle Rosa-Parks, 18 heures. Mais je vous interdis de perturber la soirée.

— Vous avez ma parole, le rassura Romano, qui n'aimait pas beaucoup les interdictions. Nous ne perturberons pas, nous observerons. Je vous envoie une collègue pour récupérer la lettre. En attendant, évitez d'y toucher.

Elle raccrocha sans lui laisser le temps de répondre.

— Quel casse-couilles ! s'exclama-t-elle en se tournant vers Tellier. Vous auriez imaginé qu'il était du genre à risquer sa vie pour faire le guignol sur une estrade ? La fréquentation des héros grecs a dû lui monter à la tête ! Je me passerais bien d'un deuxième mort.

— Il ne fréquente pas les Grecs mais les Romains, enfin principalement. Et je ne sais pas ce qui vous a laissé penser qu'il était lâche.

Elle-même le savait très bien – elle soupçonnait que Tellier aussi. Aucun élément particulier mais plutôt un ensemble : l'allure désuète, le langage ampoulé, la mèche ridicule, le jardinage. Prise en flagrant délit de jugement hâtif. Tellier était imbattable pour le débusquer : emmerdant mais très utile pour les enquêtes.

— On patauge dans les bas-fonds de la bêtise depuis le début, et pour une fois qu'on croise un peu de grandeur, ça nous pourrit la vie ! Pas de bol.

Tellier se contenta d'un haussement de sourcils désapprobateur. Il faisait des progrès.

— Retournons cuisiner Agnès Plésiat, fit Romano en sortant son téléphone. Même si elle connaît mieux les antiracistes américains, elle s'intéresse aussi à leurs homologues français depuis le blocus du théâtre. Elle a peut-être repéré les plus extrémistes.

— D'ailleurs, ajouta Tellier, il n'est pas exclu qu'elle reçoive une lettre du même genre. J'ai vu qu'elle participait à des rencontres en librairie, pour la sortie de son livre sur les dérives de la gauche identitaire américaine. Les Français qui s'en inspirent ne doivent pas apprécier.

La chercheuse passait sa journée sur les bords du canal de Roubaix, pour se changer les idées. Elle voulait bien discuter, mais là-bas.

— Putain, qu'est-ce qu'ils ont tous ! maugréa Romano en raccrochant. Qu'est-ce qu'elle fout là-bas par un temps pareil ?

Pendant le trajet en voiture, Tellier se lança dans un éloge fiévreux du canal de Roubaix. La voie verte aménagée récemment était un super lieu de balade et il allait souvent y faire du vélo avec ses filles.

— Voie verte, vous dites ? Rien que l'expression me fout le cafard, maugréa Romano.

De fait, l'idée de passer ses dimanches à pédaler en famille au milieu de ses semblables lui donnait des frissons.

Le mystère de la présence d'Agnès Plésiat dans ce coin sinistre, du moins par temps de pluie, s'éclaircit au moment où ils garaient la Clio sur le parking du relais-nature. Un petit moustachu en K-way et gilet fluo leur tomba dessus, à peine la portière ouverte.

— Bienvenue ! Venez avec moi, je vous donne le matériel.

— Euh, quel matériel ? demanda Romano.

— Vous ne venez pas pour la journée « Canal propre » ?

— On vient voir Agnès Plésiat, une amie. Elle doit participer à votre opération de nettoyage.

— Agnès Plésiat, vous dites ? Ah oui, je vois ! Une petite dame, euh, toute menue — il avait hésité à dire noire mais s'était repris. Elle est avec Robert, à côté de l'écluse. Première fois qu'elle vient. Une pêche à l'aimant, il n'y a pas mieux pour s'initier au nettoyage. Si vous voulez plus d'infos sur l'association, je suis là.

Romano et Tellier enfilèrent leur parka et descendirent sur les berges, où s'alignaient une vingtaine de personnes à intervalles réguliers, une canne à pêche à la main. Surtout des hommes, pas tout jeunes. Tous avaient le regard rivé sur leur ligne, indifférents à la bruine. Une partie de pêche comme une autre. Seules les prises entassées derrière chaque participant étaient inattendues. Clous rouillés de toute taille, morceaux de ferraille, barrières métalliques en pièces détachées.

– Si vous veniez de perdre un ami, vous iriez pêcher des cochonneries dans un canal pour vous remonter le moral ?

– Il vaut mieux nettoyer un canal que se jeter dedans, rétorqua Tellier, que la mauvaise humeur de sa cheffe avait fini par contaminer.

– Exact. Dès qu'on parle canal, on pense suicide. La faute à Simenon, qui met des canaux sinistres à toutes les pages.

– Vous avez vu tout ce qu'ils récupèrent ? Au moins, on doit se sentir utile.

Arrivés près de l'écluse, ils aperçurent Agnès Plésiat, accroupie près du bord, qui tirait sur sa canne de toutes ses forces, avec l'aide d'un papi à casquette. Vu leurs efforts, la prise était prometteuse.

– Un, deux, trois ! compta son partenaire pour coordonner leurs gestes.

En se penchant, Romano et Tellier virent sortir de l'eau une vieille mobylette. Pas tout en fait en état de marche mais plutôt vaillante. Le cadran était envahi de petits coquillages mais la pédale était intacte, le pot d'échappement aussi. Pas si mal après quelques décennies dans la flotte. Le pêcheur d'à côté regardait du coin de l'œil, fumasse. Lui n'avait récolté que des bouts de ferraille minables. Comparer sa prise avec celle du voisin comptait beaucoup plus que de communier avec la nature. Exactement comme s'ils avaient taquiné le brochet.

– Une dernière fois et c'est bon. Un, deux, trois !

Les deux coéquipiers hissèrent enfin l'engin sur la berge, où d'autres voisins, grands seigneurs, vinrent admirer la prise à hauts cris. Rayonnant, le papi sortit son portable pour un selfie avec Agnès Plésiat et l'épave de 102 Peugeot – le modèle avait été identifié à l'unanimité. Alors que la chercheuse dégainait un mince sourire de circonstance, elle aperçut Romano et Tellier.

– Vous arrivez au bon moment, remarqua-t-elle en leur serrant la main.

Depuis leur première rencontre, les cernes s'étaient accentués et son visage semblait encore amaigri.

– On peut vous parler cinq minutes ?

– Pas de problème, allons plus loin.

Sous l'œil curieux des voisins, ils longèrent la berge et dépassèrent les derniers pêcheurs. D'un commun accord, ils continuèrent à marcher. Par ce temps, c'était encore le mieux à faire.

– Ça vous plaît, cette partie de pêche ?

Le ton de Romano était légèrement incrédule.

– Depuis la mort de Mathieu, j'ai besoin de prendre du recul. Toute cette folie me désespère.

– Alors vous allez pêcher des saletés dans un canal sinistre ?

– Certains feraient peut-être une thalasso ; moi, j'ai toujours eu besoin de me sentir utile.

Tellier approuva d'un vigoureux hochement de tête. Cette femme lui était de plus en plus sympathique.

– Sénécal vient de recevoir une lettre de menaces, annonça Romano.

– Vous croyez qu'il est en danger ?

La peur perçait dans sa voix. Visiblement à fleur de peau.

– On n'en sait rien. L'auteur de la lettre exige qu'il annule la conférence de Tolérance Université, ce soir.

— Il refuse, j'espère ?

Au moins, ces gens avaient le courage de leurs convictions.

— Il refuse, en effet, et il a tort. S'il se fait tuer, il aura du mal à assurer les meetings suivants. Vous-même n'avez rien reçu ?

— Rien du tout. D'après mon éditeur, mon livre suscite un certain énervement sur les réseaux sociaux mais je ne regarde pas. J'assure la promotion, comme prévu. Je le fais pour Mathieu.

En prononçant le prénom de son ami, elle baissa les yeux.

— Votre enquête progresse ? demanda-t-elle finalement, sans y croire.

— Rien de sûr pour le moment, répondit Tellier. La piste politique reste la plus prometteuse. Max Boyer a un alibi mais nous cherchons à identifier d'autres suspects dans la mouvance de l'antiracisme identitaire.

Agnès Plésiat hocha doucement la tête. Elle n'avait pas encore compris qu'on la mettait à contribution.

— Peut-être auriez-vous des noms à nous suggérer, appuya Romano. Des excités plus excités que les autres ?

— Vous croyez que je tiens une liste noire, comme au temps du maccarthysme ? protesta la chercheuse, incrédule. Malgré leurs dérapages, les antiracistes ont de bonnes intentions, ne l'oubliez pas. Ils s'égarent tragiquement mais la plupart sont des gens bien, pas des criminels. S'il y a un assassin parmi eux, trouvez-le. Je ne pratique pas le délit de sale gueule.

Elle les envoyait balader, et sèchement. Et merde !

— Des gens bien qui attisent les haines et nourrissent l'hydre de l'extrême droite, corrigea Romano. Je pourrais vous conseiller un bon bouquin sur le sujet mais vous devez le connaître puisque vous l'avez écrit.

— Nous aider à trouver le meurtrier de Mathieu, ce n'est pas du maccarthysme, protesta Tellier.

– Si vous saviez comme je suis fatiguée ! s'exclama la chercheuse d'une voix sourde.

Comme pour appuyer le propos, elle s'était arrêtée et avait pris appui contre le tronc d'un saule maigrichon.

– Depuis trente ans, je choisis mes sujets de recherche dans le but de dénoncer les extrémismes en tout genre. D'abord chez les évangélistes radicaux, ensuite chez les identitaires de gauche. Et maintenant, vous me dites qu'ils ont assassiné Mathieu et menacent de tuer à nouveau.

Comme avec Sénécal, Romano et Tellier s'abstinrent de corriger le raccourci. Plus elle serait convaincue de la piste politique, plus elle aurait envie de les aider.

– Vous me faites rire, avec votre liste, reprit-elle, amère. Comment voulez-vous repérer la haine dans un milieu qui, malgré les bonnes intentions affichées, ne pense que revanche, règlements de compte et incompréhensions irréconciliables ? Comment distinguer la haine au milieu de la haine ? C'est comme si vous cherchiez un grain de sel au milieu de l'océan. Pas plus facile, dans un autre genre, que l'aiguille dans la botte de foin.

– Il y a un autre scénario qu'on ne peut tout à fait exclure, avança prudemment Romano.

Agnès Plésiat avait repris sa marche, à pas lents. Elle leva vers Romano un regard interrogatif mais Tellier enchaînait déjà.

– L'assassin de votre ami, qui est vraisemblablement l'auteur des menaces à Sénécal, pourrait venir de son propre camp. Une manœuvre destinée à faire parler d'eux.

– Se doter d'un martyr serait un bon coup de pub, résuma Romano.

– Son propre camp ? Comme moi, par exemple ! s'offusqua leur interlocutrice. Le meurtre est le fait de fanatiques, et non d'humanistes aspirant à un monde de tolérance.

La pilule avait du mal à passer, il fallait s'y attendre.

Ils firent demi-tour dans un silence lourd. Plongée dans des pensées moroses, Agnès Plésiat trébucha sur une souche. Tellier la rattrapa par le bras.

— Hier soir, j'ai lu d'une traite la moitié de votre livre : un choc, se décida-t-il. Vous ne pouvez pas dire que ça ne sert à rien.

Son ton tenait plus de la supplique que de félicitations convenues.

— S'il vous a touché, tant mieux, remercia-t-elle, surprise.

Ils avaient rejoint les pêcheurs. Le voisin frustré posait avec une trottinette électrique boueuse dans les bras, rayonnant d'avoir pris sa revanche.

— C'est une Doot, très rare ! leur annonça-t-il d'un ton réjoui.

Romano se souvint d'une photo de son grand-père exhibant un bar de ligne avec le même air extatique. Au fond, ce n'était pas un mauvais moyen d'occuper son temps.

21

En voyant que l'appel venait d'Esther, la spécialiste des documents, Romano alluma le haut-parleur pour en faire profiter Tellier, qui conduisait.

– Je viens de terminer l'analyse de votre lettre, tout s'est bien passé, annonça la technicienne d'une voix d'hôtesse de l'air.

Le suspense commençait.

– Super ! fit Romano. Et donc ?

– Elle a été imprimée avant-hier à la Corep Vauban, sur une autre machine que la précédente. Je l'ai identifiée grâce à la typographie et au niveau d'encre. Pérez a analysé le journal d'impression et retrouvé le fichier, qui provenait *a priori* de la même clé USB que la lettre à Véran – le type ne sait toujours pas se servir de son logiciel d'effacement des données.

– Génial !

Du point de vue de la sécurité de Sénécal, ce n'était pas si génial que ça. L'auteur de la lettre anonyme n'était pas un guignol chauffé par l'ambiance, mais bien celui qui avait aussi menacé le comédien assassiné.

Comme le souligna Tellier, le plus sûr aurait été d'interdire la rencontre de Tolérance Université pour motif de sécurité. Si Romano en avait parlé à Bertin, le divisionnaire aurait transmis la demande au préfet, plutôt deux fois qu'une. Mais la conférence était un moyen de faire bouger les choses. Sans compter qu'elle n'aimait pas l'idée de s'aplatir devant les menaces d'un timbré.

Histoire de ne pas jouer les bravaches, elle appela Clément pour lui demander de les rejoindre avec Dubois, au cas où. D'après son dossier, le petit nouveau était aussi bon en aïkido que Tellier en karaté. Ils se diviseraient en binômes, histoire d'être plus discrets.

La salle Rosa-Parks était un lieu associatif autogéré et fier de l'être : impossible de rater la grande banderole grisâtre suspendue à la façade. Une ancienne usine en brique, pas franchement miteuse mais un peu quand même – le passé industriel ou le présent associatif.

– Jolie bâtisse ! s'extasia Tellier, sans la moindre ironie.

Là non plus, pas facile de faire la part des choses entre l'optimisme du capitaine et l'effet magique de la brique. Ce matériau avait une capacité étonnante à rendre le moche moins moche, du moins quand on débarquait dans le Nord. L'exotisme opérait de moins en moins sur Romano mais Tellier était amoureux comme au premier jour.

L'intérieur du bâtiment était du même acabit. Pas franchement crado mais bricolé à grands coups de récup et de rénovation bénévole. Fauteuils désassortis, peinture approximative, sol inégal, le tout formant un ensemble curieusement homogène. Une laideur sympathique, en somme. Il n'y avait qu'une cinquantaine de personnes dans le hall mais l'acoustique amplifiait le brouhaha. Tandis que certains faisaient la queue derrière un distributeur de boissons tout en taillant une bavette militante, les bons élèves se dirigeaient déjà vers la salle. Romano et Tellier leur emboîtèrent le pas tandis que Dubois et Clément, qui arrivaient tout juste, rejoignirent l'équipe des buveurs de café – ou de soda.

Quelques mètres avant l'entrée de la salle, une urne en carton avait été posée sur une table d'écolier, en léger retrait de la queue pour mieux repérer d'éventuels resquilleurs. Autogestion et autorégulation du groupe. Tout en glissant son billet, Romano se rappela les messes où ses parents la traînaient pour Noël, Pâques et les Rameaux. Faute d'être croyants, ils étaient attachés à certaines traditions. Son moment préféré était la quête, qui annonçait la fin du supplice et lui permettait de jouer les langues de vipère. Quand le père de famille voisin glissait avec componction une enveloppe dans la corbeille, elle expliquait à sa sœur qu'il était un sale radin et non un mécène pudique comme son air modeste tentait de le faire croire. Le mauvais esprit n'attend pas le nombre des années.

Le public réuni par Tolérance Université était très mélangé. Femmes et hommes, toutes origines, tous âges : l'assemblée semblait avoir été tirée au sort selon la méthode des quotas et était parfaite pour une soirée consacrée à la tolérance. Certains discutaient avec animation, d'autres étaient silencieux, parfois graves. Même si la soirée était programmée de longue date, la mort de Mathieu Véran lui donnait une signification particulière. En tant qu'ami de la victime, Sénécal avait été invité dans tous les médias, ce qui expliquait peut-être l'assistance nombreuse. Sans directement accuser la mouvance décolonialiste, il avait souligné l'engagement de Véran pour la tolérance et glissé quelques mots sur son association. Cinq jours après le meurtre, le meeting se transformait, de fait, en commémoration.

Romano et Tellier s'installèrent au deuxième rang. Penché sur son ordinateur, Sénécal révisait sa présentation. Même costume démodé, même mèche rabattue sur le crâne. Dans le genre savant fou, il était décidément sympathique. Et, accessoirement, innocent : Romano le savait depuis une heure. Contrairement à ce qu'il leur avait dit, il avait un alibi parfait, que l'assistante du département avait été obligée de lui rappeler. Au moment fatidique, il ne corrigeait pas des copies mais était en rendez-vous avec un étudiant en thèse.

De temps en temps, il levait la tête pour sourire à une jolie brune dans la trentaine, au premier rang. Sans doute sa femme ou sa compagne : les langues anciennes faisaient vraiment des miracles.

La salle était maintenant presque pleine. Près de deux cents personnes et pas l'ombre d'un dispositif de sécurité. Pas un agent en uniforme, pas le moindre brassard : incroyable ! Vu l'activité de Tolérance Université et le contexte, cela relevait, au choix, d'une candeur sympathique ou d'une irresponsabilité exaspérante. En tout cas, ça n'arrangeait pas leurs affaires. Si quelqu'un avait décidé d'occire le spécialiste de Catulle et du potager, rien de plus simple.

Romano balaya l'assistance du regard. Elle repéra Dubois et Clément qui prenaient place au fond de la salle au dernier moment, comme convenu. Elle remarqua aussi trois types, au bout de son rang – difficile de ne pas les remarquer. Peu de cheveux, beaucoup de muscles. Un seul aurait pu passer inaperçu, à trois, ils détonnaient. Celui du milieu, au menton orné d'un bouc roux, montrait son portable aux deux autres, qui plaisantaient. Le plus baraqué avait croisé les bras pour mieux faire ressortir ses biceps moulés dans un T-shirt étriqué. Romano se tourna vers Tellier, qui confirma son impression d'une moue discrète.

Pour des raisons différentes, l'un et l'autre étaient hostiles au concept de sale gueule. L'idée heurtait la rigueur scientifique de Romano : le lien entre tronche patibulaire et dangerosité n'avait jamais été établi et les criminels aux allures d'adorables papis ne manquaient pas. Quant à Tellier, son humanisme indécrottable se refusait à juger les personnes sur leur physique. Mais là, quand même, ces trois types avaient des sales gueules. Plutôt des sales gueules de racistes « classiques » que de racistes antiracistes.

À 18 heures pile, avec une ponctualité professorale, Sénécal s'approcha du pupitre, aussi solennel que s'il montait sur une chaire à prêcher.

– Merci de votre présence, commença-t-il.

Le micro émit un sifflement aigu qui eut le bon goût de ne pas durer.

– Nous avions choisi la date anniversaire de la fin de l'apartheid mais un événement plus récent est dans tous nos esprits. Je propose une minute de silence pour mon ami Mathieu Véran, assassiné mercredi dernier.

La minute en question dura les soixante secondes réglementaires – et non trente comme c'est souvent le cas. Puis, Sénécal alluma l'écran et déroula sa présentation de Tolérance Université. Depuis sa création, suite à l'interdiction des *Suppliantes*, l'association n'avait pas chômé. En sept mois, elle avait protesté, entre autres, contre l'invitation de Houria Bouteldja, contre la fameuse pièce antisémite de La Rochelle, dont Sénécal leur avait parlé la première fois, contre des chants racistes à des soirées de Sciences Po Strasbourg. Elle avait également soutenu des étudiants noirs victimes de propos racistes et un professeur suspendu pour avoir dénoncé des actes de prosélytisme religieux.

Romano était de plus en plus convaincue que l'association faisait du bon boulot, et même du boulot important. Contrairement à Tellier, elle avait rarement un avis sur les sujets de société. Pas le temps de se documenter et de soupeser les différents points de vue – elle avait d'autres chats à fouetter. Sur certains aspects, cependant, les choses étaient simples. Juger un individu sur sa couleur de peau, sa sexualité, sa religion ou sa généalogie est odieux, et d'une bêtise effarante.

Accroché à son pupitre comme à un radeau de sauvetage, le professeur Sénécal parlait avec fluidité et chaleur, sans un accroc ni une hésitation. Le petit sexagénaire démodé, transcendé par son sujet, était devenu un brillant tribun. À tous les coups, la jeune femme du premier rang était une ancienne étudiante qui avait craqué pour son vocabulaire précis, son sens de la formule et les modulations de sa voix chaleureuse. Même les trois types louches en bout de rang buvaient ses paroles, les sourcils froncés par la concentration. D'évidence, ils n'avaient pas l'habitude de ce genre de sauterie et entraînaient moins leurs neurones que leur torse.

— Pour que la tolérance l'emporte sur la haine et la connaissance sur l'obscurantisme, nous avons besoin de chacun de vous.

Un tonnerre d'applaudissements éclata aussitôt. Comme dans un concert où le public laisse jaillir son enthousiasme, à peine la dernière note posée.

— Et maintenant, reprit Sénécal, place aux questions. Les autres membres du bureau vont me rejoindre pour y répondre avec moi.

Une des sales gueules du trio leva la main aussitôt, bien décidé à parler le premier. C'était celui du bout, le plus développé en termes de biceps. La jeune femme chargée de promener le micro dans la salle (pourquoi les micros étaient-ils toujours promenés par des jeunes femmes ?) s'approcha de lui. D'un signe du menton, Sénécal lui donna la parole.

— Vous avez cent pour cent raison, il est temps d'en finir avec la dictature du politiquement correct et tous ces délires. On ne veut plus de ces intellos qui nous prennent de haut !

À la tribune comme dans la salle, des regards inquiets s'échangeaient. Le type n'avait pas tout compris. Le temps que Sénécal et ses collègues se concertent pour savoir qui se dévouait, il avait redémarré.

– Partout on est envahis par les délires des antiracistes et des féministes : la presse, les murs, les médias ! Nous ne nous laisserons pas voler notre dignité et notre culture.

Finalement, Sénécal avait gardé le micro.

– Je crains qu'on ne soit pas tout à fait sur la même longueur d'onde, commença-t-il d'un ton hésitant.

Au même moment, une voix s'élevait de la salle :

– C'est qui, nous ?

Des murmures d'approbation se firent entendre un peu partout.

– Euh, bafouilla Sénécal qui avait perdu de son assurance, je vous propose de venir me voir tout à l'heure, nous en reparlerons. D'autres questions ?

Mais le type aux gros bras ne l'entendait pas de cette oreille.

– On n'est pas dans le monde des Bisounours, reprit-il, utilisant une expression honnie de Tellier. On prenait ces gens pour des clowns, ce sont des assassins. Ils ont tué un des nôtres : moi aussi, je suis un homme blanc et j'en suis fier.

Sénécal, livide, avait posé son micro sur le pupitre. Il semblait à la limite du malaise. Ses collègues n'en menaient pas large non plus. Visiblement, la présence de ces crétins d'extrême droite était inattendue. La même voix que précédemment se fit entendre dans l'assistance.

– Vous êtes venus pour foutre la merde, c'est ça ?

Le type au bouc roux prit le micro de son voisin et se chargea de répondre.

– On est d'accord sur l'essentiel, ça se confirme. Bravo pour ce que vous faites.

Le professeur porta les deux mains à sa poitrine et son visage se déforma sous la douleur.

– J'ai mal, j'étouffe, je meurs ! s'écria-t-il avant de s'effondrer dans les bras de son voisin.

Pas aussi bien qu'une citation latine mais tout de même des dernières paroles acceptables.

22

— Appelez le 15 ! cria une jeune femme asiatique en se précipitant du fond de la salle. Et laissez-moi passer, je suis médecin.

Un murmure d'affolement parcourait l'assistance. S'il y avait un mort pendant la soirée de commémoration, ça commencerait à faire beaucoup. Romano bondit de sa chaise et escalada l'estrade. Elle n'avait aucune intention de laisser s'envoler les trois lascars mais ne pouvait pas les arrêter. Avoir une sale gueule et dire des conneries ne constituait pas un délit — enfin pas celles qu'ils venaient de prononcer.

— Je suis commissaire de police et je vous prie de rester à vos places. Le professeur Sénécal ayant reçu des menaces, mes collègues vont relever les identités.

Elle donna ordre aux deux adjudants de passer dans les rangs pour noter les noms et vérifier les papiers. Puis elle retourna aux côtés de Sénécal, qui gémissait de douleur. En déclarant « je meurs », il avait un peu anticipé. N'empêche qu'il n'avait pas l'air très en forme.

— Il va s'en sortir, c'est sûr ? suppliait sa compagne, qui lui tenait la main.

— Probablement un infarctus, répondit le médecin en faisant un massage cardiaque.

Ou un empoisonnement, ajouta mentalement Romano. Sénécal n'avait sans doute pas parlé à sa compagne de la lettre de menaces, inutile de l'affoler davantage.

— Il y a un défibrillateur quelque part ? demanda le médecin d'une voix forte.

— Je crois qu'il y a une affichette dans le hall avec les personnes à appeler en cas d'urgence. Je m'en occupe, répondit un type rondouillard en s'élançant vers le hall.

Tout cela était laborieux : des limites de l'autogestion.

— La caserne est à deux cents mètres, expliqua Romano pour rassurer la compagne de Sénécal. Les pompiers ne vont pas tarder.

À peine la phrase terminée, la sirène leur déchirait les tympans. Quatre pompiers en uniforme déboulèrent en trottinant. Sénécal disparut sur un brancard, accompagné de la jeune femme.

Romano se félicita d'avoir pris une voiture malgré la pression de Tellier. Le bus n'est pas idéal pour suivre un camion de pompiers, ni, d'ailleurs, pour courser un tueur en fuite. Elle alluma le gyrophare, tandis que Tellier serrait les fesses et la poignée de la portière.

— La conduite sportive, c'est comme le tir ou le pilotage : il faut s'entraîner régulièrement, justifia-t-elle.

Tellier approuva d'un minuscule mouvement de tête. Manifestement, il n'aurait pas été mécontent qu'elle s'entraîne sans lui.

Après la barrière de l'hôpital, elle suivit les pompiers, qu'elle avait vite rattrapés, sur la voie périphérique qui desservait les différents bâtiments, jusqu'aux urgences cardiologiques. Puis elle prit le temps de garer la Clio à un emplacement autorisé, pour faire plaisir à son adjoint. De toute façon, la vie de Sénécal reposait entre les mains des médecins et non entre les leurs.

À l'accueil, la jeune femme regarda la carte de Romano avec indifférence. Elle pianota sur son ordinateur avec brio, malgré ses faux ongles, et indiqua que Sénécal était en réanimation et que non, ils n'avaient pas le droit de le voir avant qu'elle ait obtenu l'autorisation. En attendant, ils pouvaient s'asseoir – d'après son ton, ils devaient s'estimer heureux. Romano fut tentée de s'énerver mais Tellier lui rappela d'un regard que reprocher aux gens de faire leur boulot n'était pas malin.

Avec ses alignements de chaises en plastique gris et ses écrans, la salle d'attente rappelait une salle d'embarquement, où les destinations auraient été limitées à des numéros de guichet. Comme il n'y avait pas un chat, on pouvait au moins discuter tranquille.

– S'effondrer quelques heures après avoir reçu des menaces de mort, c'est troublant, remarqua Romano.

– Troublant aussi que son malaise ait lieu juste après l'intervention de ces trois types. C'est peut-être le stress.

– Ces crétins font clamser le type qu'ils sont venus soutenir, ça donne une idée !

– Il va sans doute s'en sortir, nuança Tellier. À votre avis, c'était vraiment du soutien ou de la provocation ?

– Je pense qu'ils y vont au culot, pour essayer de redorer leur blason. Qu'on le veuille ou non, malgré leurs convictions opposées, la gauche universaliste et l'ultra-droite se retrouvent sur la critique de la gauche décolonialiste radicale.

– Ils n'ont rien à voir les uns avec les autres !

– Évidemment ! Les universalistes rêvent d'un monde tolérant où genre, couleur de peau, religion et orientations sexuelles seraient un non-sujet. L'ultra-droite rêve d'une France blanche, hétéro et virile – d'où la réaction de Véran quand il a reçu leur appui. Mais sur les délires de certains antiracistes, ils sont d'accord, de fait.

– Être soutenu par ces gens-là peut quand même vous faire péter les plombs, soupira Tellier.

– Les plombs, et peut-être les coronaires avec, conclut Romano en se levant.

Ils attendaient depuis un quart d'heure : délai de décence que Romano jugea suffisant. Elle retourna voir la jeune femme, qui accepta, après un soupir spectaculaire, de demander l'autorisation de les faire entrer. Unité 1000, rez-de-chaussée à gauche.

Après la porte battante, ils se trouvèrent nez à nez avec une minuscule sexagénaire en blouse blanche qui semblait les attendre.

– M. Sénécal a eu un tako-tsubo. Impressionnant mais pas très grave, annonça le médecin sans préambule. Il s'agit d'un « faux infarctus » : déformation aiguë du ventricule gauche alors que les artères coronaires sont impeccables. Un syndrome lié à un stress violent, plus rare chez les hommes que chez les femmes. Si tout va bien, il n'y paraîtra plus dans quelques semaines.

En gros, si tout allait bien, tout irait bien : la formule n'engageait pas à grand-chose.

– M. Sénécal avait reçu des menaces de mort, expliqua Romano Je vais envoyer un de nos spécialistes pour procéder à des prélèvements de sang, cheveux et ongles : il aurait pu être empoisonné.

– Je vous dis que c'est un tako-tsubo lié au stress, rétorqua le médecin d'un ton sans appel.

– Je n'en doute pas mais c'est la procédure.

La cardiologue se contenta de hausser les sourcils. Rien de tel que le mot *procédure* pour clouer les becs. Tout le monde tenait pour acquis qu'on ne pouvait rien contre les procédures, même les plus absurdes – pas rassurant mais bien pratique.

– On peut voir M. Sénécal ?

– Je viens de renvoyer sa femme pour qu'il se repose. Je vous donne cinq minutes.

Elle les guida jusqu'à une chambre, toqua à la porte d'un coup sec et repartit sans les saluer.

Avec ses fils partout et sa nuisette aux couleurs de l'hôpital, l'universitaire avait perdu de sa superbe. Malgré tout, en les voyant arriver, il passa une main sur son crâne pour vérifier l'emplacement de sa mèche. Ensuite seulement, il tenta de se redresser.

– Vous vous sentez en état de répondre à quelques questions ? interrogea Romano, hypocrite, en lui tendant la télécommande de son lit.

Si elle avait eu le moindre doute sur sa réponse, elle n'aurait rien demandé.

– Bien sûr. Il paraît que j'ai eu un faux infarctus, ça ne fait pas sérieux.

Malgré ses efforts pour faire bonne figure, sa voix était faible et son souffle court. Le faux infarctus l'avait secoué pour de vrai.

– Vous pensez que c'est une réaction au stress ? demanda Romano.

– Dès que le premier type a pris la parole, j'ai commencé à me sentir mal. Leur présence parmi nous, c'était le scénario catastrophe.

– Scénario ? répéta Tellier. Vous voulez dire que vous l'aviez envisagé ?

– Malheureusement, l'extrême droite essaye parfois de récupérer notre action. La lutte contre l'antisémitisme et le racisme n'est pas tout à fait leur tasse de thé mais quand

nous critiquons les dérives de l'antiracisme radical, ils applaudissent. Et on n'y peut rien.
Des gouttes de sueur perlaient sur son front.
– Que faire, à part pousser de hauts cris ? Mathieu ne se pardonnait pas d'avoir donné une tribune à l'extrême droite.
– Il n'avait rien à se reprocher, protesta Tellier. Si on veut défendre un idéal universaliste, il faut bien dénoncer les errances décolonialistes.
Sénécal sourit faiblement, puis pencha la tête sur le côté, épuisé.
– On vous laisse vous reposer, désolé, s'excusa Tellier, penaud, en s'éloignant du lit.

– Je crève la dalle, on mange une bricole ? proposa Romano, une fois dans le couloir. Encore une cuillerée de potage Crécy et je deviens neurasthénique.
– Vous préférez la cafète de l'hôpital à un repas maison ? demanda Tellier, qui ne s'habituait pas à sa passion pour la malbouffe.
– Vous avez raison, évitons la cafète. Les clients en charentaises et valises d'oxygène ont leur charme mais les sandwiches sont dégueus et minuscules – curieusement, je préfère un gros sandwich dégueu à un petit sandwich dégueu. D'ailleurs, elle doit être fermée. Un McDo ? Je ne dirai rien à vos filles.
Tellier accepta en maugréant, pour la forme. Les semaines où il était seul, il était prêt à tout pour ne pas rentrer chez lui trop tôt.

– L'inconvénient d'habiter dans le Nord, c'est que ça vous dégoûte des frites de fast-food. À côté des baraques, ça ne vaut rien ! Et les parts sont ridicules, soupira Romano.
Cela ne l'empêchait pas d'enfourner sa portion à un rythme soutenu.

— D'où l'intérêt de la salade.
— Désolée, Tellier, mais c'est contre-nature. J'ai des principes : on ne mange pas un truc sain dans un fast-food.

Tellier haussa les épaules. Des principes, sa cheffe n'en avait pas beaucoup.

Un appel de Dubois obligea Romano à faire une pause pour décrocher. Elle ne connaissait pas assez le nouveau venu pour lui trouver une sonnerie personnelle – la chanson « Bella », de Maître Gimms, attribuée à Clément pour son côté à la fois idiot et sympathique, n'était pas adaptée.

— On a vérifié l'identité des trois types. L'un d'eux faisait partie de Bastion national, un groupuscule lyonnais interdit depuis deux ans. Il est fiché S et a été condamné en 2015 pour avoir cassé la gueule d'un photographe de l'AFP pendant une manif antimariage homosexuel.

Une confirmation plus qu'une surprise, mais qui n'avait rien de rassurant.

— Lyon est un repaire de l'ultra-droite, ajouta Dubois. Dans la vieille ville, il y a autant de fachos que de brioches à la praline.

— En tout cas, *bastion* n'est pas un mot très vendeur. À leur place, j'aurais choisi autre chose.

— On aimerait que ce soit des gros nuls mais ce n'est pas vraiment le cas, soupira l'adjudant. Quand j'étais à Lyon, j'ai participé au début de l'enquête sur Bastion national. On a trouvé des armes à feu, du matériel à explosifs et un projet d'empoisonnement de viande halal. Du sérieux.

— On ne s'était pas trompés sur ce charmant trio !

— Les deux autres n'ont pas de casier, rappela Tellier, réticent à juger trop vite.

— Pas de casier, mais de sacrées fréquentations. Reconnaissez que vous n'en voudriez pas pour gendres.

23

Après un dernier coup de soufflet, Romano s'installa sur son fauteuil chéri. Au moins, avec ce temps pourri, on pouvait continuer à faire du feu. Même si ses flambées montaient moins haut, elle les préférait à celles de Damien. Elle faisait le feu à l'indienne, avec les bûches debout – lui les empilait horizontalement comme dans une cheminée de château.

Sur sa carte mentale, elle créa une nouvelle branche pour les menaces envoyées à Sénécal, peut-être suivies d'une tentative d'empoisonnement. Quoi qu'en dise le médecin, on ne pouvait écarter l'hypothèse tant qu'on n'avait pas les analyses. De fait, Véran et Sénécal avaient des ennemis communs. D'abord, les décolonialistes, qui reprochaient au premier sa mise en scène et au deuxième la création de Tolérance Université. Ensuite, l'extrême droite, qui haïssait Véran pour les avoir humiliés, et peut-être Sénécal pour avoir soutenu son ami. Mais si les fachos avaient voulu tuer le professeur, pourquoi se faire remarquer pendant le meeting ? Accessoirement, ces trois bas du front archétypaux ne semblaient pas assez malins pour prélever des fibres sur l'écharpe de Max Boyer. Et s'ils comptaient faire de la retape à la conférence, quel intérêt de tenter de la faire annuler ?

Elle but une gorgée de chablis glacé. D'après Damien, elle le servait trop froid mais elle l'aimait comme ça. Depuis qu'il avait fait cette remarque, elle mettait parfois des glaçons pour en rajouter dans le sacrilège, uniquement quand il était là. Hum. Il fallait qu'elle se sente sacrément menacée pour affirmer son indépendance de façon aussi puérile. Bref, ne pas se laisser distraire.

Si les menaces à Sénécal ne venaient pas de l'extrême droite, celles envoyées à Véran non plus, puisque l'auteur était le même. Mais ce dernier n'était pas forcément l'assassin de Véran : peut-être au contraire avait-il voulu l'avertir du danger.

Elle décida de reporter sur une autre branche la chronologie précise des événements. La lettre de menaces à Sénécal était partie juste après que Max Boyer avait été innocenté et libéré. Le leader de la FNF ne s'en était pas vanté mais l'info avait pu fuiter. Auquel cas, les menaces de mort adressées au professeur pouvaient être un moyen de redonner du crédit à la piste décolonialiste qui battait de l'aile. Une lettre bidon, envoyée par le meurtrier pour alimenter une fausse piste ?

En revanche, la lettre à Véran n'avait rien de bidon, même si les dysfonctionnements de la Poste l'avaient fait arriver trop tard. Comme dans *Roméo et Juliette*, avait dit Dubois. Mais était-ce vraiment le destin ? Pour la première fois depuis le début de l'enquête, elle sentit son détecteur de métaux s'emballer : une légère accélération cardiaque, un tremblement des mains presque imperceptible. Ils s'étaient offusqués qu'un courrier prioritaire mette quatre jours pour parcourir cinq kilomètres mais était-ce si imprévisible ? Elle se souvint tout à coup avoir entendu de parler de retards dans certains centres de tri de la région. En deux clics, elle eut la confirmation qu'il s'agissait principalement de Tourcoing, la ville d'où la lettre avait été postée : *Tourcoing, lanterne rouge du courrier*. L'article expliquait que les plis en partance restaient coincés plusieurs jours dans le centre de tri, suite à des pannes récurrentes du logiciel de lecture automatique des adresses. Autrement dit, l'auteur des menaces à Véran avait eu l'information sur un plateau. Peut-être avait-il envoyé sa lettre depuis Tourcoing exprès pour qu'elle arrive après la mort de Véran. Dans ce cas, les vrais destinataires étaient les flics et non le comédien. Et le seul but était de faire soupçonner la gauche identitaire, comme pour la lettre envoyée plus tard à Sénécal.

Cela signifiait que l'hypothèse des extrémistes antiracistes ressemblait de plus en plus à une fausse piste, lancée et entretenue par le meurtrier. D'où venait le vrai coupable, alors ? Soit de l'extrême droite, avec toutes les difficultés que cela posait, soit de la sphère privée. Pour le coup, l'écriture inclusive aurait été de circonstances : la sœur et l'ex-maîtresse ne manquaient pas de mobiles. Quant à leurs alibis, ils étaient respectivement invérifié et inexistant.

Romano décida de retourner voir Laetitia Leroux pour mieux comprendre la rupture, sur laquelle elle avait menti. En parallèle, il fallait tout de même creuser la piste de l'extrême droite.

En entendant la clé tourner dans la serrure, sans que Damien ait sonné, elle sentit une légère pointe d'irritation, une seconde à peine, rien du tout. Il avait la clé, il s'en servait, rien à dire. En plus, le timing était parfait.

Avec son pardessus beige, il ne manquait pas d'allure – un flic n'aurait jamais porté un truc pareil. Il l'embrassa avec fougue et la guida vers le canapé, sans même lui demander comment avait été sa journée. Non, ils n'en étaient pas encore au stade conjugal.

Une heure après, elle regardait Damien dormir paisiblement, allongé sur le dos. Pas un soupçon de ronflement, encore un point pour lui. Même dans le sommeil, il était sexy. Grand, plutôt musclé, une peau dorée comme elle les aimait, une cicatrice à la jambe qui lui allait bien. Pour la première fois, elle trouva qu'il ressemblait un peu à Tellier : en journée, le contraste entre leurs façons de s'habiller empêchait de s'en rendre compte. Ceci dit, même sans vêtements, la différence d'élégance se voyait dans la coupe de cheveux. Damien entretenait avec amour une tignasse à la longueur soigneusement étudiée tandis que le capitaine se faisait ratiboiser au rasoir pour dix euros, chez un coiffeur de Roubaix.

Seule fausse note dans le tableau : le gant du four enfilé sur sa main gauche (la droite, toujours pansée, était prudemment plaquée sous la couverture). Ruru l'avait de nouveau attaqué, en plein brossage de dents, et il ne l'avait pas très bien pris – d'autant qu'elle n'avait toujours pas de désinfectant. Cette fois encore, elle n'avait pas assisté à l'attaque : cette satanée bestiole faisait ses coups en douce. En même temps, Damien avait reconnu avoir touché à la baballe de Ruru pour l'écarter de son chemin. En somme, c'était un peu de sa faute.

Ruru, à l'origine de leur rencontre, serait-il le motif de leur séparation ? Si elle devait choisir entre son mec et son chat, la logique serait évidemment de se débarrasser de Damien : que faire de Ruru ? Mais l'idée ne la réjouissait pas.

Il était 23 heures à peine, elle décida d'appeler sa petite sœur. Pendant la crise conjugale consécutive à l'Aventure de Jean-Gonzague (on entendait la majuscule dans la voix de sa sœur), elle avait joué les oreilles compatissantes avec un dévouement remarquable. C'était bien son tour, pour une fois, de s'épancher.

– Deux secondes, répondit sa sœur, je me sers un verre et je m'installe sur le balcon.

Malgré le chuchotement, l'excitation était perceptible dans sa voix.

— Il fait bon à Montpellier ?
— On se gèle mais je serai plus tranquille.

Sa sœur l'écouta résumer la situation avec un mélange de gravité et de jubilation digne d'une gamine de quinze ans – ridicule. Mais quand elle apprit que Damien dormait avec le gant du four, elle éclata de rire.

— Le truc que Madeleine a brodé à l'école l'an dernier ? *Joyeux Noël tatie !*, ce doit être très mignon !

— En attendant, je fais quoi ?

Romano s'était promis de ne pas écouter ses conseils et voilà qu'elle la suppliait de lui en donner. Cette histoire lui pesait plus qu'elle n'osait se l'avouer.

— Tu trouves quelqu'un à qui refourguer Ruru et on n'en parle plus. C'est dans tes cordes !

Romano ne releva pas l'allusion. Quand la cohabitation avait mal tourné entre le gros Ruru et la petite chatte Mandela, pourtant adoptée pour lui tenir compagnie, elle avait donné la nouvelle venue à sa nièce. Madeleine était folle de joie, sa mère moins. La liste des dégâts matériels ne cessait de s'allonger, le dernier en date étant le massacre du canapé en cuir à joyeux coups de griffe.

— Je vais y réfléchir.

— À moins, bien sûr, que tu ne préfères ton chat à ton compagnon. J'ai lu un article chez le dentiste : ça arrive assez souvent !

Sa sœur lisait un nombre étonnant de trucs chez le dentiste. Soit elle avait une hygiène dentaire déplorable, soit elle avait une Aventure avec le dentiste, soit elle achetait des magazines débiles en cachette pour compenser tout ce temps à écraser du potiron.

— D'après une étude, une femme sur quatre et un homme sur six préfèrent leur animal de compagnie à leur conjoint(e).

Je t'envoie le lien, tu vas voir. Merde ! Léa m'appelle, elle a une gastro. Désolée, je te laisse.

Romano ouvrit le lien, dépitée. En choisissant Ruru plutôt que Damien, elle pensait au moins faire preuve d'originalité. Quoique. Dans un petit encadré, une psychologue nuançait les résultats de l'enquête. D'après elle, ceux qui affirmaient préférer leur bestiole à leur moitié fanfaronnaient. En réalité, la plupart préféraient leur conjoint, pour la simple raison qu'il était plus difficile à remplacer. Romano aurait plutôt imaginé le mensonge inverse. Curieux, quand même, de se vanter de préférer son chat à son mari. L'âme humaine était décidément insondable.

24

Damien, qui avait le bon goût de passer la journée à Bruxelles, partit dès 7 h 30. Merveille des merveilles, Romano put prendre son petit déjeuner en paix. Sitôt son deuxième expresso avalé, elle décida d'appeler Laetitia Leroux. Il était 7 h 45, une heure tout à fait décente – notion très élastique, selon ses interlocuteurs et son niveau de patience.

– Je file emmener ma fille au collège et je vais à la piscine après. Cet après-midi, j'ai coiffeur : ça va être compliqué, expliqua la professeure de sociologie.

On aurait dit qu'elle parlait à une amie qui lui proposait de boire un verre.

– Quel collège ? demanda Romano. On vous retrouve là-bas, ce ne sera pas long. À moins que vous ne préfériez une convocation au commissariat.

Il y eut une ou deux secondes de silence interloqué.

– Alors retrouvons-nous plutôt à la station Port-de-Lille, la piscine est juste à côté.

L'idée n'était pas mauvaise mais Romano n'aimait pas qu'on lui parle à l'impératif – encore moins une suspecte. Et puis, le rendez-vous au collège semblait déplaire à l'ex-maîtresse, qui préférait les voir en terrain neutre. Raison de plus pour s'y tenir.

– Le collège, c'est parfait. Il est où ?

— Collège La Rochefoucauld, à Roubaix.
— On y est dans vingt minutes.

Elle prévint Tellier, qui habitait justement là-bas, et se précipita vers la place Rihour pour attraper le métro. Rue Esquermoise, elle s'offrit tout de même un petit arrêt dans une boulangerie. Avant d'affronter cette excitée, un beignet fourré ne lui ferait pas de mal.

Après un trajet pénible dans deux rames aussi bondées l'une que l'autre, où tournaient en boucle des annonces sur les colis suspects, les pickpockets présents sur la ligne et les consignes en cas de harcèlement sexiste, elle arriva à 8 h 30 sonnantes. Les portes du collège se refermaient sur trois retardataires en plein sprint, malgré un cartable plus lourd qu'eux.

Tellier et Laetitia Leroux attendaient en face du portail, en silence.

— Il y a un bistro, par ici ?
— L'Hôtel de France est à cinq minutes, répondit Tellier.

Laetitia Leroux jeta un œil à sa montre pour vérifier l'heure – comme si elle ne la connaissait pas.

— On sait, vous avez piscine.

Le trottoir était assez large pour marcher côte à côte. Romano fit en sorte que l'ex-maîtresse de Véran soit au milieu : personne n'aime être encadré par deux flics.

— Je sais ce que vous pensez, attaqua aussitôt Laetitia Leroux.

Romano et Tellier, qui ne voyaient pas de quoi elle parlait, se gardèrent d'intervenir.

— On en a discuté des heures avec le père de Clémentine. Je n'en dormais pas, je vous assure, j'aurais tout fait pour éviter ça. Mais on n'avait pas le choix. Son année de sixième, au collège public, a été très difficile.

C'était donc ça ! Comme Romano le vérifia sur le panneau, le collège La Rochefoucauld était privé – son nom ne l'indiquait pas si clairement. La grande donneuse de leçons, qui se vantait d'avoir largué son mec pour des questions d'écriture inclusive et des accusations iniques de racisme, avait scolarisé sa fille dans le privé. Au moins, elle en souffrait – toujours mieux que rien.

– Clémentine est une enfant précoce et très sensible. Il n'y avait que deux élèves non racisés dans sa classe. Elle a eu de gros problèmes avec une fille.

Tellier s'était raidi brutalement. Pour le capitaine, qui rêvait d'un monde de tolérance et d'amitié, l'adjectif *racisé* était pénible à entendre. Accessoirement, il était absurde dans ce contexte. S'il voulait dire victime de discrimination, cela impliquait en effet d'être en minorité. Sauf que, se corrigea Romano, on était *racisé* à la naissance et une fois pour toutes, du fait de sa couleur de peau – se définir par un participe passé était sûrement une bonne façon d'avancer dans la vie.

Elle eut envie de faire remarquer à leur interlocutrice que l'enchaînement de ses deux phrases était douteux. Il sous-entendait en effet un lien de causalité entre le nombre élevé de racisés et les problèmes de sa fille. Elle aurait volontiers ajouté, au passage, que les filles de son collègue, justement, étaient scolarisées au collège public de Roubaix – histoire de lui enfoncer le nez dans le pipi. En réalité, l'aînée Tellier, très douée en harpe, venait de partir en classe musique à Lille. La deuxième était toujours dans son collège et semblait s'y plaire malgré son statut d'ovni sociologique – dans cette partie de la métropole lilloise, le niveau d'évitement scolaire était terrifiant. Mais ce n'était pas à Romano de parler de la vie privée de son adjoint.

– Nous avons postulé pour la classe de la maîtrise de l'opéra mais Clémentine a perdu ses moyens à l'audition, poursuivit Laetitia Leroux.

Ben voyons, forcément. Les moyens en question devaient être exceptionnels.
- Du coup, nous n'avons pas eu le choix, répéta-t-elle.

Romano eut du mal à retenir un sifflement. Cette présumée intellectuelle, arc-boutée sur ses dogmes et catégories, n'aurait eu aucun scrupule à envoyer sa fille dans une classe publique ultra-bourgeoise du centre de Lille, où la mixité sociale devait être la plus faible de l'académie. Mais la scolariser dans un modeste collège privé de Roubaix était une trahison. Qui imposait une interminable séance de *mea culpa* – tout à fait dans la tradition catholique ou stalinienne.

- J'en ai parlé avec la psychologue, se dédouana Laetitia Leroux. D'après elle, si c'était le seul moyen pour que Clémentine aille mieux, il fallait le faire.
- Il vous a fallu une psychologue pour en arriver là ? coupa Romano, que l'acte de contrition commençait à gaver sérieusement. Les parents ont l'obligation de protéger l'enfant *dans sa sécurité, sa santé et sa moralité*, et d'*assurer son éducation et permettre son développement*. Article 371-1 du Code civil.
- Exactement ! se rengorgea l'universitaire.

Romano regretta amèrement d'avoir aidé à soulager sa conscience.

- Mais bien entendu, ajouta Laetitia Leroux en écartant les mains devant elle comme pour faire reculer le Malin, je ne m'implique pas du tout dans la vie du collège. Je dépose Clémentine le matin, c'est tout. Le soir, elle rentre en bus. Je n'ai aucun contact.

Arrivée à un certain stade, la bêtise prenait un tour déprimant. De quoi avait-elle peur ? Qu'un parent d'élève la coince dans un couloir pour la baptiser de force ?

Romano observa Tellier du coin de l'œil. Comme elle s'y attendait, la lèvre inférieure tremblait légèrement. À tous les coups, il prenait son élan pour défendre les parents de ce collège privé, lui qui, justement, avait eu le courage incroyable de faire autrement.

Elle eut une bouffée de tendresse pour son adjoint, le contraire de cette femme qui jugeait le monde entier du haut de ses certitudes. Tellier habitait à Roubaix par amour pour la mixité sociale, avait vendu sa voiture par conviction écologique et était délégué de parents d'élèves chaque année – une source d'emmerdes inépuisable. Bref, il essayait de mettre en œuvre ses convictions : elle aurait juré que Laetitia Leroux était une écolo radicale équipée d'un sèche-linge et d'une bagnole. Et avec ça, au lieu de critiquer, son adjoint cherchait des excuses à tout le monde : un genre de saint laïque – le contraste avec cette femme antipathique la rendait lyrique.

Autant dire qu'elle n'avait pas envie de le voir gaspiller son éloquence pour elle. Si l'expérience de Laetitia Leroux avec sa propre fille n'avait pas entamé ses certitudes, le discours d'un flic ne risquait pas de le faire. Le seul résultat, c'est que Tellier serait trop chamboulé pour bien la cuisiner sur sa rupture avec Mathieu Véran : l'unique raison de leur présence.

Heureusement, ils arrivaient devant l'Hôtel de France, grande brasserie traditionnelle avec vaste avancée vitrée. L'enseigne précisait que l'établissement existait depuis 1892. Avoir survécu à l'effondrement économique de la ville n'était pas une mince prouesse.

De fait, Romano s'étonna de l'aménagement moderne et pimpant. Malgré les discours enflammés de Tellier, elle trouvait généralement à Roubaix un léger relent miteux. Sûrement son côté langue de vipère. Ou, plus grave, ses origines bourgeoises : pas facile de se défaire de ses préjugés de classe.

– Vous êtes pressée, nous aussi, fit Romano en se dirigeant vers une table tranquille, au fond. On va passer à ce qui nous intéresse, votre rupture avec Véran. Tellier, vous allez commander trois cafés ?

Elle n'avait pas envie d'être interrompue par le serveur. Dans un silence glacial, les deux femmes attendirent le retour du capitaine, qui semblait avoir recouvré son calme. Les cafés arrivèrent presque en même temps que lui, décidément une bonne adresse.

– Mensonge numéro 1, vous avez prétendu avoir rompu après l'annulation des *Suppliantes* alors que la séparation a eu lieu avant. Des commentaires ?

– Les dates n'ont jamais été mon fort, sourit Laetitia Leroux avec aplomb. J'ai pu me tromper.

Le ton incisif de Romano glissait sur elle, sans aucun effet.

– Mensonge numéro 2, en lien avec le précédent : vous n'avez pas quitté Véran à cause des soi-disant *blackfaces* de sa mise en scène mais suite à une histoire avec une étudiante.

Romano avait décidé d'y aller au culot. Faute d'être prouvé, le scénario était des plus plausibles – le plus souvent, la réalité est tristement banale.

– N'importe quoi ! s'offensa leur interlocutrice.

Elle se foutait qu'on la traite de menteuse mais le personnage de femme bafouée n'avait pas l'air de lui plaire.

– Qui vous a raconté ça ? reprit-elle. Il pouvait bien sauter qui il voulait !

– Et vous avez écrit une tribune incendiaire sur son spectacle pour vous venger de son infidélité, poursuivit Romano, impassible. Comme dirait votre ex-belle-sœur, vous vous croyez au-dessus des autres mais pas du tout.

– Ex-belle-sœur ? Sérieusement ? Je n'ai rien à voir avec cette pauvre fille ! J'ai quitté Mathieu à cause de ses dérapages politiques, je vous l'ai expliqué. Il filait un mauvais coton. Quant à ses coucheries, je veux dire, ses relations, ce n'était pas un problème. Nous vivions un amour libre et pas une relation petit-bourgeoise. Notre seule règle était de ne rien cacher à l'autre : comme Sartre et Beauvoir.

Le mot *coucheries* avait été prononcé avec une pointe d'amertume involontaire. Qu'elle ait fait ou non la même chose, ce n'était pas un bon souvenir.

– Les amours contingentes, commenta Tellier d'une voix grave.

Et toc, se dit Romano, les flics n'étaient pas tous ignares.

– Avec qui, les amours contingentes ?

– Tout ce que je sais, c'est qu'il a couché avec une étudiante australienne pendant son dernier séminaire.

– Son nom ?

– Aucune idée. Contrairement à Beauvoir, je ne partage pas les maîtresses de mes compagnons.

– Pourtant, le genre n'est rien d'autre qu'une convention sociale. Vous pouvez disposer, on a du boulot.

25

— Quelle idée de prendre Beauvoir pour modèle alors qu'elle était con comme un bouc ! lâcha Romano d'un ton désinvolte.

Tellier lui lança un regard épouvanté et faillit s'étrangler avec son café.

— Vous avez raison, les boucs ne sont pas si cons, il faut arrêter avec cette expression — je l'ai piquée à Dubois. Vous croyez que je tente leur cappuccino ? Ils sont pros mais pas très branchés, c'est un risque à prendre.

— Vous ne pouvez pas dire une chose pareille ! Beauvoir est une figure majeure de la libération de la femme !

Tellier était un féministe convaincu, de même qu'il était un écologiste convaincu et bien d'autres choses encore.

— Elle est arrivée au bon moment avec un physique correct, du réseau et du culot : les recettes du succès n'ont pas changé. Mais comme féministe, on a vu mieux ! Dans ses lettres à son poète amerloque, on dirait une midinette et elle a toujours nié son homosexualité comme une faux cul de base — Gide s'était lâché depuis un moment, Colette aussi.

— *Le Deuxième Sexe* a été un choc pour des générations entières !

— En plus, elle a passé toute la guerre sans choisir son camp. Je ne sais pas si j'aurais fait mieux mais, au moins, je ne me prends pas pour l'élite pensante de l'humanité. Vous savez ce qu'elle en a retenu, de la guerre, quand elle écrit à son cher Nelson ? Qu'elle en avait ras le bol de manger des patates... D'autres s'en seraient contentés. Sacrée hauteur de vue !

La mine décomposée de son adjoint lui donna des remords. Il avait contenu son énervement face à Laetitia Leroux, et maintenant, c'est elle qui le cherchait.

– Admettons qu'elle ait fait avancer la cause féministe, fit-elle d'un ton conciliant. N'empêche qu'elle jugeait la terre entière sans être particulièrement héroïque, ni même exemplaire. De ce côté, l'ex de ce pauvre Véran est fidèle à son idole.

– Elle est convaincue que les parents de l'enseignement privé sont tous des bourgeois réacs, soupira Tellier. En réalité, à Roubaix en tout cas, la plupart y inscrivent leurs enfants pour les mêmes raisons qu'elle.

– Mais cette réalité ne rentre pas dans son cadre de pensée – plutôt étroit, le cadre. Quand l'idéologie résiste à la confrontation avec le réel, on est dans le fanatisme. Comme les racistes qui ont un ami arabe mais c'est pas pareil.

– Pourtant, elle rêve de fraternité, comme moi. C'est peut-être le plus triste.

Il n'était plus offusqué mais abattu. Elle préférait la version offusquée.

– Rêver de fraternité et faire des dégâts, ça s'est vu, remarqua-t-elle. Comme elle n'est pas douée en histoire, la chose lui a peut-être échappé.

– Vous ne l'aimez vraiment pas.

Tellier avait raison. En général, elle observait ses congénères avec détachement et s'amusait de leurs travers. Mais cette femme, comme Max Boyer, l'irritait. Le côté « enfer pavé de bonnes intentions » ou, tout simplement, donneuse de leçons.

– Certains abrutis ont des circonstances atténuantes, se justifia-t-elle. Des parents ivrognes, douze heures de jeux vidéo par jour, jamais ouvert un livre. Mais les intellectuels bourrés de préjugés, j'ai du mal. Ça tombe bien, la nôtre a deux mobiles pour le prix d'un. En tant que bonne fanatique, elle a le profil pour l'assassinat politique, et le scénario passionnel tient aussi, classique mais indémodable,

Elle convainquit Tellier de tester le cappuccino avec elle et héla le garçon. Quelques secondes plus tard, elle reconnut les bruits prometteurs de la machine à vapeur puis du petit pot métallique tapé sur le comptoir pour tasser la mousse. Le résultat fut au-delà de ses espérances.

– Encore meilleur qu'au Macchiato ! Roubaix reprend du galon, vous aviez raison ! Enfin une note d'espoir.

Son adjoint se rengorgea, aussi fier que s'il avait préparé la boisson lui-même.

– Vous avez vu comment elle a parlé des *coucheries* de monsieur ? reprit-elle après avoir replongé sa cuiller dans la mousse.

– Son discours sur l'amour libre n'était pas très convaincant, reconnut Tellier.

– D'ailleurs, nos guignols existentialistes, qui font office de référence mondiale dans la discipline, n'ont pas toujours apprécié que l'autre s'éclate ailleurs – la Simone, surtout. Certains gourous prêchent l'ascèse en organisant des partouzes, d'autres prônent la débauche en rêvant fidélité conjugale. Il va falloir trouver le nom de l'étudiante pour creuser cette histoire de tromperie.

Son portable sonna, numéro inconnu.

– Je suis infirmière dans le service des soins palliatifs où est hospitalisée Mme Véran. J'appelle de Katmandou, je crois que vous vouliez me parler ?

Après avoir remercié, Romano interrogea son interlocutrice sur les relations entre Mathieu et sa sœur. L'infirmière confirma les tensions. De toute évidence, elle avait choisi le camp du frère.

— Vous vous souvenez si Virginie Millot est venue voir sa mère mercredi dernier, entre 18 heures et 20 heures ?

— Mercredi ? On a eu un cas de varicelle le matin, les visites ont été interdites pendant quarante-huit heures. Elle ne risquait pas de venir.

Tout en descendant son cappuccino à grande vitesse, Romano résuma sa conversation à Tellier.

— Et boum, un alibi en moins ! Nous voilà avec deux suspectes, ce n'est pas tous les jours.

— On préférerait voir les femmes gagner du terrain en politique qu'aux assises.

— Entre la garde rouge et le plat de nouilles, on n'est pas gâtées ! Entre nous, je préfère encore le plat de nouilles. Un vrai délice, ce truc.

Le cappuccino était tellement bon qu'elle en commanda un autre. Une erreur, évidemment. Le deuxième ne vaut jamais le premier. Puis elle se décida à passer le coup de fil qu'elle repoussait depuis quelques jours.

— Ça devient chaud entre Damien et Ruru, je fais appel à une expertise extérieure, confia-t-elle à son adjoint, qui avait droit aux recoins les plus obscurs de sa vie privée. Le zoopsychiatre, vous vous souvenez ?

— Désolée pour vous, fit-il, compatissant.

Un autre aurait éclaté de rire ou se serait marré intérieurement. Pas lui.

— La première fois que je l'ai consulté, quand Ruru a massacré mon uniforme, les choses se sont bien arrangées. Je n'ai rien à perdre.

Rien, ou plus exactement une centaine d'euros, dans son souvenir.

— Vous faites bien de réagir avant que les choses se gâtent.

Tellier ne connaissait pas Damien, ou presque. Il l'avait croisé cinq minutes, à la fin d'une séance de travail au chablis. Mais il semblait heureux pour elle de cette histoire. Encore une bizarrerie. Après un divorce douloureux, beaucoup lui en auraient voulu : les beautés de la nature humaine.

– J'appelle tout de suite, sinon, ça va encore traîner.

D'après l'assistante, une personne venait de se désister pour un rendez-vous dans trois quarts d'heure, une chance inouïe, souligna-t-elle. Est-ce que cela convenait ? C'était juste mais faisable. Romano se souvint avoir eu la même chance *inouïe* la fois d'avant. Le marché de la psychologie féline n'était peut-être pas si florissant. Trois minutes plus tard, Tellier et elle s'engouffraient dans le métro, après avoir traversé la grand-place sous la pluie.

– Et si j'y allais sans Ruru ? Pour demander des conseils sur la conduite à tenir, je n'ai pas besoin de lui.

Tellier fit une moue sceptique.

– Pas très orthodoxe, à mon avis.

– Vous avez raison, ce sera mal vu. La dernière fois, le zoopsychiatre a beaucoup parlé à Ruru. Apparemment, c'est un point clé de la thérapie.

Elle sortit à la station Grand-Place pour récupérer la bestiole chez elle. Tellier, qui allait au commissariat, poursuivait jusqu'à Wazemmes.

À peine la porte ouverte, Ruru se précipita dans ses jambes. Elle sortit le bac du placard et appela un taxi. Le cabinet n'était pas loin mais vu les miaulements déchirants du chat et son poids, elle n'avait pas envie de le trimballer à pied.

En voyant Ruru, le chauffeur fit la gueule. Il tenta de neutraliser ses nuisances sonores par un rap américain particulièrement hargneux.

Le cabinet du zoopsychiatre était encore plus luxueux que dans le souvenir de Romano, ou en tout cas plus tape-à-l'œil.

Ses doutes s'envolèrent : les affaires marchaient bien. La nouvelle déco se résumait à une débauche de marbre blanc et une gigantesque fontaine électrique, dont le glouglou était sûrement censé apaiser les bestioles, et peut-être leurs propriétaires.

– Le patient est déjà venu ? demanda l'assistante en levant vers elle des yeux ultra-fardés – Romano savait par ses nièces que se maquiller comme un camion volé avait cessé d'être vulgaire.

– Tout à fait. Il se prénomme Ruru, j'ai son carnet de santé.

Prénommer était un poil précieux mais elle était fière d'avoir pensé à prendre ce papelard, et, plus miraculeux encore, de l'avoir retrouvé. Pas envie de se faire engueuler comme la fois d'avant.

– Parfait, la félicita la jeune femme d'un ton indifférent.

Comme l'employée des urgences, elle pianotait sur son ordinateur à toute vitesse malgré ses faux ongles – sûrement des heures d'entraînement pour en arriver là, la condition de la femme ne cessait de s'améliorer.

– Je vous invite à installer Ruru sur une table à chats et à prendre place où vous le désirez, récita la jeune femme d'un ton las.

Les tables à chats en question étaient des guéridons en marbre blanc, façon bistro, disposés à côté de vastes fauteuils en cuir, tout aussi blancs. Aussi chaleureux que la salle d'attente de l'hôpital.

Romano s'installa à l'opposé des chutes du Niagara miniatures. Deux autres femmes attendaient, chacune sa cage, chacune son guéridon. Romano se souvint d'une remarque de sa sœur sur la surreprésentation féminine chez les pédiatres. Apparemment, cela marchait aussi pour les animaux. Elle avait eu du bol de rencontrer Damien chez un vétérinaire.

Ruru avait cessé de miauler. Tout ce qu'il demandait, au fond, c'était de pouvoir faire la crêpe sans être dérangé.

À peine assise, elle reconnut la voix de stentor du zoopsychiatre, en parfait accord avec sa carrure de videur. Après avoir dicté une ordonnance à l'assistante, il s'approcha d'elle.
— Allons-y, ordonna-t-il d'un ton rugueux.
Dans la salle de consultation, un jeune homme avec un badge *Étudiant* la salua du bout des lèvres. Sitôt la cage ouverte, Ruru en jaillit pour se blottir contre la main du zoopsychiatre. Les miaulements, qui avaient repris le temps du transfert depuis la salle d'attente, se métamorphosèrent en ronronnements extatiques. La zoopsychiatrie était peut-être une supercherie mais ce type avait un don pour envoûter nos amis les bêtes. Ou alors il s'enduisait les mains d'une substance miraculeuse qui rendait les chats dingues — comme les boulangeries diffusant des odeurs de croissant à grands coups de pschitt.
— Bonjour mon chachat ! minauda-t-il d'une voix mielleuse.
Elle avait beau s'y attendre, la métamorphose du rugbyman en mémère à chats restait un spectacle impressionnant.
— Comment tu vas, mon joli ? bêtifia-t-il avec un sourire ravi — parler en souriant n'est pas donné à tout le monde. Dis-moi, mon pépère, tu n'aurais pas pris de l'embonpoint ?
Elle était justement en train de se dire que le comportementaliste avait bien profité : les boutons de sa blouse étaient tendus à craquer. Il la regarda d'un air mécontent, au point qu'elle se demanda si elle avait pensé à voix haute. Mais non.
— Il a grossi, c'est évident. Il y a eu des changements dans sa vie ?
Le spécialiste avait repris sa voix malaimable numéro 1, réservée aux propriétaires.
Le premier réflexe de Romano fut évidemment de répondre d'un non péremptoire. Nier en bloc : la première réaction de base de ceux qui n'ont pas la conscience tranquille, elle

le voyait pendant les interrogatoires. Mais puisqu'elle était venue, autant dire la vérité – c'était même le but. Du ton contrit de circonstances, elle lui résuma les derniers épisodes de l'existence de Ruru. L'adoption de la petite chatte Mandela dans l'intention louable de lui offrir une compagnie, l'impact désastreux de cette mauvaise fréquentation sur ses manières (elle se retint d'énumérer les dégâts matériels pour ne pas paraître mesquine), le don de Mandela à sa nièce pour mettre fin à la spirale infernale.

– Vous l'avez séparé de sa compagne ? s'horrifia le vétérinaire, comme si elle lui avait arraché les poils du ventre un par un.

Décidément, il était pénible de se retrouver dans le rôle de suspect.

– Ils passaient la nuit à faire des cavalcades dans l'escalier, cela devenait ingérable.

– Vous lui imposez une compagne pas du tout adaptée à sa personnalité avec qui, par miracle, se noue une relation d'amitié. Et vous vous en débarrassez à cause de *cavalcades* ?

– Il semblait avoir bien vécu la séparation, tenta Romano. Et je ne me suis pas débarrassée de la petite chatte : je prends des nouvelles régulièrement, elle est choyée.

– Dans ce cas, je peux vous demander ce que vous faites ici ?

Et voilà, ils en arrivaient à la partie délicate de l'interrogatoire. Raconter sa vie privée à ce type qui lui faisait la leçon n'avait rien de réjouissant. Elle prit son élan. Dans ce genre de situation, le mieux était de se lancer sans réfléchir.

– Depuis que j'ai un compagnon, les choses se compliquent. Il arrive que Ruru fasse preuve d'une certaine hostilité à son égard. Rien de bien méchant.

– Un compagnon ? répéta le zoopsychiatre, qui semblait surjouer l'indignation. Vous lui retirez sa compagne et vous lui infligez juste après le tableau de votre vie de couple !

L'expression fit frissonner Romano. En étaient-ils vraiment là ?

Le zoopsychiatre, qui ne mesurait pas l'impact de sa formulation, se tourna vers l'étudiant. Et entreprit de commenter la situation d'un ton funèbre, comme la fois précédente.

– Maltraitance psychique ayant donné lieu à un comportement abandonnique caractérisé. L'animal traduit sa détresse par des appels au secours systématiquement ignorés et donc répétés. La succession de traumas crée une situation de péril affectif.

Pour le coup, l'expression *péril affectif* collait parfaitement à sa situation à elle, déchirée entre Damien et Ruru. Elle vivait une situation de *péril affectif* et tout le monde s'en foutait. Le zoopsychiatre se tourna de nouveau vers elle en soupirant. Face à un cas aussi désespéré, il cherchait par où commencer.

– Vous êtes la mère de Ruru, ça, au moins, vous le savez ?

– Sa mère ? répéta Romano, luttant contre l'affolement.

Elle venait de se découvrir en couple, et maintenant, la maternité ! Jusque-là, elle pensait que les femmes avaient au moins l'avantage de ne pas se découvrir des enfants inconnus. Car enfin, si elle était la mère de Ruru, Ruru était son fils.

Le zoopsychiatre adressa à l'étudiant un regard affligé. Elle aggravait son cas à chaque fois qu'elle ouvrait la bouche.

– Sa figure maternelle, si vous préférez.

– Je crois... enfin, il me semble... que je préfère, bafouilla-t-elle.

– Il est donc impératif d'aborder la situation de façon systémique. Les interactions étant interdépendantes, elles doivent s'analyser de façon globale. Ruru manifeste ses frustrations auprès de votre conjoint mais il pourrait tout aussi bien le faire auprès de vous. D'ailleurs, cela peut changer. En soi, ça n'a aucune importance.

Romano revit les marques sanglantes sur la main de Damien. Ça avait un peu d'importance quand même. Puis elle repensa à la grande scène de sa rencontre avec Ruru, lorsque Clément avait déposé le chat sur le lit d'hôpital où elle se remettait d'une blessure – en principe, il devait l'amener à la SPA. Putain de Ruru, putain de Clément. Son accès de faiblesse lui coûtait cher.

– En résumé, reprit le zoopsychiatre en caressant Ruru sous le menton, la relation avec votre compagnon s'est construite sur une base de défiance et de jalousie. La seule voie de sortie consiste à concevoir un nouveau dispositif, de nature à induire une interaction positive et faire émerger peu à peu les conditions de la confiance.

– Très bien, approuva Romano avec un enthousiasme légèrement excessif.

Avec certaines personnes, elle ne pouvait s'empêcher d'en faire trop – Bertin, par exemple. Mais en l'occurrence, le zoopsychiatre n'avait aucun doute sur sa sincérité.

– Concrètement, reprit-elle, je fais quoi ?

– Vous demanderez à votre compagnon de donner à Ruru ses croquettes. Si ça ne suffit pas, nous organiserons un rendez-vous tripartite.

Les croquettes ! Comment n'y avait-elle pas pensé toute seule !

Dix minutes plus tard, elle était sur le trottoir, bac en main. Bizarrement, Ruru ne miaulait pas. Reconnaissant, peut-être, des cent cinquante euros qu'elle venait de claquer pour induire ses interactions.

26

– Bonjour commissaire, quel temps ! Ils annoncent mieux demain, j'espère qu'ils ne se trompent pas !

Comme toujours, Julien excellait dans la conversation météo, une compétence précieuse pour travailler à l'accueil d'un commissariat.

– En même temps, reprit-il, ça manquait de pluie.
– À quelque chose, malheur est bon !

Romano essayait de répondre systématiquement par un dicton – la sagesse populaire est un trésor inépuisable. À peine franchie la porte qui menait aux bureaux, elle vit Clément accourir vers elle, tout frétillant. Quand Clément avait une info, Clément frétillait.

– Maître Abache m'a appelé à l'instant, il y a du nouveau.
– Ah bon ?

Quel crime atroce avait-elle commis, dans une vie précédente, pour passer la moitié de son temps à tirer les vers du nez de ses collègues ? Faire parler les suspects, d'accord, mais les flics ? Pourquoi ces préliminaires interminables ?

– Je vais me chercher un café, venez avec moi.
– Cela concerne la situation patrimoniale de M. Véran, annonça solennellement l'adjudant en lui emboîtant le pas. Un rebondissement inattendu.

Clément excellait dans le pléonasme – ça aussi, elle le regretterait.

– Sénécal a appelé Abache, intervint Dubois, qui les avait rejoints, d'un ton agacé. Il voulait savoir si une donation était prévue pour ne pas disperser la bibliothèque de Véran. Apparemment, il avait des éditions rares de théâtre antique.

Clément, fumasse qu'on lui ait volé la vedette, feuilletait son calepin d'un air boudeur. Le binôme devait tenir encore trois jours, pourvu que ça ne finisse pas dans un bain de sang. Il se décida finalement à lever le nez et à reprendre la parole, d'un ton docte.

– L'ouvrage le plus précieux est une édition d'*Électre* datant de 1537, la première traduction en français. Le professeur Sénécal possède une copie de l'inventaire de la bibliothèque – il était un des rares à qui M. Véran prêtait ces ouvrages d'une grande valeur.

– Une grande valeur de combien ?

– Abache a branché un expert sur l'affaire. À vue de nez, d'après ce qu'il a vu sur Internet, l'ensemble pourrait valoir un bon million.

– Pas mal ! s'extasia Romano en récupérant dans l'égouttoir une tasse Titi et Grosminet à la propreté douteuse.

Elle se tourna vers Tellier qui venait d'arriver, moulé dans un pull torsadé orange des plus spectaculaires. Même pour une soirée déguisée sur les années 1970, n'importe qui aurait hésité. Comment ses filles le laissaient-elles sortir avec des trucs pareils ? Ou alors, elles étaient toutes les deux daltoniennes ? Après tout, c'était une maladie génétique.

– On a bien fait de supprimer les gobelets jetables mais il faudra mettre un mot de rappel sur la vaisselle.

Pendant qu'elle était dans les sujets domestiques, elle hésita à résumer sa consultation chez le zoopsychiatre. La présence de Dubois l'en dissuada. Inutile que le nouveau s'habitue, lui aussi, à recevoir des communiqués de santé réguliers sur ce personnage public qu'était devenu Ruru. De nouveau, ils prirent l'escalier en colimaçon à la queue leu leu, façon portée de canetons.

— La sœurette était au courant de ces livres précieux ? demanda-t-elle en s'asseyant derrière son bureau.

— Abache n'en sait rien, reprit Dubois. En tout cas, elle ramasse les trois quarts : le dernier quart est pour la maman comateuse. Si elle le savait, elle avait intérêt à se la boucler, pour gruger sur les droits de succession. Comme l'inventaire n'est pas obligatoire, ils étaient partis pour appliquer l'estimation forfaitaire : quinze mille euros pour tout le contenu de l'appartement.

— Si l'on valorise la bibliothèque à 1 million d'euros, cela correspond à une économie d'impôts de quarante-six mille trois cent vingt-six euros, ajouta Clément, toujours le nez dans son bloc-notes.

— Motivant, coupa Romano avant qu'il donne les centimes.

— Au lieu de s'estimer heureux d'hériter, certains ne pensent qu'à voler l'État, maugréa Tellier. La transmission du patrimoine est un grand facteur de reproduction des inégalités. Des économistes ont montré que les familles les plus riches d'Angleterre sont les mêmes depuis le XIIe siècle, pareil à Florence.

— Sérieux ? s'exclama Dubois, incrédule. Après mille ans de guerres, de révolutions et d'épidémies, les mecs ont toujours leur blé ?

Son portable posé sur le bureau se mit à vibrer.

— C'est l'hôpital, je prends ?

— Mettez le haut-parleur, ordonna Romano.

— Je suis la cadre de santé du service gériatrie, se présenta une voix féminine. Vous m'aviez demandé de vous tenir au

courant, j'ai préféré vous appeler. La fille de Mme Véran vient de donner son accord pour l'interruption des soins. Le médecin va passer tout à l'heure.
— L'état de sa mère s'est dégradé ? demanda Dubois.
— Pas du tout. Elle prétend que c'est par égard pour la mémoire de son frère, que c'est ce qu'il voulait.

De toute évidence, l'infirmière en chef n'en croyait pas un mot. Elle ne faisait pas d'effort excessif pour cacher son antipathie pour Virginie Millot — comme sa collègue en balade au Népal. Dubois la remercia de son appel et raccrocha.

— Attendre que les gens aient clamsé pour leur faire plaisir, c'est con, commenta-t-il.

— Si sa mère meurt, elle perçoit l'intégralité de l'héritage de son frère au lieu des trois quarts ! enchaîna Clément, surexcité.

Depuis qu'il était promu formateur, il ne cessait d'étonner Romano.

— Trois quarts d'un million, ça ne lui suffit pas ? soupira Tellier.

— Un million entier, c'est mieux, remarqua Dubois.

— Si elle était si cupide, pourquoi avoir prolongé les jours de sa mère ? Cela retardait cet héritage-là, objecta Tellier.

— J'ai pris l'initiative d'interroger maître Abache sur la situation financière de Mme Véran, répondit Clément, rosissant de plaisir. La droguerie familiale de Roubaix a fait faillite il y a vingt ans et il croit savoir qu'elle touche le minimum vieillesse et n'a aucun patrimoine.

— Peut-être que Virginie Millot veut réellement respecter la volonté de son frère, tenta Tellier sans conviction.

— Vu le personnage, j'y crois moyen, fit Romano. Et si elle peut renier ses convictions religieuses pour ramasser deux cent cinquante mille euros, pas exclu qu'elle ait descendu son frère pour le triple. Un mobile plus crédible que de se bouffer le nez pour débrancher ou pas la vieille mère – moins original mais plus crédible. Appelez la Banque de France pour savoir si elle n'a pas des problèmes financiers – si ça se trouve, elle se jette sur les jeux d'argent dès que les gamins sont à l'école.

On toqua à la porte et Romano reconnut immédiatement les coups déterminés de Martine.

– Je ne dérange pas, j'espère ? J'ai fait un kouign-aman : j'ai préféré vous en apporter avant que tout soit envolé !

– On n'aurait pas voulu manquer ça, répondit Tellier, tout sourire, en faisant passer l'assiette.

Malgré son envie d'attendre les compliments, Martine s'effaça discrètement.

– Super bon ! s'extasia Dubois.

– Une Provençale qui fait du kouign-aman, vous y croyez ? pesta Romano. Je n'ose pas imaginer le pourcentage de matière grasse ! Si ça continue, on va en crever.

– Ça ne doit pas être pire que la fricadelle, objecta Dubois.

Raisonneur, c'est bien ce qu'elle disait. Contrairement à elle, tous ses collaborateurs ne faisaient pas des demi-marathons pour éliminer.

– Martine fait beaucoup pour le moral de l'équipe, protesta Tellier, à son tour. Elle est toujours de bonne humeur et tout le monde l'adore.

Au moins, ils périraient gras mais contents.

– Vous savez de quoi est mort son mari ? demanda Romano d'un ton détaché.

– Renversé par un chauffard ivre, à quarante-huit ans, répondit Tellier, offensé.

– C'est déjà ça ! À l'occasion, vous pourriez peut-être lui parler pâtisserie vegan, l'air de rien ? Vous disiez l'autre jour que vos filles avaient fait des trucs délicieux.

– On verra, bougonna Tellier pour le principe – il ne pouvait rien refuser à sa cheffe.

– La piste Virginie Millot avance bien, bravo, félicita-t-elle après avoir englouti sa dernière bouchée. Et côté Laetitia Leroux, ça donne quoi ? Tellier, vous avez le nom de l'étudiante australienne ?
– J'ai laissé un message à l'assistant du département. Il a l'air d'aimer les ragots.
– Réessayez, on ne sait jamais. Il doit passer plus de temps à dégoiser dans les couloirs qu'à écouter ses messages.
Effectivement, l'assistant répondit aussitôt.
– Nous avons entendu parler d'une relation entre M. Véran et une étudiante australienne, pendant son dernier séminaire, exposa Tellier. Ça vous dit quelque chose ?
– Moi, vous savez, je ne me mêle pas des affaires des autres, répondit l'assistant avec un gloussement ravi.
Pour une fois que quelqu'un s'intéressait vraiment à ses ragots, il faisait durer le plaisir.
– Vous avez peut-être entendu des rumeurs ?
– S'il fallait croire tout ce qu'on entend ! M. Véran ne venait que deux semaines par an mais je l'appréciais beaucoup. Contrairement à la plupart des enseignants-chercheurs, il ne prenait pas le petit personnel de haut. Il m'appelait par mon prénom : certains travaillent ici depuis vingt ans et ne savent pas toujours pas qui je suis. Alors, ce qu'il faisait ou pas avec les étudiantes, ça m'est égal.
Romano s'empara du téléphone de Tellier. Les petites phrases à double sens, elle en avait sa claque.
– Commissaire Romano. Si vous ne coopérez pas, je vous convoque au commissariat. Comment s'appelait l'étudiante et que savez-vous sur cette histoire ?
– Joan Fisher, université de Wellington, Nouvelle-Zélande, en L3 pour un semestre d'échange. Elle est repartie en janvier sans valider ses unités de valeur. Une collègue

les a rencontrés à Bruxelles – ils étaient dans le même hôtel. Je n'en sais pas plus.

Romano se demanda si la collègue en question était celle qu'ils avaient croisée dans le bureau de l'assistant, et qui beuglait à tout vent ses ragots sur les professeurs de langues anciennes. Si Véran et sa belle étaient tombés sur elle, ils n'avaient aucune chance.

– Une étudiante australienne, ça ne vous dit rien ?
– On n'a pas d'échange avec l'Australie, ça paraît difficile.

Romano salua du bout des lèvres.

– C'est sûrement elle, remarqua-t-elle après avoir raccroché. Nouvelle-Zélande et Australie, c'est pareil.
– Pareil ? s'offusqua Tellier. La Grèce et la Norvège, vous diriez que c'est pareil ? Laetitia Leroux parlait peut-être d'une autre étudiante.
– Laetitia Leroux est nulle en dates, peut-être aussi en géographie. Appelez-la quand même, on en aura le cœur net.

La sociologue était hors d'haleine – sans doute en plein jogging.

– Nouvelle-Zélande, vous dites ?

Elle s'interrompit pour respirer.

– Possible, haleta-t-elle enfin, la géographie n'est pas mon fort.

Et voilà, ça se confirmait. Pas très brillant pour une professeure d'université.

– Ce qui est sûr, c'est qu'elle a planté ses examens, conclut-elle avec une certaine jubilation, toujours essoufflée.
– Tout va bien ? demanda Romano.

Il n'aurait plus manqué qu'elle aussi fasse un faux infarctus, ou même un vrai.

– Oui oui, ça va ! Mon neveu a eu l'appendicite, je suis à l'hôpital. Il est au douzième étage et je ne prends pas l'ascenseur.

Tellier et Romano échangèrent un regard. Ils pensaient la même chose.

— Vous êtes claustrophobe ?

— Je n'ai pas pris un métro ni un ascenseur depuis mes quinze ans. La claustrophobie touche environ sept pour cent de la population, beaucoup plus chez les hypersensibles.

Romano ne l'aurait pas rangée spontanément dans cette catégorie, le monde est plein de surprises.

— Mais les humains développent d'excellentes stratégies d'adaptation aux contraintes, reprit Laetitia Leroux, même si ça complexifie parfois les choses.

En l'occurrence, cela les simplifiait plutôt, pour elle comme pour eux. Si elle ne prenait pas l'ascenseur, elle n'avait pas pu accéder à la passerelle de commande. Ni, par conséquent, déplacer le scotch fatidique.

27

— Exit l'ex ! conclut Romano, amusée que Laetitia Leroux se soit innocentée sans le vouloir.
— Du coup, je parierais sur la sœur, commenta Dubois. Le fric, on en revient toujours là !

Romano hocha la tête. Une chose était claire : Virginie Millot les avait assez baladés. Il était temps qu'elle les prenne au sérieux.

— On la met en garde à vue, ça ne peut pas faire de mal, annonça-t-elle en se levant.
— Vous ne voulez pas y aller maintenant ? s'étonna Tellier.
— Pourquoi pas ?
— Il est midi, on ne va pas l'embarquer devant ses enfants !

Son adjoint la regardait d'un air scandalisé. Elle se souvint de son portrait peu flatteur de Virginie Millot après leur première rencontre – une fois n'est pas coutume. Tout à sa volonté de protéger les petits, il en oubliait son antipathie pour la sœur de Véran. Il aurait fait pareil pour épargner la progéniture d'un serial killer.

— Ses enfants, à mon avis, elle les fourgue à la cantoche. Mais si vous préférez, je vous invite à déjeuner d'abord. J'ai un endroit qui devrait vous plaire.

Ils la suivirent jusqu'aux halles de Wazemmes toutes proches, sans poser de questions. Tellier avait l'air tendu

– sûrement l'idée d'arrêter une mère de famille. Quant à Clément et Dubois, ils comparaient avec passion les otites de leurs filles – elle préférait quand ils parlaient bière belge.

– La mienne, se vantait Dubois, c'est pire. Même l'Augmentin ne lui fait plus d'effet !

– Elle en a souvent ? intervint Romano avec une inquiétude non feinte.

En matière d'absences pour enfant malade, elle n'avait jamais imaginé que le nouveau venu puisse égaler Clément – même si, bien entendu, elle était fière que les hommes de son équipe ne délèguent pas les fièvres et vomis à leur femme.

– De novembre à avril, elle n'arrête pas ! répondit Dubois, guilleret, confirmant ses pires craintes.

À cette heure-ci, le célèbre marché couvert était bondé. Un mélange de Lillois et de touristes reconnaissables à leur sac à dos et, parfois, au guide qu'ils tenaient à la main. Ils rejoignirent la partie des halles où l'on pouvait déjeuner sur de grandes tables, façon cantine – déjà, les places étaient chères. Le nouveau stand était bien là, tout pimpant, entre un traiteur asiatique et une épicerie équitable. *Éleveur bio – spécialiste de la fricadelle artisanale*. Consciente que le seul adjectif *artisanal* ne suffirait pas à vaincre la résistance de son adjoint, Romano dégaina son téléphone pour lire à voix haute.

– *Grégory Delassus, le sauveur de la fricadelle. Après vingt ans d'élevage biologique, l'agriculteur des Flandres franchit une nouvelle étape en fabriquant des fricadelles à partir de ses propres bêtes. Composées exclusivement de viande de sa production, ces dernières cochent toutes les cases : label bio, circuit court, respect des animaux, commerce équitable. Ainsi, les Lillois pourront enfin déguster cette spécialité locale en toute bonne conscience.* Bonne conscience, Tellier ! Vous entendez ça ? C'est *La Voix du Nord* qui le dit ! En sauvant la fricadelle, Grégory Delassus nous sauve aussi !

Elle prit place dans la queue pendant que Dubois et Clément s'installaient à une table. Tellier jugea prudent de l'accompagner.

— La graisse de bœuf, c'est aussi vous qui la fabriquez ?

— Bien sûr ! répondit le héros d'un ton joyeux — il devait avoir l'habitude des interrogatoires serrés des bobos du quartier.

— Bravo pour votre action ! s'exclama Romano d'un ton solennel, en lui tendant la main par-dessus le comptoir.

Cinq minutes après, tout le monde bâfrait en silence. C'était bon, et même très bon.

— On ne sent pas trop le manque d'additifs, se réjouit Romano, agréablement surprise.

— Pas meilleur que la version industrielle mais différent, approuva Dubois, qui ne voulait pas se faire d'ennemis.

Avec tout ça, il était 14 heures passées lorsque Romano et Tellier garèrent la Clio devant l'immeuble de Virginie Millot. Ils n'avaient pas prévenu mais elle était là.

Comme pour leur compliquer la tâche, elle les accueillit avec un vaste sourire. Elle portait le même genre de tenue que la dernière fois, dans une version complémentaire : pull beige et pantalon marron, tout aussi moches et increvables.

— Vous avez du nouveau ? attaqua-t-elle sans leur laisser en placer une.

Romano ne put s'empêcher d'admirer son sang-froid.

— Vous êtes en garde à vue, le capitaine va vous lire vos droits.

— En garde à vue, moi ?

Elle s'effondra sur une chaise à la tapisserie décolorée, qui parut sur le point de s'effondrer aussi — ce devait être du vrai ancien. Puis regarda Tellier lui faire la lecture comme s'il parlait chinois. Si elle jouait la comédie, elle était presque aussi douée que son frère.

Romano en profita pour jeter un regard circulaire dans le salon. Dans un carton posé à même le sol, des livres anciens avaient été entassés sans soin particulier. De sa chaise, Romano put lire un titre sur le dessus de la pile. *Électre*.

– Et les enfants ? demanda Virginie Millot, sortant de sa torpeur. Qui va aller les chercher à l'école ?

Pour le coup, Romano aurait juré que son inquiétude était réelle – comme quoi, on peut nourrir ses gosses à la pizza surgelée sans leur vouloir de mal.

– Vous avez droit à un coup de fil. À vous de vous organiser.

La sœur de Véran attrapa son portable sur la table du salon et avala sa salive.

– Bonjour chéri, commença-t-elle d'une voix ferme, j'ai un empêchement pour récupérer les enfants, rien de grave, je t'expliquerai. Il faudrait que tu sois à l'école à 16 h 30 ou que tu t'organises avec Emma ou Clara. À tout à l'heure.

En réalité, elle n'avait rien d'un plat de nouilles.

– Christophe a eu un infarctus l'an dernier, je dois le ménager, expliqua-t-elle d'un air de défi.

Elle se leva et enfila son manteau, avec la dignité d'une martyre cheminant vers l'arène.

Avec sa tenue morne et son teint rendu blafard par les maigres néons de la petite pièce aveugle, Virginie Millot semblait éteinte. Son dernier coup d'éclat avait consisté à refuser un avocat, elle aussi. Depuis, elle ne fanfaronnait plus du tout.

– Le 22 avril entre 18 heures et 20 heures, vous avez prétendu être à l'hôpital pour voir votre mère. Or, les visites étaient interdites dans le service suite à un cas de varicelle. Autrement dit, votre alibi est bidon – jamais bon, l'alibi bidon.

La suspecte regardait fixement la table, l'air buté.

— Côté mobile, on est servis, poursuivit Romano. En plus du désaccord sur la fin de vie de votre mère, il y a le million à récupérer sur les bouquins de votre frère – dommage de laisser ça dormir sur une étagère.

La sœur de Véran releva enfin la tête.

— Je n'avais aucune idée de la valeur de ces livres, protesta-t-elle avec énergie.

— Vous les avez embarqués alors que vous n'avez touché à rien d'autre. Valeur sentimentale, j'imagine ? Ou alors vous parlez grec ancien, vous aussi ?

— Assassiner mon frère pour quelques bouquins ? Alors que mon mari gagne très bien sa vie ?

— Le suspect numéro 1 a été disculpé, les suivants aussi. Ça marche un peu comme une liste d'attente.

— Alors il faudra passer à la personne d'après ! Je suis innocente, je peux le prouver.

Romano et Tellier échangèrent un bref regard. La déclaration avait un bel accent de vérité. Mais elle fut suivie d'un silence buté – un remake de l'interrogatoire de Max Boyer.

— J'attends, fit Romano d'un ton sec.

— Si vous avez un alibi, il faut le donner, reprit Tellier avec douceur, même si cela vous oblige à nous confier des choses désagréables.

— Réfléchissez, fit Romano, nous, on va se dégourdir les jambes.

Une fois dans le couloir, ils échangèrent leurs impressions. Cela semblait être du solide.

— Et du lourd, compléta Romano. Je me demande avec qui elle couche. Après Boyer qui fraye avec le préfet, il faut s'attendre à tout.

— Ça ou tout autre chose, nuança Tellier.

— Les cathos sont comme les hellénistes, de chauds lapins – regardez mon beau-frère ! La menace de l'enfer doit être un bon aphrodisiaque, dommage de rater ça.

— Je suis sûr qu'elle va parler, affirma Tellier, ne serait-ce que pour ses enfants.

En entendant la porte s'ouvrir, Virginie Millot leva les yeux d'un air résolu.

— Le 22 avril, de 18 heures à 20 h 30, j'assistais à une réunion d'une association féministe.

— Pourquoi ne pas l'avoir dit tout de suite ? demanda Tellier, soulagé.

— Quelle association, où ça ? intervint Romano.

— Les Nouvelles Amazones, au Café de la paix. J'ai quatre témoins.

Une sacrée réac : Laetitia Leroux avait vu juste. Romano avait lu un article de l'Observatoire des radicalités politiques sur ce groupuscule. Sous couvert de féminisme, il appartenait à l'extrême droite la plus radicale.

— Des féministes, ça ? Qu'est-ce qu'il faut pas entendre ! Vous n'avez pas mieux, comme témoins !

— Des pharmaciennes et des juristes, ça ne vous convient pas ?

Heureusement que Clément n'était pas là. Son amour du notable en aurait pris un coup.

— Elle ne sent pas bon, votre association, reprit Romano. Et vu le temps qu'il vous a fallu pour cracher le morceau, on dirait que vous avez du mal à l'assumer.

— J'assume mais je respecte la mémoire de mon frère, qui n'avait pas les mêmes idées politiques.

– Depuis qu'il est mort, vous faites très attention à lui faire plaisir ! railla Romano.
– Sur certains sujets, il ne voulait rien entendre. Même quand ces personnes l'ont défendu contre ceux qui le traînaient dans la boue, il n'a eu aucune reconnaissance.
– Notez les noms de vos témoins, on va vérifier.

– Les Nouvelles Amazones, le ridicule ne tue pas ! s'exclama Romano en s'asseyant à son bureau. N'empêche que ces folledingues sont suivies de près par nos spécialistes de l'ultra-droite. Apparemment, la fondatrice parisienne, étudiante en pharmacie, essaye d'essaimer en province. Je ne savais pas qu'elles étaient implantées à Lille.

Tellier la regardait sans comprendre, l'air paumé.
– J'ai du mal à suivre. Ce sont des féministes ou des fachos ?
– Des fachos pur jus, avec un vague enrobage féministe. Regardez leur site, tout y est : du grand remplacement au fantasme des Noirs et Arabes violeurs de Blanches. Mais elles affichent d'abord la lutte contre les violences faites aux femmes – en réalité, la préservation de la femme blanche face à la menace des hommes « extra-européens ». Récemment, leur groupuscule a d'ailleurs protesté contre la dissolution de Génération identitaire, ça donne une idée.
– Comment l'extrême droite peut-elle se prétendre féministe alors qu'elle a toujours soutenu l'ordre patriarcal ! soupira Tellier – le sol s'ouvrait sous ses pieds.
– L'opportunisme politique n'a pas de limites, ce n'est pas nouveau. Le sujet des violences sur les femmes est à la mode, pourquoi se gêner ? Virginie Millot ferait mieux de vendre sa layette made in Philippines ou même de préparer des purées à ses gosses. Putain ! Je n'aurais jamais cru renvoyer une femme à ses fourneaux !

Comme le Café de la paix était équipé d'une caméra de surveillance, la vérification fut plus rapide que prévu. On voyait Virginie Millot y entrer à 18 h 32 et y rejoindre quatre jeunes femmes bien propres sur elles.

– Et voilà, soupira Romano, après Max Boyer et Laetitia Leroux, une innocente de plus ! On avait trop de suspects, maintenant on en manque. Il ne nous reste que l'extrême droite : la seule piste et donc la meilleure.

Elle se souvint avoir coloré la branche en question d'un orange pâlichon, un peu hâtivement.

– Vous savez pourquoi je n'y ai jamais cru ? demanda-t-elle à son adjoint, amère. Parce que ces « bas du front » auraient été incapables d'accomplir un crime aussi sophistiqué et de le mettre sur le dos d'un autre.

– Je pensais comme vous, la consola Tellier.

– C'est tellement rassurant de voir l'extrême droite comme un ramassis de crétins congénitaux ! Seulement, ce n'est pas vrai. Les crétins, il y en a un paquet : l'auteur du tweet qui voyait le théâtre grec comme le *fondement clé de la civilisation*, les électeurs de Trump, les gros bras assis à la conférence de Sénécal. Mais il y a aussi Heidegger et bien d'autres. Prendre ses rêves pour la réalité, ce n'est pas malin !

Tellier hocha la tête en silence, abattu.

– Fichez-la dehors, soupira Romano. Elle sera à l'heure pour récupérer ses gamins et leur faire leurs tartines de Nutella – ou leur donner leurs tartines de Nutella préenduites, ça doit bien exister. Ensuite, filez vous changer les idées !

28

Avant de rentrer dans son immeuble, Romano ouvrit le sachet de pastilles de menthe qu'elle venait d'acheter et en enfourna une poignée. Ce qui était idiot : on ne sent pas la menthe en rentrant d'un jogging. À sa décharge, son mensonge n'était pas prémédité. Quand elle avait annoncé à Damien qu'elle partait courir, elle était sincère. Depuis leur rencontre, elle s'était mise aux footings dehors. Elle appréciait moins de s'entraîner sur son fidèle tapis de course en sachant son compagnon dans la pièce d'à côté. Et comme il détestait courir, soi-disant à cause de sa jambe, il ne risquait pas de l'accompagner.

Mais une fois dans la rue, elle était tombée en arrêt devant le premier bistro. Et s'était pris un verre, puis une cuite, comme ça, sans raison. Peut-être par ras-le-bol de la routine ou envie de liberté. La vie à deux impliquait de rendre des comptes, par définition. Même si l'autre était gentil et compréhensif, il fallait dire où on allait et d'où on revenait. D'où ces pastilles de menthe ridicules. Et maintenant, elle allait retrouver Damien aux fourneaux, tout sifflotant, parfait, et étonnamment sexy, derrière son tablier. Il était peut-être là, son défaut : jamais un faux pas, jamais un excès.

Elle eut du mal à engager la clé dans la serrure : la margarita, elle avait perdu l'habitude. Damien n'était pas aux fourneaux mais sur le canapé, extatique, avec un Ruru tout aussi extatique sur les genoux. Le matin même, elle lui avait conseillé de lui donner à manger, sans dire d'où venait l'idée. Il avait haussé les épaules mais la journée avait dû porter conseil. Un grand bol vide, à ses pieds, montrait qu'il était passé à l'acte. Ruru était facile à corrompre, elle s'y attendait.

Par une curieuse association d'idées, elle repensa à la fille de Damien. Il n'y avait aucune raison de ne pas la rencontrer. Après tout, elle s'accommodait d'un chef couard et grincheux, d'un collaborateur idiot, de tueurs sadiques. Aucune raison qu'elle ne supporte pas une étudiante en sociologie de dix-neuf ans.

— On dirait que l'opération croquettes a été un succès, se félicita-t-elle en se penchant pour embrasser Damien.

Une voix derrière son dos la fit sursauter.

— J'ai pas trouvé le comté mais j'ai trouvé ça.

Tellier débarquait de la cuisine, un camembert à la main. Qu'est-ce qu'il fichait là ? Il avait l'élocution approximative et le pas hésitant. Elle ne l'avait jamais vu comme ça.

Alors seulement, elle remarqua que Damien n'était pas beaucoup mieux. Tout émue par le tableau de sa réconciliation avec Ruru, elle n'avait pas noté son regard vide.

— Camembert au lait cru, s'il vous plaît ! beugla son compagnon en levant un index emphatique mais hésitant. Ma grand-mère était normande, toujours du lait cru ! Voyez capitaine, ça s'appelle la loyauté familiale !

— La loyauté familiale, c'est sacré ! approuva Tellier en se laissant tomber dans son fauteuil ergonomique.

Vu son état à elle, il fallait qu'ils soient bien amochés pour qu'elle s'en rende compte.

— Commissaire ! s'exclama son adjoint en la voyant. Bougez pas, je vais vous chercher un verre.

— J'y serais bien allé mais je ne voudrais pas déranger Ruru. Merci beaucoup, capitaine ! s'émut Damien, comme si Tellier venait de lui sauver la vie.

Comme pour le contredire, Ruru sauta de ses genoux pour se frotter dans les jambes de Romano. Quand même. Tellier était déjà de retour, une grande tasse à la main.

— Pas de chichis entre amis !

De nouveau, il s'effondra sur le fauteuil ergonomique, déclenchant depuis l'accoudoir un programme de massage du dos sans paraître s'en rendre compte. De les voir comme ça, elle avait dessoûlé.

— Vous êtes passé à l'improviste ?

— J'étais à la librairie d'à côté pour le cadeau d'anniversaire de Rose et je suis tombé là-dessus. C'était le destin, je vous l'ai pris.

Ça, c'était un essai intitulé *Beauvoir, figure fondatrice du féminisme*. Il n'avait pas lâché l'affaire, il fallait s'y attendre.

— Elle est pas con comme un bouc, vous pouvez pas dire ça ! s'exclama-t-il avec de grands mouvements de tête.

— C'est gentil, en tout cas.

— Damien a voulu que je vous attende, et il m'a offert l'apéritif, et voilà. Il est fameux, le chablis !

Damien la regardait d'un air énamouré, ou plutôt béat.

— J'ai failli t'appeler mais j'ai pas voulu t'embêter pendant ton jogging. Comme ça, au moins, on a fait connaissance.

— Le jogging, c'est sacré ! Il est gentil, Damien, beugla Tellier.

Une belle amitié d'ivrognes. Au moins, ils ne poseraient pas de questions sur sa course.

— Mais attention, commissaire, on travaille ! reprit Tellier en coupant le camembert en trois parts notoirement inégales, d'une main hésitante.

Il leva son couteau dans les airs pour appuyer sa déclaration. Heureusement, ce n'était pas un bon couteau.

— Il paraît que vous cherchez un nazillon intelligent, j'en ai trouvé un ! Tu arrives pile poil ! s'exclama fièrement Damien.

— Et le Max, et l'ex, et la sœur : tous innocents, dis donc ! égrenait Tellier en comptant sur ses doigts. On pédalait dans la semoule et voilà, Damien a trouvé un nazillon intelligent ! Et maintenant, il va nous dire qui c'est.

Romano hocha la tête, surprise que Tellier ait parlé de l'enquête.

— Tout de suite ! s'exclama Damien en se levant. Mais d'abord, je vais chercher le comté.

Sa démarche était encore plus spectaculaire que son élocution. Lui non plus, elle ne l'avait jamais vu comme ça. Ces deux types complètement torchés n'étaient pas exactement la *dream team* pour les sortir de l'impasse. Mais sait-on jamais ? Les avancées venaient parfois de directions inattendues : voir le syndrome de Clément.

— Hugo Berthin, vingt-huit ans ! s'exclama Damien en levant un index triomphant. Il a pondu un magnifique papier de soutien à Véran, qui l'a traité de débile pour le remercier. Ça n'a pas dû lui plaire ! Lui, au moins, il n'est pas bas du front !

— Bertin ? glapit Tellier, stupéfait. Bertin ??? Vous voulez dire…

Romano lui coupa la parole avant qu'il ne s'emballe.

— Berthin avec un *h*.

29

Romano ôta les pieds de son bureau – la position n'était pas adaptée au *mea culpa* qui s'imposait. Puis elle avala son deuxième Doliprane depuis le réveil et regarda ses collègues d'un air contrit.

— Depuis le début, je n'ai pas pris la piste de l'extrême droite assez au sérieux. C'est bien beau de les traiter de crétins mais il y a aussi des petits malins dans leurs rangs.

— C'était un peu… commença Dubois.

— Naïf, coupa précipitamment Tellier, malgré une gueule de bois au moins égale à la sienne.

À 7 heures du matin, il lui avait envoyé un long SMS d'excuses pour son comportement de la veille. Il était désolé s'il avait manqué de professionnalisme et dit des choses inappropriées – car à vrai dire, avait-il ajouté, ses souvenirs de la soirée étaient flous. Elle avait répondu par un pouce levé : sacré Tellier !

Elle regretta qu'il n'ait pas laissé son collègue terminer sa phrase : elle ne saurait jamais quel adjectif Dubois aurait choisi. Pour elle, en tout cas, il n'y avait pas à hésiter. C'était un peu con, et même très con. Au point qu'elle n'en avait pas dormi de la nuit. La bonne nouvelle, dans tout ça, c'est que le nom lâché par Damien bourré n'était pas sans intérêt. Après le blocus du théâtre, Berthin avait effectivement publié un post dans lequel il fustigeait avec brio les dérives des décolonialistes. La réplique insultante de Mathieu Véran avait dû lui faire mal au ventre.

Elle s'était étonnée que ce papier lui ait échappé, puis s'était souvenue de sa discussion énervée avec Tellier, qui trouvait suspect que Véran ait reçu le soutien de l'extrême droite. Du coup, elle n'avait pas creusé davantage et en était restée aux tweets lamentables et bourrés de fautes d'orthographe.

– Parmi les plus futés, reprit-elle, on a repéré Hugo Berthin, avec un *h*, au bureau du RN. Il s'est fait connaître l'an dernier en dénonçant un candidat aux municipales qui cramait des bagnoles pour mieux hurler à l'insécurité. Une sombre histoire dans laquelle Berthin a joliment tiré son épingle du jeu, en déplorant avec des trémolos cet acte isolé qui ne devait pas entacher la respectabilité du parti.

– Il est resté sur le même créneau depuis, approuva Dubois. Il s'agite partout pour rendre son équipe de fachos un peu plus clean. Et il est bon.

Tellier reposa bruyamment sa tasse sur le bureau – pour se remettre les neurones en place, il avait dû avaler un litre de café au moins.

– Quand Véran a répliqué que c'était « dur d'être aimé par des cons », il n'a pas dû apprécier, soupira-t-il, surtout après ses efforts pour redorer leur blason.

– On a rendez-vous avec une spécialiste de l'ultra-droite pour avoir son avis, et d'autres noms peut-être. En attendant, mettons que Berthin ait eu la rage et l'intelligence suffisantes pour tuer Véran et orchestrer la culpabilité de Boyer. Encore faudrait-il qu'il ait eu les moyens d'agir.

– Côté alibi, observa Tellier, ça ne se présente pas trop mal – pour nous, pas pour lui. Il a eu un fils cinq jours avant le meurtre et annoncé sur Twitter qu'il prenait son congé de paternité pour aider son épouse.

— Au moins, c'est un bon mari, admira Clément.
— En tout cas, s'il hibernait pour changer les couches, il n'était pas sur une tribune ou dans une salle des fêtes. Moins facile à prouver.
— Dans un sens, je préférerais que Véran ait été assassiné par l'extrême droite que par des antiracistes, soupira Tellier.
— Et si on arrêtait avec nos états d'âme personnels ? fit Romano, acerbe. On a assez merdé comme ça, non ? Voyons plutôt si ce scénario tient la route. Dubois, faites-nous un petit récapitulatif des événements vus sous cet angle.

Devant l'air boudeur de Clément, elle se fendit d'un clin d'œil. L'adjudant fut convaincu que c'était un moyen de tester le nouveau et son visage s'éclaira.

— Après le blocus du théâtre, commença Dubois, différents représentants d'extrême droite, dont Berthin, soutiennent Véran sur les réseaux sociaux. Au lieu de les remercier, le metteur en scène les traite de nazillons demeurés : Berthin a la haine. Sept mois plus tard, il apprend que la pièce va être jouée devant du beau monde. Il décide de descendre Véran pour le punir de s'être foutu de leur gueule, et au passage faire accuser Max Boyer, qu'il déteste. Pour ça, il envoie à Véran une lettre de menaces en se débrouillant pour qu'elle arrive trop tard. Et il plante sur le lieu du crime des fibres prélevées sur le pull de Max Boyer. Quand il apprend la libération de Boyer, il envoie une nouvelle lettre de menaces, cette fois à Sénécal, pour relancer la piste décolonialiste, mal barrée. En parallèle, trois militants de base cons comme des boucs se pointent à la conférence de Sénécal, qui fait sa chochotte en les voyant.

Tellier et Clément regardaient leur collègue, admiratifs.
— Ça colle plutôt bien, approuva Romano. Mais côté pratique, Berthin avait-il les moyens de passer à l'acte ?

Elle s'approcha du tableau avec un marqueur. Voyant que Clément ne disait rien, Tellier se lança.

– Une fois décidé à tuer Véran, Berthin profite des portes ouvertes pour visiter le théâtre et chercher un moyen d'agir. Grâce aux explications du cintrier, il comprend qu'il suffit de déplacer un morceau de scotch : inespéré !

– Pour savoir que le bateau du décor descendrait pile au-dessus de la tête de Véran, il a aussi dû assister à une répétition, intervint Dubois.

Romano, qui notait, se retourna avec une moue.

– Et là, ça se complique. Il y a eu des répétitions publiques en septembre, avant l'annulation de la représentation. Mais Berthin n'avait alors aucune raison de s'intéresser à un obscur spectacle de province. La deuxième série de répétitions, qui a commencé il y a un mois, n'était pas ouverte au public.

– Internet ? suggéra Dubois. Quelqu'un a pu filmer une répétition et mettre des extraits en ligne.

Déjà, Romano attrapait son téléphone. Bingo, elle trouva un unique extrait vidéo daté du 8 septembre, la veille du blocus du théâtre. Huit minutes et vingt-cinq secondes sur une pièce d'une heure et demie : pas sûr que la descente du bateau y soit. Mais comme l'avait souligné le fils Martel, la tirade sur le droit d'exil était un temps fort.

Elle rejoignit ses collègues de l'autre côté du bureau et prit son téléphone à bout de bras, pour que tous puissent voir les images. En entendant la voix profonde de Mathieu Véran, elle ressentit une impression de gâchis inhabituelle. Le monde était injuste, autant s'y faire ; mais que cet homme généreux et doué ne monte plus jamais sur scène, c'était bien dommage. « *Mes filles, il faut qu'aux Argiens, vous offriez prières, sacrifices et libations, comme à des dieux de l'Olympe ; car sans se partager, tous ont été nos sauveurs.* » Elle crut reconnaître le début de la tirade pendant laquelle le comédien avait été assassiné. Comme lors de la représentation, le roi Danaos s'interrompit après quelques phrases, pour se figer. « *Quand il s'agit d'un étranger, chacun tient prêts des mots méchants, et rien ne vient plus vite aux lèvres qu'un propos salissant.* » La fameuse citation : le bateau allait apparaître. Mais déjà, le comédien enchaînait. « *Je vous invite donc à ne pas me couvrir de honte.* » Pas de bateau. Romano passa la suite en accéléré. Le décor restait inchangé.

— Je ne comprends pas, soupira-t-elle en reposant son portable. Léo Martel m'a assuré que Véran avait eu l'idée d'intégrer cet *Exodus* tombant du ciel dès la première répétition. Il aurait menti ?

Un silence de plomb s'abattit sur eux. Le fils du légiste aurait été mêlé à cette histoire ?

— Léo Martel était avec les autres, à la fameuse séance de méditation en famille, un sacré alibi, remarqua Dubois.

— On a dû louper un truc, soupira Romano. Faisons une pause, ça nous éclaircira les idées.

— Vous désirez ? fit la nouvelle serveuse du Macchiato d'un ton rogue.

Qu'elle n'ait pas mémorisé leur commande habituelle, mettons – pas évident vu le nombre de combinaisons de laits, de tailles et de parfums infects. Mais leur aboyer dessus ? Elle lança un regard de pimbêche sur le pull feutré de Tellier, qui semblait être du huit ans. Romano se demanda si elle avait reçu des instructions ou si elle agissait seule. Quoi qu'il en soit, il n'était pas question qu'ils passent de VIP à parias.

— Vous nous parlez gentiment ou j'envoie la répression des fraudes. Prévenez votre chef.

Le patron débarquait justement de la cuisine, inquiet.

— Elle est pas bien aimable, votre nouvelle recrue, lança Romano avec aigreur.

Tellier et Dubois la regardèrent d'un sale œil, outrés qu'elle critique une employée devant son chef. Seul Clément semblait approuver – Clément approuvait toujours.

– Au temps du Bar des amis, au moins, on était bien accueillis.

Le patron se raidit comme une bourgeoise à qui on aurait rappelé son passé de cocotte. Le coup avait porté.

– Madame la commissaire et ses collègues sont des habitués, on est aimable avec eux. Mets-leur un cookie, c'est pour moi.

La serveuse obéit d'un air vexé. Pour l'amabilité, il faudrait repasser. Elle sortit du bocal un unique biscuit et le patron leva les yeux au ciel.

– Un cookie chacun ! précisa-t-il. Ça me paraissait évident.

– On s'est mal compris, ça arrive, répliqua l'employée, du tac au tac – sacrée tête à claques.

Elle attrapa deux cookies supplémentaires au chocolat noir, sans même les faire choisir. Au moment où Romano allait exiger un échange, elle eut un déclic.

– Bien sûr qu'il n'a pas menti ! On s'est mal compris, nous aussi !

– Qui ça ? demanda Tellier.

– Le fils Martel ! chuchota-t-elle en se penchant vers son adjoint. Quand il parlait de la « première répétition », il voulait dire la première répétition après la reprogrammation de la pièce ! L'apparition du bateau de réfugiés était une réponse de Mathieu Véran aux accusations de racisme ! Ce qui veut dire que le meurtrier a assisté à la deuxième vague de répétitions, qui, elles, n'étaient pas publiques, ni visibles en ligne sur Internet. Ça change complètement la donne !

Elle se tourna vers Dubois et Clément.

– On y va !

– Du coup, c'est pour emporter ? demanda la serveuse, plus maussade que jamais.

– Exactement, et on est pressés.

30

Romano expliqua sa découverte aux deux adjudants qui l'écoutaient, bouche bée, sans même oser attaquer leur cookie ou leur *latte*. Une fois de plus, elle repensa à l'image de la pelote de laine chère à sa première patronne, juste après sa sortie de l'école de commissaires. Toute la difficulté, lui répétait-elle, est de trouver le bon fil à tirer. Cette fois-ci, il lui avait fallu un moment pour le repérer.

– J'appelle Léo Martel pour savoir s'il a vu Berthin, ou un autre individu suspect, à l'une ou l'autre des répétitions.

Le comédien était sur messagerie. Romano, fumasse, laissa un message lui demandant de rappeler d'urgence. Les choses s'accéléraient, elle voulait garder le rythme.

Pendant ce temps, Tellier avait réussi à joindre le cintrier.

– Le bateau a bien été ajouté lorsque la pièce a été reprogrammée, confirma-t-il après avoir raccroché. Ils ont récupéré une carcasse venue du canal et l'ont retapée en un temps record. Une prouesse, enfin si on peut dire.

Sans la prouesse en question, le crime n'aurait peut-être pas eu lieu.

– J'essaye Martel père, annonça Romano.

Le légiste décrocha immédiatement – l'avantage d'être dans ses petits papiers.

– J'ai une question pour ton fils, c'est important. Tu sais où il est ?
– Léo ? Désolé ma grande, il est majeur et vacciné ! Tu sais qu'il se marie cet été ? Comme quoi, mon exemple ne lui a pas appris grand-chose !
– Aucune idée d'où je pourrais le trouver ? insista Romano.
– Il est parti hier en lune de miel. C'est inhabituel de faire ça avant le mariage mais son fiancé a décroché une tournée en Belgique, ils ont dû inverser.
– Où ça, la lune de miel ?
Putain ! Même à lui, il fallait tirer les vers du nez.
– Pas moyen de lui faire dire ! Pas très loin, sûrement. Ils n'ont que trois jours et ne prennent pas l'avion. J'ai cru comprendre que c'était un truc genre « renouons avec la nature », où tu payes la peau du cul pour contempler une pâquerette en étant privé de wifi. Déconnexion plus lune de miel : ils ne veulent pas être emmerdés. Si tu le trouves, ne dis pas que tu m'as appelé !

En tapant « séjour déconnexion Hauts-de-France », Romano atterrit d'abord sur le site de « Campagne et Harmonie », dont la page d'accueil invitait à *venir se ressourcer en pleine nature pour remettre de l'essence dans le moteur*. La métaphore automobile n'était pas très heureuse : peu probable que le fils du légiste ait choisi de tels abrutis. Le site suivant proposait des séjours en roulotte en plein pays des Sept Vallées, pour *vivre dans une ambiance de western*. La référence à une période historique qui avait associé le massacre d'un peuple à un gigantesque écocide n'était pas non plus une trouvaille exceptionnelle pour promouvoir harmonie et retour à la nature. Romano imaginait mal le comédien hypersensible céder à un tel argumentaire.

Le troisième centre avait au moins le mérite de présenter un bla-bla inoffensif. « Divine Nature », lieu de ressourcement en pleine forêt de Mormal et à trente minutes de l'A1, permettait de retrouver le véritable sens de la vie et de reconnecter le corps et l'esprit grâce aux bienfaits infinis de la Nature généreuse et immémoriale. Quasiment mot pour mot la description du légiste.

— Nous ne sommes pas autorisés à communiquer le nom de nos clients, fit la jeune femme qui décrocha, d'un air pincé.

— Ah bon ? Et saboter une enquête criminelle, vous êtes autorisés ?

— Je vous passe la responsable.

La responsable, tout miel, assura aussitôt Romano de sa collaboration pleine et entière – c'en était presque louche, à se demander si ce truc n'était pas une secte.

— M. Martel est arrivé chez nous hier pour un séjour « Bien-être et enchantement ». Il a une expérience sensorielle méditative dans les bois à 14 heures, mais en attendant, il se ressource sans doute dans sa cabane.

— Comment on fait pour la trouver ?

— Cabane Cocon, première à gauche sur le sentier, deux cents mètres après l'accueil.

Romano se tourna vers Tellier.

— Allons-y, on va reconnecter, ça va être top.

— Je croyais que c'était un stage de déconnexion, objecta timidement Clément.

— Un, on déconnecte ; deux, on reconnecte. Logique.

— Putain que c'est beau ! s'exclama Romano en arrivant sur le parking. Vous connaissiez cette forêt ?

— Je suis venu quelquefois avec les filles. Un jour, on a vu un cerf.

Après la pluie du trajet, le soleil pointait enfin son nez, éclairant les bourgeons vert tendre. Pour parfaire le tableau champêtre, deux écureuils surgirent au pied d'un arbre et l'escaladèrent à vitesse supersonique, l'un derrière l'autre.

Le centre Divine Nature était fléché en lettres gothiques. Le panneau précisait qu'il s'agissait d'un « lieu d'équilibre et d'épanouissement ». Comme ces paillassons avertissant les visiteurs qu'ils entraient dans « la maison du bonheur ». Plutôt flippant, tout ça : dans ce domaine, Romano ne croyait pas à la méthode Coué.

– Vous savez que ma sœur, en ce moment, donne dans le chamanisme ? fit-elle en sortant de la Clio. Ceci dit, par rapport à ses précédentes lubies, il y a du progrès.

– Ce doit être passionnant ! s'extasia Tellier avec candeur.

Si Anne-Lise n'était pas retournée avec Jean-Gonzague, Romano l'aurait présentée à son adjoint. Ils auraient fait un sacré couple, tous les deux.

– À chaque fois qu'elle rentre d'un stage en yourte, elle me sermonne sur l'impérieuse nécessité de recréer un lien avec le Grand Tout. Je ricane, vous imaginez bien. Mais je suis ravie pour elle : au moins, ça lui permet d'être mal vue de sa belle-famille.

– Vous avez tort, soupira Tellier. La nature, nous en faisons partie. Bientôt, il nous faudra une appli pour distinguer un gland d'un marron.

Romano ne put que hocher la tête : difficile de ne pas être d'accord.

Comme expliqué sur le site Internet, il fallait finir à pied, par un sentier. Il y avait en tout et pour tout quatre voitures sur le parking – dont trois SUV ultra-polluants. Cette affaire n'attirait pas les foules, ce n'était d'ailleurs pas le but. Romano s'engagea sur le chemin, toute contente de voir des arbres. Ce truc de retour à la nature n'était peut-être pas si con.

Ils arrivèrent dans une petite clairière, où les gigantesques flaques d'eau laissées par les dernières pluies donnaient au paysage un air de déroute. Le terrain couvert de gadoue était une patinoire : ils avançaient à deux à l'heure.

Enfin, ils aperçurent le petit chalet qui faisait office d'accueil. Puis, un peu plus loin, une cabane perchée au milieu des arbres, tout droit sortie d'un livre de contes. Ils grimpèrent à l'échelle et toquèrent à la porte.

En reconnaissant la collègue de son père, le fils Martel eut l'air furieux.

– Où est-ce qu'il faut se planquer, pour avoir la paix ? Un monastère des Météores ?

– J'ai une petite question, ça prendra deux minutes.

– Tout va bien ? demanda une voix grave, de l'intérieur.

– C'est bon !

Le jeune homme s'était calmé, et résigné à répondre aux questions.

– Quand le Nouveau Théâtre a décidé de reprogrammer la pièce, combien y a-t-il eu de répétitions ?

– Cinq ou six, répondit le jeune homme après une courte réflexion. Céline n'était plus dispo pour le rôle du coryphée, il a fallu retravailler avec la nouvelle.

– Qui était présent ?

– Les comédiens et les techniciens, point barre. Parfois, l'un ou l'autre amène un copain curieux ou un débutant, pas cette fois. Mathieu était tendu, il voulait travailler tranquille.

– Quelqu'un aurait pu se glisser dans la salle sans que vous l'ayez remarqué ?

– Ça m'étonnerait. Après le blocus du théâtre, la direction a mis en place des contrôles à l'entrée. Ceci dit, il y a quand même eu quelques personnes à la générale, l'avant-veille de la représentation.

– Qui ? demanda Romano en sentant son cœur battre un peu plus vite.

– La directrice du théâtre et quelques journalistes : Philippe Boulet, de *La Voix du Nord*, une fille de chez Nova, un type de France Info et le gendre de la directrice, qui vient de lancer un blog culturel.

— C'est tout ? demanda Romano sans cacher sa déception. C'est peu, non, pour une répétition générale ?

— Certains comédiens avaient voulu inviter des amis, comme c'est la tradition, mais Mathieu a refusé. Il était vraiment stressé.

Ou peut-être avait-il peur, pensa-t-elle. Elle sortit la photo de Berthin.

— Et lui ?

Le jeune homme eut une moue dubitative.

— Prenez votre temps. Vous ne l'avez jamais vu, à la générale ou à une autre répétition ?

— Je ne crois pas, et je suis plutôt physionomiste.

Elle échangea avec Tellier un regard désappointé. Encore du sur place.

— Ah oui, reprit Léo Martel, il y avait aussi un officiel qui a dû arriver en retard, alors que la répétition avait commencé.

— La salle était dans le noir, alors ? Comment l'avez-vous repéré ?

— Cinq minutes avant la fin, au moment où Mathieu entrait en scène, un portable a sonné. Croyez-moi si vous voulez, le goujat qui avait oublié de l'éteindre a répondu à voix basse, au lieu de se faire tout petit — c'était le gendre blogueur. Mathieu s'est arrêté net. Il a fait allumer les lumières et lui a demandé de sortir. Cet imbécile a présenté ses excuses et la directrice en a fait des tonnes, elle aussi. C'est à ce moment-là que j'ai vu ce type, assis tout seul vers le milieu de la salle.

— Comment était-il ? demanda Tellier.

— Il était trop loin pour que je voie son visage mais j'ai tout de suite pensé à un officiel.

— Un officiel ? répéta Tellier. Qu'est-ce qui vous a fait penser ça ?

Le jeune homme fit une pause. Il fronçait les sourcils, concentré.

— Sa tenue, j'imagine. Les journalistes culturels donnent dans le décontracté branché, lui portait un costume. Il n'y a que les officiels pour mettre ça aujourd'hui. En tout cas, j'en aurais mis ma main au feu – le premier talent d'un comédien, c'est de savoir observer.

— Et dans son attitude, vous avez remarqué quelque chose ?

— Il regardait le bout de ses chaussures, encore plus gêné que le blogueur. Je me suis dit qu'il était censé être au boulot et qu'il voulait se faire petit.

— Vous ne savez pas qui il était ?

— Probablement un type de la DRAC. Ils viennent parfois traîner leurs guêtres jusque dans les coulisses. Comme ils distribuent les subventions, personne ne leur dit rien.

Si le fils Martel avait vu juste, ce ne serait pas difficile de l'identifier.

— Il n'est pas venu féliciter la troupe ou parler à la directrice, à la fin ?

— Quand on est revenu saluer, il était parti.

— Vous êtes certain de ne l'avoir jamais vu avant ? insista Tellier.

— Certain, mais je ne suis à Lille que depuis l'an dernier. En tout cas, il ressemblait vraiment à ces types qui grenouillent dans les cocktails.

— Merci ! Profitez bien de la marche sensorielle. Et faites gaffe de ne pas vous casser une jambe, c'est assez glissant.

— Je vous envie ! ajouta Tellier.

Le fils Martel adressa au capitaine un regard suspicieux, convaincu, bien à tort, qu'il se payait sa tête.

Sitôt en bas de l'échelle, Romano voulut appeler la directrice du théâtre pour faire confirmer l'identité des journalistes et tenter d'obtenir le nom de l'inconnu. Bien entendu, il n'y avait pas de réseau. Elle hésita à passer son coup de fil depuis l'accueil mais ils avaient aussi vite fait de rejoindre le parking.

Cinq minutes plus tard, ils quittaient la divine nature pour la civilisation. En souvenir de cette parenthèse enchantée, le pare-brise était orné d'une énorme crotte d'oiseau. Tellier la nettoya à grands coups d'essuie-glace pendant que Romano appelait la directrice. Elle aussi était sur messagerie.

– Commissaire Romano, rappelez-moi d'urgence ! ordonna-t-elle d'un ton sec.

Elle doubla le message vocal d'un SMS pas plus aimable.

– Et maintenant, on attend, comme des cons ! Espérons qu'elle n'est pas en stage de déconnexion, elle aussi !

Tellier se contenta prudemment de hocher la tête. Histoire de ne pas rester inactive, Romano appela Dubois pour lui demander d'interroger les journalistes cités par le fils Martel.

– On ne sait jamais, commenta-t-elle après avoir raccroché.

– J'espère surtout que la directrice pourra identifier l'officiel en question, répondit Tellier.

Il pensait comme elle : tout pointait vers ce type qui n'avait jamais été sur leurs radars. Et que rien, à ce stade, ne rattachait à aucun mobile politique ou familial.

Le téléphone de Tellier, posé dans la boîte à gants, sonna.

– Vous me dites qui appelle ? demanda-t-il.

En bon citoyen, il ne répondait jamais au volant.

– Louise. Vous voulez que je réponde ?

Romano avait croisé quelques fois l'ex-femme de son adjoint. Il lui était aussi arrivé de l'appeler pour qu'elle prenne soin de Tellier, quand il était trop affecté par une affaire – ces deux divorcés-là étaient plus proches que la plupart des couples mariés.

Louise voulait savoir si son ex serait bien à l'audition de harpe de Rose, qui commençait dans une demi-heure.
— Pas de problème, il y sera, répondit Romano sans même le consulter.
Déjà, elle allumait le gyrophare.
— Pas la peine de se précipiter, Rose passe dans les dernières, j'ai vérifié avec elle.
— Ne m'emmerdez pas, je ne suis pas d'humeur. Un petit entraînement vous fera du bien. Sinon, je conduis.
Tellier soupira pour la forme et appuya sur l'accélérateur. Malgré les files de poids lourds de toute l'Europe, il se débrouillait comme un chef. Ils arrivèrent devant le conservatoire avec une minute d'avance.
— Profitez du concert, on s'appelle après ! fit Romano en prenant sa place au volant.
À peine avait-elle redémarré que son téléphone vibra enfin. Fausse joie, ce n'était que Damien. Elle attendit quelques sonneries pour retrouver un semblant d'amabilité. Ne pas lui faire payer sa mauvaise humeur, enfin pas trop souvent.
— Désolé de te déranger, je suis en train de passer une commande en ligne. Pour les croquettes, je prends saumon ou bœuf ? Ruru préfère le poisson mais il paraît qu'il vaut mieux alterner.
Effectivement, cela justifiait largement de la déranger.
— Et si tu prenais un de chaque ?
Sacré sens de l'initiative ! Et dire qu'il s'occupait des relations internationales de la quatrième ville de France et avait six personnes sous ses ordres !
— OK, pas de soucis !
— Attends !
Elle venait d'avoir une illumination : sur les types qui grenouillaient dans les cocktails, Damien en connaissait un rayon.

– Est-ce que tu connais un officiel, par exemple de la DRAC, qui traîne souvent chez les théâtreux et pourrait assister à des répétitions au Nouveau Théâtre ?

Damien réfléchit quelques secondes.

– Ça pourrait être le conseiller théâtre, ce genre de truc fait partie de son boulot.

– Il s'appelle comment ?

– Amory de la Tulle, ça ne s'invente pas !

Le spectateur mystère avait un nom, l'hypothèse prenait corps. Elle sentit l'excitation la gagner.

– On dirait un énarque converti au bouddhisme, pas vraiment une tête de rigolo ! reprit Damien. Si tu découvres au passage qu'il fait des galipettes compromettantes, comme le préfet, ça m'intéresse !

Romano se raidit, fumasse que Tellier ait parlé de cette histoire. Il ne restait plus qu'à prendre la chose sur le ton de la plaisanterie.

– Tellier a dû vider ma cave entièrement pour en oublier la confidentialité de l'enquête !

Elle aurait mis sa main au feu que, même ivre mort, la conscience professionnelle de son adjoint serait inébranlable. Comme quoi ! Ne jamais croire qu'on connaît les gens complètement.

– Au moins, reprit-elle, il a eu des remords ! Ce matin, il m'a envoyé un SMS interminable pour s'excuser s'il avait dit des choses inappropriées hier soir.

– Faute avouée est à demi pardonnée ! La pièce de ce soir commence à 20 heures ; le temps d'aller à Maubeuge, il faudrait partir à 18 h 30. On se retrouve chez toi ? Et ne t'inquiète pas, je tiendrai ma langue !

Il valait mieux. Si Bertin apprenait qu'elle s'épanchait sur les coucheries des huiles locales, elle prendrait un savon.

31

D'après le GPS, il restait encore neuf minutes pour arriver au théâtre de Maubeuge : interminable. Romano regrettait de ne pas avoir annulé, tout bonnement.

S'il n'y avait pas eu Damien à côté d'elle, elle se serait défoulée en conduisant comme une brute : pour une fois, elle avait récupéré au commissariat une 605 flambant neuve, et non une Clio hors d'âge. Enfin, s'il n'y avait pas eu Damien, elle n'aurait pas été en route pour Maubeuge. Une heure de bagnole pour voir un truc qu'elle pressentait nullissime. Alors qu'elle avait franchement autre chose en tête.

La directrice du Nouveau Théâtre n'avait toujours pas rappelé mais l'hypothèse de Damien sur le mystérieux retardataire semblait la bonne. En tapant le nom d'Amory de la Tulle sur les réseaux sociaux, Romano avait reconnu la photo tout de suite. Le soir du meurtre, c'est lui qui était assis devant elle et saoulait la ministre, et tous ses voisins au passage, avec sa comparaison d'Eschyle et d'Euripide. Pas une tête de rigolo, en effet. Quant à savoir s'il avait une tête de meurtrier, elle avait appris depuis longtemps que cela n'existait pas. Drôle d'impression, rétrospectivement, en découvrant qu'elle avait passé la soirée du meurtre à un mètre de lui.

En interrogeant le directeur des Affaires culturelles, sous le sceau du secret, elle avait appris que la Tulle était en séminaire à Toulouse jusqu'au lendemain. Impossible pour elle de le rejoindre sur place : le dernier avion était déjà parti. Faute de mieux, elle avait appelé le commissaire de Toulouse pour demander une mise sous surveillance. Et maintenant, il fallait attendre. Et faire semblant d'être de bonne humeur.

– L'an dernier, j'ai vu une adaptation des *Bijoux de la Castafiore* par le même metteur en scène : génial ! souligna Damien, qui sentait ses ondes de frustration.

– En tout cas, ils ont bien choisi le nom de leur festival. « Courir à la catastrophe », ça donne envie !

Damien préféra s'abstenir de répondre et se contenta de mettre un album de Bowie – la voix de ce type lui avait toujours porté sur les nerfs. Elle respira un grand coup en essayant de lutter contre la mauvaise humeur. Quitte à attendre le lendemain, pourquoi pas le théâtre ?

– Et la pièce de ce soir, c'est quoi ?

– Une histoire d'adultère, peut-être un soupçon d'inceste.

– Rien que du classique ! Les histoires de galipettes, ça a fait ses preuves !

Elle s'arrêta net, troublée. Quelque chose la perturbait dans les phrases qu'ils venaient d'échanger. Mais quoi ?

– C'est une adaptation d'un film coréen primé dans plusieurs festivals, poursuivit Damien. Je voulais le voir mais il n'est resté à l'affiche que deux semaines.

– Dommage ! répondit-elle mécaniquement en essayant de se repasser leur dialogue.

– Le genre de chose qui me fait regretter Paris. Côté culturel, quoi qu'on dise, aucune ville ne lui arrive à la cheville.

La solution lui parvint dans un flash : le mot *galipettes* ! Dans leur conversation de l'après-midi, quand Damien avait fait allusion aux coucheries du préfet, il avait parlé de *galipettes compromettantes*, l'expression qu'elle avait notée sur sa carte mentale. Or, réalisait-elle maintenant, Tellier ne pouvait pas l'avoir redite à Damien, tout simplement parce qu'il ne la connaissait pas. Quand elle avait débarqué à Lille, c'est par cette expression bizarre que Clément, tout rougissant, lui avait fait part de la récente séparation du capitaine, qui se planquait dans les toilettes pour pleurer. Apparemment, avait expliqué l'adjudant, l'épouse Tellier faisait des *galipettes compromettantes* avec le voisin de palier. Romano avait adoré l'expression et l'utilisait parfois, pour elle-même. Mais par un respect idiot pour son adjoint, qui n'avait pourtant pas assisté à sa conversation avec Clément, elle était certaine de ne l'avoir jamais employée devant lui.

Où Damien avait-il trouvé cette expression ? Elle avait beau chercher, un seul endroit était possible : sa carte mentale. C'était en espionnant son schéma, et non par une confidence de Tellier, qu'il avait appris la relation du préfet avec Max Boyer. Comment ? Pourquoi ? Une trappe s'ouvrait sous ses pieds. Dans l'immédiat, il fallait se concentrer sur la conversation et ne rien laisser paraître.

– C'est quand même dingue, non, cette furie d'adaptation ? Des films, des bandes dessinées, des romans ! Les metteurs en scène ne pourraient pas monter des pièces de théâtre, de temps en temps ? Et encore ! Même là, ces ego démentiels ont besoin *d'adapter* ! *Le Malade imaginaire* en marionnettes, *Roméo et Juliette* en version nô, *La Mouette* en comédie musicale ! Jouer du théâtre au théâtre, tout simplement, ce serait pas si con ?

Damien lui posa une main conciliante sur la cuisse. Elle prit sur elle pour ne pas se dégager.

– Ce soir, on a droit à une étoile montante de la scène espagnole, ça devrait être super.

Comment avait-il pu accéder à sa carte mentale ? Son ordinateur était protégé par deux mots de passe choisis aléatoirement et il était nul en informatique. La réponse lui tomba dessus comme une évidence, sous la forme d'une image : Ruru, le poil hérissé, miaulant de panique sur l'étagère, et elle, ébahie, qui se demandait comment il avait pu grimper jusque-là. Damien avait dû le monter lui-même pour la faire accourir précipitamment en laissant son ordinateur en plan.

Restait maintenant le plus important : pourquoi tout ce bazar pour accéder à des informations sur l'enquête ? Est-ce qu'il s'intéressait à l'aspect politique ? À l'entendre, il était très proche du maire. Ou alors, il organisait des fuites auprès de la presse pour d'obscures manœuvres locales ? Il restait une autre hypothèse, bien plus simple. Elle sentit un frisson lui parcourir le dos.

— Joli, non ? demanda Damien en montrant du doigt une grande bâtisse en brique généreusement éclairée, sur leur gauche. À l'origine, c'était un ancien manège militaire : d'où cette architecture particulière, très plate. Leur programmation est une des meilleures de la région. Comme on est à deux pas de la frontière, il y a une vraie collaboration avec les Belges.

De fait, une grande banderole, sur la façade, proclamait le statut de *scène nationale transfrontalière* – une juxtaposition de termes inattendue.

— Un théâtre partagé par deux pays, ça ne doit pas être fréquent, approuva-t-elle en mode pilotage automatique.

Le soir du crime, il lui avait dit assister à une réunion sur le jumelage avec Turin, suivie d'un apéritif et d'un dîner. À vue de nez, il fallait bien une heure pour faire un aller-retour au Nouveau Théâtre depuis la mairie, et procéder au sabotage. Si c'était le cas, son absence avait dû être remarquée.

— 19 h 40, on a le temps de boire un verre, se félicita-t-il pendant qu'elle garait la voiture.

— Joli timing !

Son arme était juste là, à portée de main, mais elle ne pouvait la prendre sans éveiller les soupçons de Damien. Ou alors, revenir la chercher en prétextant avoir oublié quelque chose dans la voiture ? Avec la fouille des sacs, à l'entrée, elle serait obligée de la signaler au vigile – et à Damien par la même occasion. Elle jeta un dernier regard vers la boîte à gants et sortit de la voiture. Puis glissa tendrement son bras sous celui de son compagnon.

Sept ou huit personnes faisaient la queue à la buvette, en papotant allègrement. N'était-elle pas en train de se monter la tête avec cette idée démentielle ? Et d'abord, pourquoi Damien aurait-il fait ça ? Après ce défilé d'innocents aux mobiles bien fournis, elle se retrouvait avec un coupable probable, qui n'en avait pas – comme le conseiller théâtre, d'ailleurs. Berthin, la Tulle, et maintenant Damien ! Tout ça allait trop vite. Elle se sentait baladée d'un suspect à l'autre, comme une marionnette. Mais qui, sinon Damien, avait justement balancé le nom de Berthin ? Puis du conseiller de la DRAC ? Elle sentit la sueur lui dégouliner dans le dos.

– Tu me prends un verre de vin blanc ? demanda-t-elle. Je m'assois, je suis crevée.

Le cœur battant, elle tapa un SMS pour Tellier. *Urgent vérifier présence Damien soirée de jumelage du 22 avril. Si absence, m'attendre au théâtre de Maubeuge à 22 heures, avec Dubois et équipement. Me tenir au courant.*

Elle leva le nez en entendant des pas. Damien arrivait vers elle.

– Tu préfères mâcon ou riesling ?
– Mâcon, parfait, répondit-elle en rangeant son portable.

Ils trinquèrent en se regardant dans les yeux, comme il se doit. Romano lança la conversation sur leur futur week-end en Belgique. Courtrai ou Gand ? Damien entreprit un vibrant éloge d'Anvers, moins connu mais tout aussi intéressant. Anvers, très bien, pourquoi pas Anvers ? La sonnerie du théâtre indiqua qu'il était temps de rentrer dans la salle.

— Super places ! s'extasia Romano en découvrant leurs sièges au premier rang du balcon, pile en face de la scène.

Elle se plongea dans le programme. Maintenant qu'elle soupçonnait son mec d'être un meurtrier, lui faire la conversation était plus difficile. À chaque instant, elle espérait sentir vibrer son téléphone, dans sa poche, pour annoncer un message de son adjoint. Rien.

Pourquoi Damien aurait-il tué Véran ? Cette pièce-là manquait encore au puzzle. Le seul recoupement entre les deux hommes était leur passion pour le théâtre. Sans doute fallait-il chercher de ce côté-là. Du moins s'il se confirmait que Damien avait menti sur son emploi du temps à l'heure du crime.

Le rideau se leva sur un homme et une femme nus comme des vers qui s'engueulaient vertement, de part et d'autre d'une carcasse de voiture. Contrairement à ce que Damien lui avait annoncé, ce n'était pas en espagnol mais en catalan. Les surtitrages étaient illisibles.

Elle se tourna vers lui, avec une moue sceptique.

— Ça va s'arranger, murmura-t-il à son oreille.

Comme si le niveau sonore ne suffisait pas, des écrans géants descendus du ciel, ou plutôt des cintres, se mirent à projeter des images criardes de mangas coréens, accompagnées d'un genre de biniou — existait-il un biniou coréen ? Le couple s'était mis à danser le flamenco, pieds nus — ce qui rendait beaucoup moins bien. Les imprécations reprirent. Comme quoi, la musique n'adoucit pas toujours les mœurs.

Comment pouvait-on s'infliger un truc pareil ? Son histoire d'amour avec le théâtre n'aurait pas duré longtemps. Le jeune homme sur scène s'immobilisa d'un coup et entreprit d'arroser le public avec un pistolet à eau. Certains spectateurs, gênés, se mirent à rire nerveusement.

Cette fois, Damien lui tapota la main pour attirer son attention.
– Insupportable, non ? murmura-t-il. On y va ?
Elle éprouva du soulagement, pendant une fraction de seconde seulement. Ce départ prématuré n'entrait pas dans son plan. Mais elle avait un temps d'avance sur lui, c'était l'essentiel. Dans le hall du théâtre, ils dépassèrent une grande affiche *Courir à la catastrophe*, avec un tsunami en arrière-plan. Heureusement, elle n'était pas superstitieuse.
– Je ne m'attendais vraiment pas à ça ! répétait Damien d'un ton navré. Désolé !
– Ça arrive !
Tout en parlant, elle avait sorti son portable de sa poche, comme pour le rallumer – ce que fait tout un chacun en quittant une salle de spectacle. *On rentre chez moi*, écrivit-elle en vitesse à Tellier.
– Il y a un festival Shakespeare à Béthune dans quinze jours, je prendrai des places. On ne va pas rester sur un échec.
Ils arrivèrent sur le parking, qui s'était rempli entre-temps. Romano ne put s'empêcher de tâter le vide de sa veste, comme un amputé cherche un membre absent. Après avoir déverrouillé la 605, elle se mit au volant. Et entendit trop tard le clac de la boîte à gants.

32

Il avait su jouer la comédie à merveille, rien d'étonnant.
– Donne-moi ton téléphone ! ordonna-t-il en la menaçant de son arme de service, dont il s'était emparé.
– Qu'est-ce qui te prend ?
Elle avait pris une voix effarée. La règle d'or dans ce genre de situation : gagner du temps.
– Ton téléphone ! répéta-t-il d'une voix neutre qu'elle ne lui connaissait pas. Tout de suite.
Elle hésita un court instant, pesa le pour et le contre. La descendre là, en pleine ville, à cent mètres du parking ? Mais il n'y avait personne autour d'eux : les habitants de Maubeuge étaient à table ou devant leur télé. Surtout, le calme de sa voix était inquiétant. Le temps d'avance, c'est lui qui l'avait. Mieux valait obéir. Il prit le portable qu'elle lui tendait, ouvrit sa fenêtre sans la lâcher du regard et le balança.
– Tu mens depuis tout à l'heure, et mal ! reprit-il, glacial. Ça ne s'improvise pas, vois-tu, de jouer un rôle. Au rond-point à droite.
Le faire parler : pour le moment, elle n'avait pas de meilleure idée.
– Et tu as vu ça comment ?
– D'abord ce petit tressaillement quand j'ai posé la main sur ta cuisse, comme un recul involontaire. J'ai enclenché

l'alerte. Puis ton téléphone planqué en vitesse quand je suis revenu te faire choisir le vin – comme si je ne savais pas que tu avales indifféremment n'importe quelle piquette !

Enclencher la radio de la voiture ? L'avantage de conduire, c'est qu'il ne pouvait la réduire à l'immobilité. Le bouton était tout près du levier de vitesse, il ne le verrait pas forcément. Mais il l'entendrait tout de suite. Impossible.

– Pourquoi l'as-tu assassiné ?

Elle voulait gagner du temps mais aussi comprendre. Avoir eu le meurtrier sous les yeux tout ce temps, et dans son propre lit !

Damien gardait le silence. Elle sentait sur elle son regard froid – quelle métamorphose, après ces mois à roucouler. Faisait-il semblant depuis le début ? Leur relation faisait-elle partie de son plan ? Maintenant que sa culpabilité était chose sûre, elle était happée par un tourbillon de questions. Et comme emportée par l'ivresse des profondeurs : pas si désagréable. Arrête, s'ordonna-t-elle en se concentrant sur sa respiration. Il fallait revenir au présent. Et si possible sauver sa peau.

– À droite.

La Belgique était à une dizaine de kilomètres. À tous les coups, ils allaient là-bas. Bizarrement, les meurtriers étaient toujours convaincus que les frontières les mettaient à l'abri. Ou alors Damien pensait que les policiers belges étaient moins doués que leurs collègues français – un préjugé comme un autre.

– Tu l'as connu en faisant du théâtre, c'est ça ? Une rivalité amoureuse ?

Il ignorait sa question. Et ne prenait même pas la peine de la faire taire. Comme si elle n'était pas là. Dire qu'elle s'était moquée de son indécision ! Ne jamais croire qu'on connaît les gens complètement.

La nationale était déserte, la nuit noire. Pas de « clair de lune à Maubeuge » ce soir, pensa-t-elle bêtement. Pas d'étoiles non plus. Elle se demanda si c'était la pollution visuelle ou les nuages – comme si c'était le moment de se poser ce genre de questions.

– Continue tout droit.

Ils laissèrent la direction de Mons sur leur droite. Ils n'allaient pas vers la Belgique mais vers Valenciennes, Dieu sait pourquoi. Tout à coup, un panneau touristique surgit dans les phares pour annoncer la forêt de Mormal à huit kilomètres – *Venez vous ressourcer dans le plus grand massif forestier du Nord.* Évidemment. Le lieu que le fils Martel avait choisi pour son voyage de noces, elle allait y vivre ses derniers instants. Déjà, elle imaginait Damien à la télé, en veuf éploré. Avec son talent, il serait bouleversant dans le rôle.

Tout s'emboîtait de façon vertigineuse. D'abord, son absence à la représentation des *Suppliantes*, au dernier moment : il n'allait pas risquer de se faire reconnaître au théâtre deux heures après y avoir fait son petit bricolage. Ensuite, l'annulation de la soirée avec sa fille, l'avant-veille : le dîner était prévu le soir de la répétition générale, où il devait absolument se rendre pour mettre au point son plan. Enfin, son peu d'efforts pour les faire se rencontrer, depuis, de peur qu'elle en apprenne trop sur lui. Tout se tenait parfaitement.

Il lui ordonna de prendre la départementale. À présent, la route était plus étroite et plus sombre. Ils s'enfonçaient dans les ténèbres, au sens propre comme au sens figuré. De nouveau, elle se sentait gagnée par une certaine léthargie, presque une torpeur. Comme si elle assistait à la scène en spectatrice. Est-ce qu'il l'avait droguée ? Quand aurait-il fait ça ? Encore une pensée idiote !

Des situations de danger, elle en avait vécu d'autres. À chaque fois, ses sens étaient en alerte, sa lucidité décuplée. Et là, tout le contraire. Comme si le choc de la culpabilité de Damien l'avait abêtie, sidérée. Putain ma vieille, reprends-toi ! se dit-elle tout bas.

Un panneau représentant un bonhomme en pleine course indiquait un parcours santé, à cinq kilomètres. Elle se souvint être passée devant avec Tellier, l'après-midi même, à l'orée de la forêt. À quatre-vingts kilomètres heure, ils atteindraient les bois dans quatre minutes à peu près. Il fallait réagir, et vite. Aucun objet lourd ou tranchant à proximité. Pas de portable, pas de radio. Tellier et Dubois devaient encore être à Lille, ou tout juste partis.

Avec cette route parfaitement rectiligne, elle aperçut de loin des phares qui venaient dans leur direction, en face : taches minuscules qui grossissaient peu à peu.

— Pas de bêtise, avertit Damien en se tournant vers elle.

Elle hocha la tête. De toute façon, comment aurait-elle pu prévenir ? Ils croisèrent enfin la voiture, une grosse berline familiale. Elle sentit son cœur se serrer en voyant la lumière s'évanouir peu à peu dans le rétroviseur, comme une dernière lueur d'espoir. Arrête tes conneries, s'ordonna-t-elle tout bas.

De nouveau, le panneau du parcours santé. Trois kilomètres. Le petit athlète semblait se moquer d'elle. Ou au contraire, lui indiquer la voie. Courir, voilà la solution ! Avec son peu d'entraînement, Damien n'avait aucune chance.

Encore une idée idiote, évidemment. Comme s'il ne le savait pas aussi bien qu'elle ! Il allait l'abattre dès qu'elle aurait garé la voiture — au moins, elle n'aurait pas à creuser sa tombe. Puis il balancerait la voiture dans l'étang tout proche — elle avait vu le petit plan d'eau, le matin même, sans imaginer qu'elle repérait son chemin de croix. Plus que deux kilomètres, la prévint l'athlète du panneau. Tu ne vas pas marcher à la mort comme un veau à l'abattoir !

À présent, chaque tour de roue comptait. Il fallait faire vite.

– Prochaine à droite, ordonna Damien de sa voix calme et déterminée.

Plus le choix. Au moment de tourner, elle donna un coup de volant. La voiture partit en tête à queue. Elle eut juste le temps d'apercevoir le cerf.

33

– Un sacré coup de chance ! répétait Clément à qui voulait l'entendre. Avec une bête pareille, dix kilomètres heure de plus et vous étiez tuée sur le coup !

Romano écoutait ces propos consolants avec des hochements de tête pleins de componction. Apprendre que son mec était un meurtrier et dans la foulée lui échapper de justesse au prix d'un accident et d'une sacrée frayeur lui semblait un coup de chance tout relatif. Elle vida son verre d'une traite et s'essuya le front du dos de la main. À quatre dans cette salle minuscule à l'éclairage lugubre, on étouffait. L'un des néons se mit à clignoter frénétiquement, avec un grésillement qui rendait la chose encore plus exaspérante. Ils auraient été mieux dans son bureau mais vu l'état de sa cheville, elle ne risquait pas de monter jusque-là.

– De toute façon, enchaîna Dubois, des sangliers, il y en a beaucoup trop.

Le cerf n'était pas un cerf mais un sanglier. Il faut croire que le stress n'améliore pas toujours les capacités cognitives.

– Mon cousin par alliance fait partie d'un club de chasse. L'an dernier, ils en ont tué huit dans la forêt de Mormal. Une fois, une mère les a attaqués, ils ont eu chaud ! intervint Clément.

— Épargnez-nous vos récits de chasse ! coupa Tellier. La commissaire est épuisée ; après ce qu'elle a vécu hier, elle serait bien mieux chez elle. Vous voulez un autre verre d'eau ? Une tisane ?

— Vous allez arrêter de me traiter comme une malade ? Tout ça pour trois égratignures !

— Quatorze points de suture au bras et une cheville cassée, sans parler du choc. Vous devriez être au lit !

Plonger dans un sommeil réparateur sous une couette moelleuse : après cette soirée d'enfer, elle en rêvait. En voyant la bête, elle avait cru sa dernière heure arriver. Un choc sourd, quelques secondes de trou noir. Elle avait ouvert les yeux juste à temps pour apercevoir Damien qui s'enfuyait en direction des bois. Grâce à l'unique phare resté allumé, on devinait les premiers arbres à quelques mètres.

Au moins, le choc lui avait rendu toute sa lucidité. En un éclair, elle s'était dit qu'il avait perdu son arme dans l'accident. Sinon, il l'aurait descendue avant de disparaître. Maintenant, il suffisait de le rattraper. Rien de compliqué, en théorie : elle courait plus vite que lui. Mais il y avait l'obscurité, les bois. Et surtout, avait-elle réalisé en tentant de se lever, sa cheville blessée. Putain de merde ! C'est alors qu'elle avait entendu, ou plutôt deviné, un bruit d'herbe foulée, à quelques mètres. Un son discret, à peine perceptible. Qui lui aurait échappé sans son acuité aiguisée — son corps réagissait enfin au danger. Damien avait changé d'avis, il revenait vers elle. Pour la tuer, évidemment. Autrement dit, il était toujours armé. Ce n'était pas la perte du pistolet qui l'avait fait partir mais juste la panique. Et maintenant, il se rendait compte qu'il devait l'éliminer pour éviter une vie de fuyard. De nouveau, un bruit de pas, à peine plus proche. Il prenait ses précautions. Une seule solution, lui tendre un piège.

Elle avait fait mine de vouloir se lever, sans y parvenir. Puis appelé au secours plusieurs fois, d'une voix de plus en plus faible – un souffle, presque un râle. Elle avait laissé tomber sa tête en arrière. Damien approchait toujours, à pas de loup. À présent, elle était parfaitement calme. Dès qu'il avait été à sa portée, elle lui avait décoché un coup de pied de sa jambe valide. Violent et bien placé : il en avait lâché son arme. Surmontant sa douleur, elle l'avait plaqué à terre et menotté, puis avait prévenu les secours avec son portable. Elle avait attendu le bruit des sirènes pour tomber dans les pommes.

Après une telle soirée, elle aurait été mieux au lit : Tellier avait raison. Mais le travail n'était pas terminé.

– Pour le moment, soupira-t-elle, on n'a ni preuve ni mobile pour le coincer. Quand bien même le fils Martel l'identifierait comme le retardataire de la répétition générale, ça ne suffirait pas. Qu'est-ce qu'ils foutent, les techniciens ?

– Dubois, on y retourne, ordonna Tellier en se levant.

Visiblement, son adjoint avait décidé de se passer de son avis. Un instant, elle fut tentée de les accompagner mais Tellier ne la laisserait pas se confronter à Damien. Observer derrière une vitre : voilà tout ce qui était en son pouvoir.

– Amenez-le dans la salle d'à côté, que je puisse au moins regarder.

– C'est reparti ? s'exclama Damien avec un sourire narquois, tout en s'asseyant. Pas mieux à faire ?

Hormis ses vêtements tachés de boue, il avait l'air plus frais qu'elle. Un type calme et solide : sur ce point, elle ne s'était pas trompée. Elle sentit l'épuisement la gagner. Sa nuit d'hôpital avait été peuplée de cauchemars où elle grattait la terre pour chercher sa clé comme si sa vie en dépendait.

– Vous avez reconnu avoir menacé la commissaire Romano avec son arme de service, hier soir à 21 heures. Pour quelle raison ? commença Tellier en le dévisageant.

– Je vous ai dit qu'elle me trompait. Comme vous savez, il est désagréable d'être cocu.

Son adjoint resta indifférent à l'attaque, une maîtrise impressionnante.

– Vous n'êtes pas l'époux légal de Mme Romano ? intervint Dubois, l'air innocent.

– Cette salope couchait avec tous les flics de la région, je l'ai appris à un cocktail chez le préfet.

– Je vous interdis de l'insulter, protesta son adjoint, outré.

Plus enclin à défendre l'honneur de sa cheffe que le sien, sacré Tellier ! Quant à Damien, comme tous les bons menteurs, il noyait ses bobards au milieu de vérités ou quasi-vérités – tous les flics, quand même pas. De nouveau, elle eut envie de se jeter dans la mêlée. Mais avec Tellier qui la couvait, c'était peine perdue.

Se faire traiter de salope devant ses collaborateurs lui était égal, enfin à peu près. Elle n'avait jamais joué les sainte-nitouche et était libre de sa vie privée. Mais la rapidité avec laquelle Damien avait échafaudé son scénario de crime passionnel l'impressionnait.

– Avez-vous profité de votre relation avec la commissaire pour obtenir des informations confidentielles sur l'enquête concernant Mathieu Véran ? demanda Dubois.

Romano avait raconté à ses collègues comment Damien avait accédé à sa carte mentale, et ils avaient été scotchés.

L'inculpé leva les yeux au ciel d'un air consterné, comme s'il n'avait jamais entendu pareille énormité.

– Vous avez fait vos études au cours Florent en même temps que Mathieu Véran. Quelles étaient vos relations ? demanda Tellier.

L'information figurait sur leurs profils LinkedIn : facile à trouver. Personne n'avait songé à désactiver celui de Mathieu, et Tellier s'était demandé à voix haute combien de ces professionnels souriants étaient sous terre. Quant à Romano, elle s'était étonnée de n'avoir pas eu la curiosité de googliser son amant. Le fait d'être flic, certainement : pas envie d'enquêter sur ses proches. Jamais Damien ne lui avait parlé de ses études de théâtre – sans doute parce qu'il avait abandonné cette carrière.

– Des relations courtoises, sans plus, je vous l'ai dit.

– Quand il est arrivé à Lille, vous n'avez pas repris contact avec lui ?

– Pour quoi faire ? Nous n'avions jamais été proches.

Romano eut envie de toquer à la vitre pour leur dire d'abandonner. Il ne lâcherait rien, elle en était certaine, et ces trous dans le puzzle la frustraient horriblement. Mais elle était sûre d'une chose : ce n'était pas un hasard si Damien était passé à l'acte quand Mathieu triomphait publiquement. Une histoire de rivalité, elle l'aurait juré. Amoureuse ou professionnelle.

Son portable vibra enfin. Le technicien de la brigade cynotechnique était arrivé à l'accueil. À son tour, elle prévint Tellier qu'il allait les rejoindre dans la salle d'interrogatoire pour faire le prélèvement.

Le technicien en tenue de protection, dont la moustache blanche rappelait Martel, salua ses deux collègues. Elle, elle était toujours prisonnière derrière sa vitre. Prisonnière, ou peut-être à l'abri – affronter Damien n'aurait pas été facile.

Le nouveau venu ouvrit sa mallette noire, enfila des gants et sortit deux petits sachets.

– Notre collègue va procéder à un relevé, expliqua Tellier. Nous pourrons comparer votre odeur corporelle avec les traces odorantes prélevées sur la manivelle de frein manipulée lors du sabotage.

À l'aide d'une pince stérile, le technicien tendit à Damien quatre petits chiffons blancs, d'apparence anodine.

– Vous allez malaxer ces tissus pendant dix minutes, deux par main. Je lance le chrono.

– C'est une plaisanterie ?

– Nous appliquons un protocole international validé par Interpol, répondit le technicien, impassible.

Damien prit enfin les mouchoirs, en levant de nouveau les yeux au ciel – un bon comédien, mais dont le jeu restait assez limité. Romano crut y apercevoir, pour la première fois, une lueur d'inquiétude.

Une plaisanterie, avait dit Damien. Tout ça ne paraissait pas très sérieux, en effet, même si l'odorologie était une technique d'identification judiciaire à la fiabilité prouvée. La criminalistique évoquait des images de technologie dernier cri : microscopes surpuissants, tenues de cosmonautes, séquences ADN en 3D, hackers géniaux et plus ou moins autistes. Rien à voir avec ce pauvre type boueux assis dans une salle aveugle, qui triturait frénétiquement des mouchoirs, comme par un excès de nervosité. Pauvre type ? Ce meurtrier prêt à faire accuser des innocents ou tuer de nouveau pour sauver sa peau ? Et maintenant, tout dépendait de ces bouts de tissu. Les dix minutes n'en finissaient pas. Elle aurait dû regarder l'heure.

Damien aussi semblait trouver le temps long. Face aux trois flics muets, il peinait à se donner une contenance. Tous les comédiens le savent, les scènes silencieuses sont les plus difficiles. À un moment, il leva les yeux d'un air presque menaçant. Elle aurait juré que ce regard était pour elle.

– Une technique incroyable, non ? fit-elle en se tournant vers Clément pour relâcher la tension – et instruire l'adjudant au passage. Les tissus sont fabriqués en Hongrie avec des fibres spéciales, qui piègent les traces odorantes même à de très faibles concentrations moléculaires. Tous

les prélèvements de scènes de crime sont stockés dans une odorothèque à Écully.
Elle se mettait à pontifier comme le professeur Sénécal.
– Vous savez combien ils en ont en stock ? demanda Clément, toujours bon élève.
– Environ quatre mille odeurs provenant de scènes de crime, plus six mille qui servent à entraîner les chiens et faire les comparaisons.
La sonnerie retentit enfin. Damien tendit ses tissus au technicien, qui ouvrit un bocal de verre étiqueté et lui demanda de les y déposer lui-même. L'heure de vérité approchait.

La direction territoriale de la police n'était qu'à deux kilomètres du commissariat mais la circulation était dense. Romano, qui avait exigé d'assister à la parade de reconnaissance malgré l'insistance de Tellier pour qu'elle se repose, n'était pas d'humeur patiente. Elle ordonna à son adjoint de mettre le gyrophare. Il se lança aussitôt dans une belle démonstration de conduite sportive, slalomant avec brio entre bus, voitures et vélos. À ce rythme-là, ils furent très vite au siège de la police judiciaire, boulevard de la Liberté – une adresse bien choisie.
Le technicien les attendait à l'accueil. Il les guida dans un dédale de couloirs que Romano, avec ses béquilles, trouva interminable. Enfin, ils arrivèrent à une porte vitrée qui donnait sur une grande pièce vide, avec une ligne noire peinte au sol.
– Attendez-moi ici, je vais installer les bocaux. L'un d'entre eux contient l'odeur corporelle de votre suspect, les quatre autres des odeurs humaines relevées récemment chez des hommes non fumeurs – pour être suffisamment proches. Mon logiciel définit aléatoirement le positionnement des bocaux sur les marques au sol.

Quand il eut terminé, il les rejoignit dans le couloir et referma la porte. Puis il appuya sur un bouton près de l'entrée. Une porte s'ouvrit de l'autre côté de la salle et un magnifique berger allemand fit son entrée, tenu en laisse par une jeune maîtresse-chien.

— J'enclenche la caméra, on peut y aller, annonça le technicien dans un petit micro. Parade de reconnaissance numéro 1, enquête Mathieu Véran.

La jeune femme prit un bocal sur une petite table et l'approcha du chien, qui y plongea le nez.

— *Sagoï* ! cria-t-elle.

— Ça veut dire « Sens » en hongrois. Ce sont eux qui ont inventé la technique : on a gardé les mots d'origine.

— Elle lui fait sentir les traces odorantes relevées sur la manette de frein ? C'est bien ça ? demanda Tellier.

Le technicien hocha la tête.

— C'est l'odeur de référence, qu'il doit maintenant tenter de retrouver.

La maîtresse guida le chien jusqu'à la ligne peinte au sol.

— *Keresh* ! ordonna-t-elle.

— Cherche ? traduisit le technicien.

Le chien huma rapidement le premier bocal, puis le deuxième. Cette fois, il se coucha immédiatement. Sa maîtresse lui caressa la tête et lui tendit une friandise. Romano se tourna vers le technicien. À son sourire rassurant, elle comprit que le bocal correspondait bien aux mouchoirs malaxés par Damien. Un poids s'envola de sa poitrine.

Le chien repartit sur la ligne, sans marquer de nouvel arrêt.

— Odeur suspecte identifiée, annonça le technicien au micro, où il était visiblement enregistré.

Le chien et sa maîtresse retournèrent dans leur sas.

– Je vais permuter les bocaux pour la deuxième parade, annonça le technicien. C'est mon logiciel qui décide des nouveaux emplacements.

La deuxième parade fut rigoureusement identique à la première – sauf que Romano était plus détendue. De nouveau, le chien identifia sans hésiter l'odeur de Damien. Enfin, le test à vide : le bocal contenant l'odeur du suspect était retiré, pour s'assurer que le chien ne s'arrêtait nulle part.

– Identification suspecte confirmée, annonça le technicien au micro.

Romano se tourna vers ses collègues.

– On le tient ! déclara-t-elle d'un ton qu'elle aurait voulu triomphant, mais qui était surtout très fatigué.

Avec la tension qui se relâchait, elle se sentait au bord de l'épuisement. Était-elle plus ou moins satisfaite qu'en inculpant un coupable lambda ? Difficile à dire.

Tous se serrèrent la main, impressionnés par ce qu'ils venaient de voir.

– Le protocole nous oblige à refaire trois parades avec un autre chien, rappela le technicien. Mais vous pouvez partir si vous voulez. Ils ne se trompent jamais.

– Allons-y, ordonna Romano.

Ses collaborateurs lui emboîtèrent le pas à regret, frustrés de ne pas suivre le spectacle jusqu'au bout. Mais elle avait hâte de commencer le nouvel interrogatoire. Cette fois, pas question qu'elle se contente de regarder.

Sur le parking, ils croisèrent le berger allemand et sa maîtresse, qui lui faisait des mamours.

– Je peux le caresser ? demanda Romano.

– Je vous en prie !

Elle avait rencontré Damien à cause de son chat, il était démasqué grâce à un chien. Du début à la fin, une histoire animalière.

34

— Le chien a reconnu ton odeur, l'enregistrement vidéo sera transmis au juge, attaqua Romano, sans préambule, après avoir posé sa cheville plâtrée sur une chaise.

D'un geste, elle fit signe à Tellier de remettre à Damien les deux feuilles imprimées.

— Voici une liste d'actes d'accusation établis sur la base de l'odorologie – je me suis contentée de la France. Ton affaire est réglée.

Damien prit les papiers, fit mine de les regarder quelques secondes et les reposa.

— Commençons par le début, on gagnera du temps, dit-il d'une voix étonnamment sereine.

Cette fois, il rendait les armes. Pour la première fois depuis son arrestation, elle fut frappée par ses cernes violets. Lui aussi devait être fatigué.

— J'ai connu Mathieu au cours Florent il y a vingt-cinq ans. Nous étions doués, et inséparables. Un soir où on rentrait d'une bringue sur son scooter, il a dérapé sur une plaque d'huile – il l'aurait sans doute évitée s'il avait eu les idées plus claires. Un poignet foulé pour lui, une jambe bousillée pour moi. Six mois de rééducation et une patte folle en souvenir – ironie du sort, elle me laisse presque tranquille en vieillissant. Ma carrière était mort-née : on voit mal Roméo boiter jusqu'au balcon de Juliette. Tout le monde me disait de faire le deuil de ma vocation et de rebondir. Pour un éclopé, tu imagines !

Il s'adressait à Romano, et uniquement à Romano. C'était bien à elle, avant tout, qu'il devait des explications.

– Si j'étais devenu un franc raté, tout aurait été plus simple. Une allocation d'handicapé, des journées à picoler sur le canapé, une douce torpeur : du panache dans la panade. Mais je n'ai pas eu le courage de sombrer. À la place, j'ai rebondi, exactement comme on me disait. Boiteux mais docile. J'aimais les langues, j'ai tracé mon bonhomme de chemin dans la communication et les relations internationales, pas si mal, en apparence. Par moments, je me laissais emporter par le quotidien : un mouton au milieu d'un troupeau de moutons, qui rentre et sort chaque jour de la bergerie. En réalité, après ma carrière brisée au théâtre, j'étais comme un astronaute reconverti en chauffeur de bus : une expérience du néant.

Il s'interrompit et la regarda dans les yeux, pour qu'elle s'imprègne de toutes ces images qui se bousculaient. Au fond, il était comme les autres, tellement content de vider son sac qu'il en devenait lyrique.

– En toute logique, j'aurais dû être dégoûté du théâtre, reprit-il avec un rictus. Mais par un curieux sortilège, c'était tout le contraire : assis dans mon fauteuil, j'oubliais tout, une fois le rideau levé – je ne me sentais bien que là. Comme tu imagines, j'avais des échos de la carrière de Mathieu, qui, à chaque fois, remuaient méthodiquement le couteau dans la plaie. J'avais le sentiment qu'il m'avait volé son succès, que sans l'accident, nos positions auraient été inversées : lui, à végéter comme un minable, moi au sommet de l'affiche.

Dans sa jalousie délirante, il en rajoutait dans le succès de son rival. À l'entendre, Véran était le nouveau James Bond.

— On ne lui demandait pas des autographes dans la rue, poursuivit-il comme en écho aux réflexions de Romano. Il n'était pas connu, du moins du grand public, il était reconnu, cela vaut bien plus. Mais tout ça n'était pas encore assez. Pour mieux me narguer, m'enfoncer encore davantage dans l'humiliation, il est venu s'installer à Lille. Dans tous les cocktails, on se réjouissait qu'il ait choisi notre ville et on vantait son talent extraordinaire. C'est à ce moment-là que j'ai fait une chose grotesque – je n'en ai parlé à personne mais autant boire la coupe jusqu'à la lie.

— C'est-à-dire ? intervint Tellier d'un ton sec inhabituel, s'immisçant dans leur tête-à-tête.

En général, il était très doué pour laisser parler. Romano le soupçonna de vouloir écourter l'interrogatoire pour la renvoyer chez elle.

— Dans un magazine de théâtre, j'ai vu une annonce de casting pour jouer Richard III, le roi *contrefait* – on le décrit toujours avec cet adjectif. Inutile de préciser que c'était une troupe d'amateurs minable : forcément. Mais tout de même ! Richard III, quel meilleur rôle pour un éclopé rongé par la haine ? Je me suis inscrit, j'ai pris le TGV, puis le métro. En arrivant devant la petite salle, j'ai été pris d'un fou rire nerveux. Qu'est-ce que je fichais là, qu'est-ce que j'espérais ? Je suis rentré à Lille, comme un con, et j'ai regagné mon troupeau. La vie ne repasse pas les plats.

— Jusqu'à la polémique des *Suppliantes*, intervint Romano.

La douleur de sa jambe était revenue et elle se concentrait sur sa respiration pour essayer de la contrôler.

— En découvrant un tweet dénonçant les *blackfaces* de son futur spectacle, j'ai compris que la roue tournait, contre toute attente. Je voulais souffler sur les braises des réseaux sociaux mais je n'en ai pas eu besoin : le feu était déjà incontrôlable. J'ai fêté le blocus du théâtre au champagne, seul chez moi.

À ce souvenir, il esquissa un sourire sans joie, comme pour se moquer de sa naïveté.

— Une satisfaction de courte durée. La ministre est montée au créneau, toute sa cour a suivi. En fait de passer pour un raciste, Damien était promu martyr officiel de la République !

— Six mois plus tard, le Nouveau Théâtre annonçait la reprogrammation de la pièce, enchaîna Tellier, qui jetait des coups d'œil inquiets sur sa cheffe.

— Que la ministre annonce sa présence, passe encore. Mais cela ne suffisait pas ! La pièce s'est retrouvée nominée pour les Molières : Mathieu devait avoir quelques copains parisiens bien placés. Je me suis mis à l'imaginer triomphant derrière les caméras de télé, avec son air faussement modeste. Une véritable obsession.

— Alors tu as décidé de le tuer, laissa échapper Romano.

Elle avait vu juste en songeant à une histoire de rivalité, mais n'imaginait pas une haine aussi ancienne.

— À ce moment-là, je voulais juste qu'il arrête de me narguer. Introduire un grain de sable, saboter le spectacle. Pour ça, je devais voir la répétition générale.

— D'où l'annulation du dîner avec ta fille.

— Ça tombait mal — en même temps, je n'étais plus d'humeur. J'ai prétexté un projet avec une troupe écossaise pour prendre rendez-vous avec la directrice du théâtre, puis je me suis glissé dans la salle après l'extinction des lumières. Et là, cet énorme bateau qui descend au-dessus de sa tête ! Le destin ! C'est à ce moment-là que j'ai commencé à rêver de le tuer. Je ne savais pas encore si ce serait possible mais tous tes livres sur les affaires criminelles formaient un terreau favorable. Grâce à toi, j'étais déjà dans l'ambiance.

Il dévisageait Romano avec un sourire en coin. D'évidence, cette histoire d'atmosphère visait avant tout à la culpabiliser. Tellier, qui avait compris la manœuvre, lui demanda d'un regard si elle ne voulait pas qu'il poursuive sans elle. Pas question.

— Et puis, reprit Damien, la tuile : un portable qui sonne et cette diva de Véran qui fait rallumer les lumières. On m'avait peut-être vu mais la graine était trop solidement plantée pour que j'abandonne. Pour la première fois depuis vingt ans, j'entrevoyais un rôle à jouer et j'avais intérêt à être bon.

De nouveau, il but une gorgée d'eau, tout doucement. Les sentir tous deux suspendus à ses lèvres, il devait adorer. Un rôle, disait-il. Elle le soupçonnait de se régaler dans la grande scène des aveux : un monologue sans accrocs, rythmé par quelques pauses parfaitement maîtrisées.

— Le lendemain, j'ai participé à une visite VIP du théâtre. Quand le cintrier nous a fait sa démonstration, nouveau choc. Pour que mon rêve s'accomplisse, il suffisait de déplacer un morceau de scotch ! Tout s'emboîtait miraculeusement.

Une nouvelle pause, très agaçante. Romano n'avait pas envie qu'il dicte son rythme.

— Le destin, tu l'as déjà dit. Et après ?

Elle eut droit à un sourire ironique.

— Le jour J, je me suis glissé dans le théâtre par l'entrée sans caméra. J'avais acheté une perruque rousse, de grosses lunettes et une parka rouge, au cas où je croiserais quelqu'un — être voyant pour ne pas être reconnu, j'ai vu ça dans un film. J'ai déclenché l'alarme incendie avec une cigarette, j'ai enfilé une tenue de protection dans les toilettes et je suis monté déplacer le scotch et déposer sur le robinet de frein des fibres de l'écharpe de Boyer. Ensuite, il ne restait plus qu'à balancer mes accessoires dans une poubelle publique.

— Après toute cette belle mise en scène, tu n'as pas voulu voir le spectacle ? intervint Romano.

— C'était trop risqué, surtout après l'incident à la générale.
Elle hocha la tête, admirative. Un équilibre subtil de haine passionnée et de froid raisonnement.

— Quand avez-vous eu l'idée de faire accuser Max Boyer ? demanda Tellier.

— Après le blocus du théâtre et ses communiqués menaçants, il faisait un suspect idéal – le petit con d'étudiant n'avait pas l'envergure.

— Faire accuser un innocent, ça ne vous gênait pas ?

— Ce sont des obscurantistes comme lui qui font interdire les spectacles d'Ariane Mnouchkine. Bon débarras ! Le seul problème, c'était de semer des indices. Là encore, le destin s'en est mêlé : il y avait un bouquin sur le transfert de fibres sur ta table de chevet ! J'ai acheté un pull synthétique en me faisant servir par le vendeur – je ne voulais pas prendre le risque de le toucher. Puis je suis allé dans un coworking où Max Boyer avait ses habitudes et je l'ai frotté contre son écharpe en gardant mes gants, au cas où. Un jeu d'enfant.

— Pourquoi avoir pris le risque de regarder ma carte mentale ?

Il eut un petit rire, comme si elle avait évoqué un souvenir particulièrement amusant.

— Tu crois que c'était facile, de te savoir enquêter sur mon meurtre, presque sous mes yeux ? J'espérais bien que l'affaire serait confiée à quelqu'un d'autre, même si je ne m'étais pas préparé à cette éventualité. Tout ça était excitant mais surtout flippant – je connaissais ta réputation. Et puis, j'aurais préféré ne pas avoir à te mentir : compartimenter les choses entre mon petit règlement de compte et notre relation, pour préserver notre avenir ensemble.

Il avait ajouté une pointe d'ironie dans la fin de sa phrase, par réflexe, mais Romano comprit qu'il disait vrai. Elle s'efforça de garder un air impassible, même si elle avait du mal à masquer son dégoût. Elle avait partagé la vie d'un meurtrier pendant des mois, sans le moindre soupçon. Et le pire, dans tout ça : ses sentiments pour elle étaient sincères. La fameuse scène chez le vétérinaire était bel et bien une rencontre amoureuse. Elle aurait préféré, de loin, que cet aspect-là aussi ait été un grossier mensonge.

— Les jours qui ont suivi la mort de Véran, tout était nickel, enchaîna-t-il d'un ton froid, comme s'il regrettait son allusion à leur relation. Mais quand j'ai compris que Max Boyer était innocenté, j'ai pris peur. Il fallait savoir où vous en étiez. J'ai pensé à me servir de Ruru, un vrai coup de génie.

— La lettre de menaces à Sénécal devait relancer la piste décolonialiste ?

— Un écran de fumée qui n'a servi à rien. Que veux-tu, j'étais inquiet !

Pour la première fois, il se tourna vers Tellier, qui le regardait avec une hostilité inhabituelle, même face aux pires ordures. Romano en fut touchée.

— Là-dessus, vous débarquez sans prévenir – encore une chance. Un peu de vodka dans le chablis et vous me racontez que vous cherchez un suspect d'extrême droite. Je lâche le nom de Berthin, dont j'avais lu la tribune – à vrai dire, je naviguais à vue. Deux heures plus tard, tu me demandes le nom d'un officiel ayant pu venir à la générale. Tout à coup, ça devenait chaud.

— D'où ta bourde en parlant des coucheries du préfet, compléta Romano.

— J'ai cru que c'était fichu ! Et voilà que tu mets ça sur le compte d'une confidence de Tellier : encore le destin ! Mais je ne me suis pas laissé griser, je suis resté sur mes gardes.

Romano se leva péniblement, laissant échapper une grimace de douleur. La suite de l'histoire, elle la connaissait.

— Tu t'en tires bien, crois-moi ! s'exclama Damien avec un rire faux. J'avais prévu de maquiller ta mort en accident de voiture : j'aurais tout fait cramer et il ne serait pas resté grand-chose de ton joli corps musclé.

Elle sortit sans se retourner, un peu ébranlée tout de même. Puis elle s'arrêta à la salle d'observation pour demander à Dubois de la remplacer. Elle avait besoin d'être seule un moment.

Elle traversa la rue en direction du Macchiato, clopin clopant. Sans réfléchir, elle commanda au patron la cochonnerie sucrée que Clément, et désormais Dubois, engloutissait à chaque fois. Besoin de compenser, sans doute.

Tout en avalant méthodiquement sa chantilly à grands coups de cuiller, elle réfléchissait à ce qui lui manquerait. Leurs ébats ? L'enthousiasme du début s'émoussait déjà. Le château d'Yquem ? Elle aurait risqué de tourner snob. Les places de théâtre ? Elle pouvait se les payer — au moins, elle choisirait ses spectacles. Les flambées ? Elle préférait les siennes. La réponse était simple : rien ne lui manquerait. En revanche, il y avait un tas de choses dont elle était ravie de se débarrasser. Le potage Crécy, le pincement de cœur en introduisant la clé dans la serrure, les conversations sans intérêt qu'il fallait écouter, ou au moins faire semblant d'écouter, le supplice de devoir parler au petit déjeuner, l'énergie gaspillée à se demander ce que l'autre avait pensé, pensait ou allait penser, quelle galère ! Sans oublier les bastons de Damien avec Ruru — mais non, ce problème-là était réglé. Ceci dit, Damien avait été obligé de le bombarder de croquettes pour acheter sa sympathie. Même Ruru avait plus d'intuition qu'elle ! Rien à dire, toute cette histoire était lamentable.

35

– Lamentable ! répétait Bertin en se frappant le front. Vous imaginez l'impact sur l'image de la police ? Venant d'une commissaire, en plus ? Une tornade, un tsunami !

Tout en s'adonnant avec un lyrisme inhabituel à ses comparaisons météorologiques, le divisionnaire regardait les poignets de Romano, comme surpris de ne pas y voir de menottes. Depuis l'inculpation de Damien, il la traitait comme si elle avait ourdi un plan diabolique pour se taper un meurtrier, dans le seul but de nuire à sa hiérarchie.

– J'ai toujours été très indulgent par rapport à vos frasques, qui défraient la chronique depuis des années.

Il avait retiré ses lunettes et se frottait les yeux d'un air mourant. Romano attendit qu'il ait terminé pour se fendre d'un regard plein de contrition. À vrai dire, elle ne voyait pas comment son chef serait intervenu dans sa vie privée.

– Vous n'avez pas de limites, je l'ai tout de suite repéré, reprit Bertin d'un ton sinistre. Frayer avec un meurtrier, ça dépasse l'entendement ! Les rumeurs vont aller bon train, je compte sur vous pour nier. Le mensonge, vous avez l'habitude.

– Bien entendu.

Elle prit un air malheureux, hocha la tête et repartit sur ses béquilles. Une petite larme aurait été bienvenue mais comme avait dit Damien, on ne s'improvise pas comédien.

À peine sortie du commissariat central, elle se débarrassa de son masque de repentir. Tellier l'attendait dans la Clio, garé en double file.

— Alors ?

— Égal à lui-même, fit-elle en grimpant péniblement dans la voiture. Je n'ai jamais bouclé une enquête sans me faire engueuler — cette fois au moins, ça se comprend. Ils ne nous ont pas attendus, j'espère ?

— Clément n'a rien voulu entendre. Hors de question de commencer son pot de départ sans vous.

Pas malin, mais loyal jusqu'au bout.

— Alors on se bouge, tout le monde doit piaffer.

Tellier sortit le gyrophare sans discuter. Trois minutes plus tard, ils étaient accueillis dans le commissariat par un grand *Ah !* collectif. Avec cette histoire, Romano était en train de voler la vedette au pauvre adjudant.

Elle hésita à se faire discrète mais tous les regards étaient tournés vers elle. Au point où ils en étaient, mieux valait s'expliquer franchement. Dire la vérité : le B.A.BA de la gestion de crise — ce pauvre Bertin avait beau être obsédé par la communication, il n'y connaissait rien. Pour se donner du cœur à l'ouvrage, elle se remémora les interviews de dirigeants en pleine tourmente, visionnées pendant le petit déjeuner. Les patrons de compagnies aériennes s'exprimant après un crash n'étaient pas mauvais. Mais le plus bouleversant, de loin, était le PDG de Kentucky Fried Chicken s'excusant d'une pénurie de poulet. A vous tirer des larmes. Elle essaya de reproduire son expression grave.

— Certains d'entre vous le savent peut-être, l'homme inculpé pour le meurtre de Mathieu Véran était mon compagnon depuis quelques mois, commença-t-elle avec une hypocrisie consommée — depuis trois jours, le commissariat ne parlait que de ça. Découvrir que je vivais avec un meurtrier a représenté une épreuve personnelle mais aussi une salutaire remise en question. Cette erreur de jugement est une belle leçon d'humilité pour moi et, je l'espère, pour nous tous. Accessoirement, je repars pour le célibat, pour de bon cette fois ! Merci de votre soutien, et maintenant, fêtons dignement le départ de l'adjudant, que nous regretterons tous. Je déclare le buffet ouvert !

Tous applaudirent chaleureusement avant de se précipiter sur les tables. Clément la rejoignit, tout ému, suivi de près par Dubois – finalement le tuilage ne l'avait pas traumatisé.

– Au moins, vous avez Ruru, fit l'adjudant en partance d'un ton compatissant.

Tellier lui fit les gros yeux, pour le dissuader de ressortir son couplet sur l'intérêt des animaux de compagnie pour les SDF, les vieux et les malades psychiatriques.

– J'ai Ruru, et aussi vous, approuva-t-elle. Enfin plus vous, mais les autres…

Ce n'était pas très clair mais ils avaient compris.

– Vous allez me manquer, commissaire, balbutia Clément d'une voix hésitante.

Tant d'émotion, ça en devenait gênant. Par chance, Martine eut la bonne idée de faire diversion en approchant un gigantesque gâteau – où avait-elle fait cuire un truc pareil ? Elle adressa à Tellier un sourire radieux.

– À vous l'honneur, capitaine ! J'ai fait votre recette de clafoutis aux pommes. Si j'en crois l'odeur, ce doit être un régal.

– Tellier, un talent caché ? s'exclama Romano. Je ne savais pas que vous étiez pâtissier, à vos heures. C'est pas du vegan, au moins ?

Son adjoint la fusilla du regard.

– Vous inquiétez pas, commissaire ! intervint Martine. À l'origine, c'était tout vegan mais j'ai adapté.

Elle leur adressa un clin d'œil radieux, visiblement réticente à révéler ses secrets de fabrication.

— Adapté ? répéta doucement Romano.

La technique de la reformulation écho, dont Tellier était un expert, était un moyen redoutable de faire parler les suspects.

— J'ai remplacé le lait de riz par de la crème fraîche et l'huile de colza par du beurre. Du demi-sel, pour faire ressortir le goût du caramel — j'en ai ajouté un peu sur le dessus, une couche fine, sinon c'est lourd.

— Avec le beurre, tout est meilleur ! renchérit Tellier avec enthousiasme.

Il n'était pas rancunier mais Romano l'avait bien cherché.

— En plus, il y a de la pomme, c'est équilibré, conclut Martine.

— Délicieux ! remercia Romano.

— À refaire ! compléta Tellier, la bouche pleine, avec une sournoiserie inhabituelle.

Martine repartit, aux anges.

— Désolé, j'ai fait de mon mieux, murmura le capitaine, soudain pris de remords.

Romano fit un geste ample et élégant de la main, en signe de mansuétude.

— L'homme est parfois le jouet de forces qui le dépassent.

Je remercie vivement Julien Imbs et Sylvie Moreau, du TNP de Villeurbanne, ainsi qu'Antoine Picq, du Théâtre des Célestins, pour leur disponibilité et leur gentillesse. Ces deux visites ont été de grands moments de plaisir au milieu d'une période morose – confinement oblige.

DANS LA MÊME COLLECTION

Antoine Brea
Récit d'un avocat

William Gay
Petite Sœur la Mort

Clayton Lindemuth
En mémoire de Fred

Mimmo Gangemi
La Vérité du petit juge

Sam Millar
Au scalpel

Franz Bartelt
Hôtel du Grand Cerf

Thomas H. Cook
Danser dans la poussière

Jacky Schwartzmann
Demain c'est loin

Gordon Ferris
Les Adieux de Brodie

Cyril Herry
Scalp

Petros Markaris
Offshore

Parker Bilal
Le Caire, toile de fond

Sophie Chabanel
La Griffe du chat

Mike Nicol
Power Play

Renaud S. Lyautey
Les Saisons inversées

Joseph Kanon
Moscou 61

Benjamin Myers
Dégradation

Jacky Schwartzmann
Pension complète

Jean-Yves Martinez
Les Enchaînés

Julien Capron
Feux de détresse

Petros Markaris
Trois jours

Sophie Chabanel
Le Blues du chat

Pierre Gobinet
Nitrox

Maïko Kato
À l'ombre de l'eau

B. Michael Radburn
L'Arbre aux fées

Franz Bartelt
Ah, les braves gens !

Benjamin Myers
Noir comme le jour

Cyril Herry
Nos secrets jamais

Max Monnehay
Somb

Carlos Zanón
Pepe Carvalho

Cesare Battisti
Indio

Petros Markaris
Le Séminaire des assassins

Catherine Dufour
Au bal des absents

Sophie Chabanel
L'Emprise du chat

Arnaud Salaün
Mogok

Maïko Kato
La Belle Suicidée d'Aoyama

Thomas Fecchio
L'Heure des chiens

Franz Bartelt
Un flic bien trop honnête

Pierre Gobinet
La Confrérie des espadons

Nadine Matheson
L'Équarrisseur

Emma Viskic
Un monde en feu

Julien Gravelle
Les Cow-boys sont fatigués

Tyler Keevil
Tu marches parmi les ruines

Max Monnehay
Je suis le feu

À paraître

Nicolas Leclerc
Toujours vivantes

Luc Chartrand
L'Affaire Myosotis

RÉALISATION : NORD COMPO À VILLENEUVE-D'ASCQ
IMPRESSION : CPI FRANCE
DÉPÔT LÉGAL : MARS 2022. N° 150486 (167731)
Imprimé en France